# 新汉语水平考试

## 教　程

### （六　级）

主　编　徐丽华

本册主编　刘　岩

**HSK**

浙江教育出版社·杭州

图书在版编目（ＣＩＰ）数据

新汉语水平考试教程. 六级 / 徐丽华主编 ; 刘岩本
册主编. -- 杭州 : 浙江教育出版社，2015.11
　　ISBN 978-7-5536-3818-8

　　Ⅰ. ①新… Ⅱ. ①徐… ②刘… Ⅲ. ①汉语－对外汉
语教学－水平考试－自学参考资料 Ⅳ. ①H195.4

中国版本图书馆CIP数据核字(2015)第246478号

**新汉语水平考试教程(六级)**

主　　编　徐丽华

本册主编　刘　岩

责任编辑　孔令宇
封面设计　巢倩慧
责任校对　刘文芳
责任印务　陆　江
出版发行　浙江教育出版社
　　　　　（杭州市天目山路40号 邮编：310013）
图文制作　杭州大漠照排印刷有限公司
印刷装订　浙江新华数码印务有限公司
开　　本　889mm×1194mm　1/16
印　　张　16.25
字　　数　309 000
版　　次　2015 年 11 月第 1 版
印　　次　2015 年 11 月第 1 次印刷
标准书号　ISBN 978 - 7 - 5536 - 3818 - 8
定　　价　45.00 元

# 前　言

　　为了更好地满足海外不断增长的汉语学习者对汉语水平考试的需求,国家汉办/孔子学院总部于2009年11月起逐步推出新汉语水平考试(HSK),并制定了相应的《新汉语水平考试大纲》。新HSK是一项国际汉语能力标准化考试,以《国际汉语能力标准》和《国际汉语教学通用课程大纲》中提出的对学习者各程度、各方面语言能力的要求为基础,重点考查第一语言非汉语的考生在生活、学习和工作中运用汉语进行交际的能力。

　　新HSK分为笔试和口试两部分,笔试和口试是相互独立的。笔试包括HSK(一级)、HSK(二级)、HSK(三级)、HSK(四级)、HSK(五级)和HSK(六级);口试包括HSK(初级)、HSK(中级)和HSK(高级),口试采用录音形式。

　　为了使参加每一级别笔试的考生在考前能够对新汉语水平考试的试卷构成及试题类型有所了解,掌握快速答题的技巧,特编写《新汉语水平考试教程》系列,力图使考生学会运用技巧并反复训练,达到事半功倍的效果,最终在新汉语水平考试中取得优异的成绩。本系列教程的编写主要依据国家汉办/孔子学院总部编制的《新汉语水平考试大纲》HSK一级至六级的要求,并参照《国际汉语能力标准》《国际汉语教学通用课程大纲》对每一级别各项技能的要求,将笔试的六个级别编成一、二级,三级,四级,五级和六级,共五册。每册都以相应级别新汉语水平考试的组成部分为框架,其中每一单项部分都包括题型分析、要点提示、应试技巧、例题精解、分项模拟练习和参考答案,每个级别还有两套完整的模拟试卷。具体内容如下:

　　一、新汉语水平考试听力(一至六级)、阅读(一至六级)、书写(三至六级)概说;

二、听力部分题型分析、考试重点、应试技巧、例题精解、分项模拟练习题、参考答案、听力材料文本；

三、阅读部分题型分析、考试重点、应试技巧、例题精解、分项模拟练习题、参考答案；

四、书写部分题型分析、考试重点、应试技巧、例题精解、分项模拟练习题、参考答案(三至六级)；

五、模拟试卷两套及参考答案。

本系列教程既适用于教师课堂教学，又适用于学生自学备考。

本系列教程例题精解所用例题部分来自《新汉语水平考试大纲》中的样卷，部分为自编题目。另外，根据国家汉办/孔子学院新汉语水平考试涵盖范围广、内容针对性强、语法应用规范等特点以及考试等级要求，编者在本系列教程的例题及练习题目的编制过程中，注意从中国当代质量较高的报纸、杂志以及网络资源中精心筛选语料，并进行了适当改编。谨此说明，并向语料作者深表谢忱。

本系列教程由主编徐丽华总设计，每册教程的内容由编著者分别撰写，作者为：

新汉语水平考试教程(一、二级)　　　张　雯、孙春颖

新汉语水平考试教程(三级)　　　郑　如

新汉语水平考试教程(四级)　　　孙春颖

新汉语水平考试教程(五级)　　　徐丽华、王　琳、鲁　洲

新汉语水平考试教程(六级)　　　刘　岩

浙江教育出版社总编辑张宝珍女士、总编室主任李国瑾女士在本系列教程的编写工作中给予了极大的关心和支持，在此表示衷心的感谢。

本系列教程的封面照片由浙江师范大学宣传部提供，在此深表谢意。

编　者

2015年10月

# 目　录

## 听力部分指南

## 阅读部分指南

# 书写部分指南

# 听力部分指南

　　新汉语水平考试(六级)听力部分,要求考生能听懂多种场合下稍复杂的谈话或短文,能抓住要点,把握基本事实,明白说话人的目的和意图,能听懂有关技术性或任务性的简单说明或讲解,能明白讨论双方的观点和论据,能理解一些成语、俗语的意思,能领悟他人话语中暗含的意思,能听懂关于当代中国以及中国历史风俗文学艺术等方面的话题。

　　新汉语水平考试(六级)听力部分一共50道题,大约需要35分钟。听力部分包括三部分题型,第一部分听一段话,第二部分听采访,第三部分听短文,题型都为选择题,满分100分。这三部分题型是:

## 第一部分

　　第一部分一共有15道题,每道题你会听到一个人说一小段话,每道题只听一遍,听完后考生在试卷上A、B、C、D四个选项中选出与所听内容一致的一项。例如:

**例　题**

　　"开卷有益"这个成语的意思是读书就会有所收获。毫无疑问,书是人类最好的朋友、最好的老师,是人类获得知识的重要途径之一。博览群书能使人拥有高深的学问,能言善辩,受人尊重。

A. 读书有许多好处　　　　　　B. 老师是最好的朋友
C. 父母是最好的老师　　　　　D. 现代人不喜欢读书

答案:A

听力第二部分,听三大段比较长的采访,每段采访后有5道试题,共15道题。一般是一位男士和一位女士的对话,每听完一段采访后要求回答和采访内容有关的五个问题;每个问题后有A、B、C、D四个选项,考生根据听到的内容选出最恰当的答案。例如:

例 题

**第1—5题是根据下面一段采访:**

女:朋友们好。现在人们对自己的健康可是越来越关注了,连洗脚都越来越讲究。洗脚是已经"老土"的说法了,时髦的叫法是"足浴"或者"足疗"。专门通过足浴来为顾客提供保健服务的足浴店也像雨后春笋一样,出现在城市的大街小巷。"千子莲"足浴就是这"洗脚大军"中很抢眼的一员,它颇有传奇色彩,因为它的创始者是几个复旦大学毕业的高才生。今天我们就请到了创始人之一徐先生。徐先生您好!从名牌大学的高才生到"洗脚工",您能接受这种身份的转变吗?

男:我从来也没有觉得自己是个"洗脚工"。我给自己的定位是一个现代企业的管理者,和那些大企业的管理者是一样的,只不过我们经营的是足浴服务。再说了,"洗脚工"也没有什么丢人的,谈不上能不能接受的问题。

女:您认为"千子莲"吸引大量顾客的关键是什么呢?

男:放松的感觉。我们的顾客中大部分都是商务人士,平时职场上太累,到了"千子莲",他们可以放松下来,这种放松是身体和心理上双重的放松。

女:我觉得"千子莲"这个名字很特别,它是怎么来的呢?

男:这个名字的灵感来源于敦煌壁画。我曾经到过敦煌,受到了很深的震撼。在敦煌莫高窟第五窟的壁画上,有"鹿女生下莲花,变成一千子孙"的典故,我把"莲花"和"千子"结合在一起,就得到了"千子莲"这个名字。我对这个名字很满意,国内大部分连锁品牌的名字取得都很西化,我们的名字比较中国化。

女:我觉得"千子莲"明亮的店堂和我们传统理解中的足浴店的店堂有点不一样。

男:是的。在中国人看来,让别人给自己洗脚是一件有些尴尬的事情。我就是想把这种尴尬的事儿变成时尚。其实洗脚和理发没有什么本质的区别,没有什么难为情的。我们的店都有统一的装修风格和管理模式,迎接顾客该说什么话、多长时间端上热水都是有统一标准的。而且,我们这里的每一位服务人员都有国家颁发的"足部按摩师"证书。

1. 徐先生开"千子莲"足浴店以前是做什么的？

2. "千子莲"足浴店主要从事什么服务？

3. 徐先生怎么看待自己？

4. "千子莲"这个名字来自什么？

5. 关于"千子莲"足浴店，下列说法哪项正确？

1. A. 老师　　　　　B. 大学生　　　　　C. 企业家　　　　　D. 艺术家

答案：B

2. A. 理发　　　　　B. 足疗　　　　　C. 美容　　　　　D. 健身

答案：B

3. A. 没什么抱负　　　B. 有时会很尴尬

C. 接受了身份转变　　　　　　D. 是一个企业管理者

答案：D

4. A. 壁画　　　　　B. 植物　　　　　C. 动物　　　　　D. 小说

答案：A

5. A. 还没有连锁店　　　　　　B. 服务人员都有证书

C. 顾客对店名不满意　　　　　D. 顾客都是商务人士

答案：B

## 第三部分

听力考试第三部分，共20道题。这部分的听力内容主要由五六段短文组成，每段短文由一个人朗读，听完每段短文后要求根据短文回答三到四个问题。每听完一个题目，考生根据听到的内容在A、B、C、D四个选项中选出最恰当的答案。例如：

**例　题**

第1—3题是根据下面一段话：

一群孩子在一位老人家门前玩儿，他们玩儿得很开心，叫喊声很大。一连几天，孩子们都来这儿玩儿，老人难以忍受。于是，他出来给了每个孩子五块钱，然后对他们说："你们让这儿变得很热闹，我觉得自己年轻了不少，这点儿钱表示我对你们的谢意。"

孩子们很高兴，第二天又来了，一如既往地大喊大叫，玩儿得非常高兴。老人又出来，给了每个孩子两块钱。他解释说，自己现在没有收入了，只能少给一些。

两块钱也还可以吧,孩子们仍然兴高采烈地走了。

第三天,老人只给了每个孩子五毛钱。

"一天才五毛钱,知不知道我们有多么辛苦!"孩子们生气地对老人说,"我们再也不会为你玩儿了!"

1. 孩子们在门外玩儿,老人是什么感觉?

2. 关于老人给孩子们的钱,下列哪项正确?

3. 老人这样做的目的最可能是什么?

1. A. 有趣　　　　B. 感激　　　　C. 难以忍受　　　D. 感到年轻了

答案:C

2. A. 越来越少　　　　　　　　B. 越来越多

C. 每次都一样　　　　　　　D. 有时多有时少

答案:A

3. A. 逗孩子开心　　　　　　　B. 给孩子零花钱

C. 让孩子陪他玩儿　　　　　D. 让孩子不再吵闹

答案:D

# 第一部分　听　力

## 一、题型分析

新汉语水平考试(六级)第一部分重点要求考生能理解稍复杂的语段,在这部分考题中重点要求考生:能理解复杂语段的真正意思,能抓住重点,掌握事实;能领悟话语中的"言外之意";能理解常用的成语、俗语;了解中国的文化常识,如中国的文学、戏剧、风俗、饮食等;了解中国的历史常识,如中国的朝代、历史名人、历史重大事件等;了解中国的地理常识,如中国的气候、行政区划、主要城市、旅游景点、名胜古迹等;了解当代中国的基本情况,如中国的经济状况、地区差异、城乡差异、社会现象、社会问题等。

所以新汉语水平考试(六级)听力这部分,要求考生在熟练掌握汉语基本语法和具有一定词汇量的基础上,熟练掌握汉语语言的应用,了解中国文化及当代中国的常识,考生这样在听的过程中就不会有很大的障碍。根据以上分析,我们大致把这些话题分为十类,当然这十类也会有部分交叉,下面举例说明。

### (一) 成语、俗语

成语、俗语常常是听力考试的重要内容,考生平时多积累一些成语、俗语对这方面的问题的回答会很有好处。例如:

**例题**

"开卷有益"这个成语的意思是读书就会有所收获。毫无疑问,书是人类最好的朋友、最好的老师,是人类获得知识的重要途径之一。博览群书能使人拥有高深的学问,能言善辩,受人尊重。

A. 读书有许多好处　　　　B. 老师是最好的朋友

C. 父母是最好的老师　　　　D. 现代人不喜欢读书

 答案是A。整段话就是对"开卷有益"进行解释,只有A符合这段话的意思，"开卷有益"的意思就是多读书有很多好处。

例 题

"己所不欲,勿施于人"是中国古代大思想家、大教育家孔子提出的。它告诉我们自己不要的,不要施加到别人身上,自己不愿意做的事情,不要勉强别人去做,要尊重别人。

A."己所不欲,勿施于人"是孟子说的

B.自己不愿意做的让别人去做

C.自己不要的东西,也不要施加到别人身上

D.自己的事自己做

 答案是C。

## (二) 幽默、笑话

幽默、笑话常常都是平常的故事,但常有一个出乎意料的结局,以达到幽默的效果。这也是听力考试最常见的一种题材,大家要注意抓住笑话的包袱,正确理解其含义。例如:

例 题

老师对站在他面前的学生说道:"现在有一件轻而易举的工作要派你们当中最懒的人去做,最懒的请举手。"老师面前"刷"地举起了一片手,只有张华没有举手。老师问他:"你为什么不举手?""太麻烦了!"张华懒洋洋地答道。

A. 老师在找最勤奋的学生          B. 张华很懒

C. 工作很难                    D. 只有张华不懒

 答案是B。不举手的反倒是最懒的,因为他觉得举手都很麻烦。

例 题

一对夫妻吵架后好几天都不说话。这一天,丈夫想和妻子说话,可妻子不理他。于是丈夫在家里到处乱翻。妻子最后忍不住了,说道:"你到底找什么呀?""谢天谢地,"丈夫高兴地说,"终于找到你的声音了。"

新汉语水平考试教程（六级）

A. 丈夫很聪明　　　　　　　　　　B. 妻子丢了东西

C. 夫妻俩最后离婚了　　　　　　　D. 丈夫喜欢收拾房间

这道题要求对整段对话有整体的理解, 丈夫是想办法打破僵局, 和妻子说话, 所以正确答案是A, 说明丈夫很聪明。考生要明白"丈夫"的意图。

### (三) 人物

中国的历史文化名人、现当代名人, 还有明星都可能成为听力问题的题材, 考生们平时多了解这方面的常识, 会对考试有帮助。例如:

**例 题**

他是一个银幕传奇, 他是一代武打巨星, 他创立了截拳道, 他将中华武术传播海外。他的一生很短暂, 只留下四部半影片, 但这却足以让全世界热爱武术的影迷回味一生。他就是功夫之王李小龙!

A. 他非常幽默　　　　　　　　　　B. 他父亲非常有名

C. 他的一生很短暂　　　　　　　　D. 他拍了许多电影

答案是C, 是录音的内容, A、B录音中没有提及, D与录音内容正好相反。

**例 题**

叶问, 本名叶继问, 是广东佛山的富家子弟, 从7岁起便拜陈华顺为师, 学习咏春拳, 并成为其封门弟子。叶问16岁那年, 赴港求学, 后学武。1950年赴香港, 传授咏春拳。其弟子中最出名的是让中国武术闻名世界的武打巨星李小龙。

A. 叶问是平民子弟　　　　　　　　B. 叶问是陈华顺最后一个弟子

C. 叶问在佛山传授咏春拳　　　　　D. 李小龙不是叶问的徒弟

答案是B。叶问因为最近的电影而变得家喻户晓, 如果看过这部电影就会了解这个人。

## (四) 名胜物产

中国有很多旅游胜地,各地还有很多著名的特产。考生平时要对中国著名的旅游胜地、名胜古迹有所了解,另外,对于中国著名的茶、酒、中药等,也要了解一下它们的产地、特色等。例如:

### 例 题

龙井茶是中国著名的绿茶,产于浙江杭州西湖一带,已有1200余年历史。龙井茶有“色绿、香郁、味甘、形美”四绝的特点。龙井茶得名于龙井。龙井位于西湖之西翁家山西北麓的龙井茶村。

A. 龙井茶产于苏州 　　　　　B. 味浓是龙井茶的特点之一

C. 龙井茶得名于龙井 　　　　D. 龙井位于南湖的龙井茶村

答案是C。题干内容主要是对龙井茶的介绍,如果考生有一些关于中国茶的常识,这道题就变得很简单了。

### 例 题

秋季来临,很多北京市民会选择去香山观赏枫叶。“香山红叶文化节”一般在10月中旬举行,并持续到11月。如果不受特殊天气的影响,香山的枫叶将一直“红”至11月中旬。

A. 红叶文化节举办一天 　　　B. 香山一年四季都有红叶

C. 红叶文化节每年11月举行 　D. 人们喜欢秋天去香山看红叶

考生做这道题时要对整段话具有很好的理解,然后根据录音内容用排除法,不难选出答案D。其他几个选项根据录音内容很容易被排除。

## (五) 礼仪风俗

中国是礼仪之邦,自古重视礼仪,从而也形成了很多中国特有的风俗习惯。听力部分也常常以这方面的知识作为话题,对中国的礼仪风俗进行介绍或讨论。例如:

新汉语水平考试教程 (六级)

**例题**

敲门也是一种礼仪。最有绅士派头的做法是敲3下,隔一小会儿,再敲几下。敲门的声音要适中,太轻了别人听不见,太响了别人会反感。敲门时不要"嘭嘭"地乱敲一气,如果房间里面有老年人,会惊吓到他们。

A. 敲门声音要大　　　　　　　　　　B. 敲门也有讲究

C. 敲门应该敲4下　　　　　　　　　　D. 老年人不喜欢别人敲门

答案是B,考生要理解B"敲门也有讲究"中的习惯用语"有讲究"的意思。"有讲究"是指"做某事不要乱来,而是要遵守一定的程序和方法",如"做客很有讲究""喝茶也很有讲究"。

**例题**

握手也有礼仪的。多人相见时,注意不要交叉握手。而且在任何情况下拒绝对方主动要求握手的举动都是无礼的。但手上有水或不干净时,应谢绝握手,同时必须解释并致歉。

A. 握手不必很讲究　　　　　　　　　　B. 多人相见可交叉握手

C. 可以拒绝对方的握手　　　　　　　　D. 谢绝握手时应致歉

正确答案是D,考生可根据录音的最后一句话得出答案。

### (六) 当代中国概况

当代中国在发展过程中出现了很多特有的现象和名词,比如"春运""农民工""计划生育"等等。所以考生在学好汉语的同时还要多了解当代中国,注意观察当代中国在发展过程中出现的这些现象,努力了解这些现象产生的原因。例如:

**例题**

快到春节时,我们常常听到"春运"这个词,"春运"是什么意思呢?"春"是指中国最传统的节日——春节;"运"是指运输。春运是指春节期间的运输,主要包括火车、飞机、汽车等交通工具的运输情况。

A. "春运"指火车运输　　　　　　　　B. "春运"和汽车无关

C. "春运"指春节期间的运输　　　　　　　D. "春运"的"春"指的是春天

 录音当中有明确的定义,所以正确答案是C。

---

例　题

国家公务员考试是面向全国进行招考的,而地方公务员考试主要面向当地的居民和在当地就读的大学生以及本省生源的大学生进行招考的,但现在大部分省份已经不再要求考生拥有当地户口,尤其是像江苏、广东、浙江这样的沿海发达地区,对户口不做限制,是面向全国进行招考的。

A. 中国公务员面向当地　　　　　　　　B. 地方公务员要求严格

C. 大部分省份对户口不做限制　　　　　D. 公务员非常难考

 答案是C。

## (七) 地理气候

中国面积很大,南、北、东、西地理气候差异很大,所以考生要了解中国的行政区划、重要城市、各地气候特点,了解"南北方"这样的概念。例如:

---

例　题

沈阳持续一夜的皑皑大雪已于今天上午9点左右停止。目前沈阳天气晴朗,到处是一片银白的景象,孩子们欢快地在雪中嬉戏玩耍,人们在路边驻足欣赏雪景。

A. 雪停了　　　　　　　　　　　　　　B. 天阴了

C. 明天还会有雪　　　　　　　　　　　D. 交通受到很大影响

 答案是A。只有A符合录音内容,其他三个选项录音中都未提及。

---

例　题

近日,一场暴雨带走了海南连日以来的高温天气。海南省气象台已发布暴雨橙色预警,省内多个市县6小时内降雨量将达100毫米以上。如何应对频发的极端天气,成为摆在政府、社会和民众面前的一道重要难题。

A. 暴雨带来了高温天气 B. 海南发布暴雨橙色预警

C. 8小时内降雨达到了200毫米 D. 我们暂时不需要应对频发天气

 答案是B。考生要注意听这段录音的细节。

## （八）科学常识

随着科技的发展，人们的生活越来越离不开科技，科技也影响和改变着人类的生活。和人们日常生活息息相关的一些科学常识、发明创造等涉及的面非常广，考生平时要多留心、多注意，知识面越广，对这方面的话题就越不陌生。例如：

例 题

很多父母习惯只给婴儿吃少数几种食物，但专家表示，大多数婴儿6个月大时就可以安全进食多种食物。他们认为给孩子提供多样化食物有好处，可以帮助孩子长大后适应不同种类的食品。

A. 婴儿应该少吃 B. 婴儿应多喝牛奶

C. 婴儿食物应该多样化 D. 许多婴儿爱吃一种食物

 答案是C，是录音内容的主旨。尤其录音后半部分明确说明了这一观点，其中关键要听到"他们认为给孩子提供多样化食物有好处"这句话。

例 题

雷雨时在户外戴着耳机听音乐，可能会有生命危险。据医生介绍，电子设备虽然不会像大树或电棒那样导电，但是雷电一旦与金属接触，金属就会传导电流，导致雷电烧伤皮肤，扩大伤害的程度。

A. 雷雨时可以在户外戴耳机听歌 B. 电子设备可导电

C. 雷电可能会烧伤皮肤 D. 雷电时赶紧躲到建筑里

答案是C。选项D虽然符合常识，但录音中并没有提及，所以是干扰项，要排除。

## （九）经济生活

中国经济发展日新月异，令世人瞩目。经济的发展，使中国人的生活以及生活方式也随之改变。这方面的话题在听力考试当中也非常常见。例如：

**例　题**

参团旅游具有省钱、方便的优点，但是行程往往安排得较为密集，旅客容易出现疲劳现象。自助旅游的优点是自由自在、随心所欲，但在旅游旺季，旅客在解决交通、住宿等问题时往往会遇到麻烦。

A. 参团游行程紧　　　　　　　　B. 自助游最省钱

C. 自助游容易疲劳　　　　　　　D. 自助游的人越来越多

 答案是A。这段话主要讲了参团游和自助游的区别，只有A和录音内容一致。这类题考生要注意对细节的把握。

**例　题**

在工业化社会里，没有任何产品离得开材料。许多新产品的开发都依赖于材料的改进，材料是工业的基础。材料专业因此备受重视，地位在不断提高，该专业的毕业生择业面也很广。

A. 商业化社会离不开材料　　　　B. 新产品的开发依赖技术的改进

C. 材料专业很受重视　　　　　　D. 材料专业的毕业生很难就业

 答案是C。这段话主要说的是材料很重要，所以材料专业也特别受重视。

## （十）社会现象

在不同的时期都有一些不同的社会现象，这些现象往往是当今的热点话题，比如互联网上的一些流行语，还有像"超级女声""山寨""炒作""蜗居"等现象，也是听力考试常使用的题材。例如：

**例　题**

半糖夫妻是指同城分居的婚姻方式，即夫妻二人过着"5+2"的生活——五个工作日各自单过,周末两天才与自己的另一半聚首。半糖夫妻是流行于高学历、高收入的年轻都市夫妻中的一种全新的婚姻模式。他们认为,这种模式将有助于维护个人空间,保持婚姻的新鲜感。

A. 半糖夫妻是异城分居      B. 五个工作日一起生活

C. 半糖夫妻流行于农村夫妻中      D. 半糖夫妻有利于维持婚姻

答案是D。根据最后一句得出答案,前三个选项都与录音原文不符。

## 例 题

"油米",是指城市里那些年龄不大,开车四处寻找打折油,并乐此不疲地把信息发布到网上的群体。油客网负责人表示,尽管各加油站对该网站并不感兴趣,但从中受益的网民有几十万,为网站提供加油站信息的有200多人。

A. "油米"即油和米粒      B. "油米"的年龄有点大

C. 加油站获得了大幅的利润      D. 加油站对油客网不感兴趣

正确答案是D。只有D符合原文。"油米"指的是一群年轻人,他们提供哪里能买到便宜油的信息。录音中并没有提及C。

## 二、考试技巧及例题精解

考生要听懂正常的语速下的录音材料,然后迅速地在试卷上所提供的四个选项中选择一个和所听内容全部或部分一致的选项。所以考生要根据所听到的材料从录音中找到答案,或者进行推理和判断,理解说话人的目的、态度及意图,或者跳跃障碍抓住这段话的主要意思或关键词。

考生拿到试卷后,应利用对话正式开始之前的题目介绍和播放例题的时间,迅速浏览每一道题的四个选项,初步猜测每一小题的对话内容,并且在一些关键的地方做一些标记,例如,当我们看到选项:

A. "望"在"望子成龙"中是"看"的意思

B. "望子成龙"是指希望儿子成为大人物

C. "龙"不是神异的动物

D. "龙"是女皇的象征

考生大致浏览一遍便可猜出这个录音材料是有关"望子成龙"这个成语的,如果考生知道这个成语或知道"龙"在中国文化中的含义,不用听录音也能选出正确答案。另外这部分听力题只要求考生选出和所听内容全部或部分一致的选项,有的题目考生不必全部听懂,只要能听到和某个选项一致的录音,就可以选其为正确答案。当然有的题目没这么简单,要求考生全面理解所听内容,因为备选答案都是对所听内容的转述、推理或总结。我们总结出以下答题技巧,会有效地帮助考生在考试过程中从容应对,取得好成绩。

### (一)"只言片语"是答案

很多考生都会遇到这种情况,录音材料稍纵即逝,根本没听懂材料到底在说什么,只听到了只言片语,考生遇到这种情况,千万不要气馁,因为考生所听到的所谓的"只言片语"往往是答题所需要的,所以听到什么就选什么往往能得出正确答案。很多题目只是要求考生选出一个和说话者所说内容相符的一项,所以那个和原文一致的选项往往是正确答案,考生千万不要把简单的问题搞复杂。例如:

---

**例 题**

麻绳是将一种叫作麻的植物的皮处理成纤维,再经搓编而成的绳子。其实,麻是很脆弱的,一般都种植在沟渠里,不能种植在平地上。因为,麻杆遇到风会折断,种植在沟渠里能避风。

| A. 麻绳很脆弱 | B. 麻很脆弱 |
| C. 麻是种在平地上的 | D. 麻是种在山坡上的 |

这道题即使考生没有完全听懂,只要能听到"麻是很脆弱的",就可以选出正确答案B。

---

### (二)重复信息别放过

在所听到的录音材料中,经常会听到重复的短语或词。这些重复的部分往往是这段话的重点所在,所以要把更多的注意力放在理解这些重复的信息上,这对于理解整段话至关重要。例如:

---

**例 题**

很多父母习惯只给婴儿吃少数几种食物,但专家表示,大多数婴儿6个月大时就可以安全进食多种食物。他们认为给孩子提供多样化食物有好处,可以帮助孩子长大后适应不同种类的食品。

A. 婴儿应该少吃          B. 婴儿应多喝牛奶

C. 婴儿食物应该多样化      D. 许多婴儿爱吃一种食物

在这段录音里,我们会听到"少数几种食物""多种食物""多样化食物""不同种类的食品"等词,即使考生没有完全听懂这段话,也能从这些重复信息中获得帮助,从而选出正确答案C。

### （三）主要信息常强调

在听力考试中,因为新汉语水平考试对于外国同学来说毕竟是一种外语考试,所以在设计考题和录制考题时都会考虑到充分强调听力材料中的重要信息,考生在听力考试过程中,如果听到具有强调意味的信息,往往都和回答问题有关。强调的方式有多种,最常见的有:

1. 语音上的强调。这包括说话人的重音、提顿,有时候,我们还会听到录音中说话人刻意强调某个短语或某个词,包括像具有否定意义的副词、时间、数字等。

2. 进一步解释。有的时候一段话要表达清楚,就要反复解释,有时还会递进解释,常常用下面的一些词:

| | | |
|---|---|---|
| 也就是…… | 也就是说…… | 换句话说…… |
| 即…… | 尤其是…… | 特别是…… |

3. 举例说明。有时候为了表达清楚,说话者会举例说明,通过例子我们可以知道说话者的表达重点。常用的举例短语有:

| | |
|---|---|
| 例如…… | 比如说…… |
| 像…… | 拿……为例 |

4. 对比强调。有些听力考题,是拿两件事物进行对比,评价彼此优劣,大家也要注意那些表示"对比"的词汇,这些用来对比的项往往是说话者的表达重点。这些具有"对比"意义的词或短语有:

| | | |
|---|---|---|
| 比较(副词)…… | 较…… | ……比……更(还) |
| ……的优点(缺点)是 | 相反 | |

5. 强调结论。结论是说话者表达的重点,也往往是问题答案的来源。说话者在表达结论的时候都会有一些标志性的关联词或插入语,如:

| | | |
|---|---|---|
| 因此(所以)…… | 总之(综上所述)…… | 毫无疑问…… |
| 不难看出…… | 可见…… | |

**例 题**

参团旅游具有省钱、方便的优点,但是行程往往安排得较为密集,旅客容易出现疲劳现象。自助旅游的优点是自由自在,随心所欲,但在旅游旺季,旅客在解决交通、住宿等问题时往往会遇到麻烦。

A. 参团游行程紧　　　　　　　　　B. 自助游最省钱
C. 自助游容易疲劳　　　　　　　　D. 自助游的人越来越多

 这道题就是对比强调"参团游"和"自助游"的优点和缺点,答案是A。

## (四)"建议"后面是重点

在这部分试题当中有很多科普常识类话题,也有些是介绍一种新方法或新观念。所以常常会有"建议"性质的字眼,例如:

| | | |
|---|---|---|
| ……认为(觉得)…… | ……建议(提议)…… | ……表示…… |
| 你不妨…… | 为什么不…… | 应该(必须、最好)…… |
| 要(不要)…… | | |

这些"建议"性质的字眼后面的才是这段话所要表达的重点,所以考生在考试时要重点听"建议"后面的部分。如前面给过的例子:

**例 题**

很多父母习惯只给婴儿吃少数几种食物,但专家表示,大多数婴儿6个月大时就可以安全进食多种食物,他们认为给孩子提供多样化食物有好处,可以帮助他们长大后适应不同种类的食品。

在这个例子中,我们可以听到"专家表示""他们认为"这些表"建议"性的字眼,它们后面的部分才是这段话要表达的重点。

### (五) 因果关系要弄清

因果关系在语言表达中是最常用的一对逻辑关系，在听录音的过程中要特别注意这类词，以弄清因果，把握大意。汉语中常用的表因果关系的关联词有：

> 由于……所以……　　　因为……所以……　　　……因此……
> 所以……是因为……　　之所以……是因为……　　正因为……才……
> 由于……
> 因而、从而、以致、致使、可见、既然

**例 题**

众所周知，美国总统发表电视讲话或是接受记者采访时一般都是站着的；即使坐着，也很少坐在沙发或是高背椅上，因为那样舆论会认为他的健康有问题。

A. 美国总统常站着接受采访
B. 舆论认为美国总统健康有问题
C. 美国总统坐在沙发上接受采访
D. 美国总统常坐在高背椅上接受采访

"美国总统常站着接受采访"的原因是害怕舆论认为总统健康有问题，所以答案是A，选项B是干扰项。

### (六) 转折后面是关键

如果一段话出现转折，那么转折后面部分肯定是说话者所要表达的重点，所以考试时，同学们注意转折后面的才是关键，要重点把握。汉语中表示转折意思的关联词有很多，例如：

> 可是、但是、但、不过、然而、而、只是
> 尽管……还……
> 虽然(虽是、虽说、尽管、固然)……但是(但、可是、然而、却)……
> 尽管……可是……　　　……却……　　　……然而……
> 不是……而是……　　　相反……　　　其实……

**例 题**

人生就是一场严肃的竞技，走弯路没有关系，关键在于大方向是否正确。坚强和毅力固然可敬，但是只有在正确的方向下才会发挥作用，否则就会变成一种盲动，很多时候，人更需要的是分辨方向的智慧。

A. 人生不能走弯路

B. 人生的大方向是否正确是关键

C. 只要有坚强和毅力，人生就会成功

D. 分辨方向需要毅力

表示转折的关联词"但是"后面的内容是说话者所要表达的重点，文中提到的"但是只有在正确的方向下才会发挥作用"才是作者所要说的重点。所以正确答案是B。

### （七）如果有问题，要注意回答

听力材料中如果有问句，那么一定要注意后面的回答，因为问只是提出问题，说话者所要表达的重点一定在回答中。问与答是会话的最基本的结构，回答往往都是新信息与重要信息。例如：

**例 题**

什么是好日子和坏日子的界限呢？我猜，是爱吧。有爱的日子中，也许我们很穷，但每一分钱都能带给我们双倍的快乐。也许我们的身体不好，每况愈下，但我们牵着相爱的人的手，慢慢老去，人生旅途就不会孤独。

A. 钱能给我们带来快乐　　　　　B. 好日子、坏日子没有界限

C. 身体健康能给我们带来快乐　　D. 爱能给我们带来快乐

这道题从一开始对问的回答中就很明显地给出了答案，所以答案是D。选项A和C虽符合常理，但不是说话者所表达的意思，是干扰项。

### （八）注意开头和结尾

录音中说话者所说的开头和结尾非常关键，往往是说话者所要表达的中心意

思。如下面的例子：

### （九）专有名词、数字要记牢

考生在听力考试中经常会听到人名、地名等专有名词，这些都是说话者要表达的主题，考生要特别注意。另外，有时会出现多个数字，备选答案会交叉干扰，所以考生听的同时要做一些笔记，以免混淆或忘记。短文中还经常出现和数字有关的词，考生要注意分辨，如：大约、将近（近）、超过、左右、是……的X倍、超过……的X倍，还有分数、百分数，大家也要注意掌握。

例　题

中国是世界上近视发生率最高的国家之一，近视眼人数世界第一。调查显示，中国人口近视发生率为33%,全国近视人数已近4亿,达到世界平均水平22%的1.5倍。

A. 中国的近视眼人数居世界第二

B. 世界平均近视发生率为33%

C. 中国近视发生率是世界平均水平22%的1.5倍

D. 中国近视眼人数已超过4亿

如果我们听的时候做一些笔记,再注意"近"和"超过"这样的词,那我们就不会被这些数字迷惑了。答案是C。

### (十) 幽默、笑话抓包袱

幽默、笑话常常是听力考试的重要题材,在听的过程中一定要抓住其包袱,这样我们才能知道其幽默所在。例如:

**例 题**

老师对站在他面前的学生说道:"现在有一件轻而易举的工作要派你们当中最懒的人去做,最懒的请举手。"老师面前"刷"地举起了一片手,只有张华没有举手。老师问他:"你为什么不举手?""太麻烦了!"张华懒洋洋地答道。

A. 老师在找最勤奋的学生      B. 张华很懒

C. 工作很难      D. 老师很懒

 答案是B。

当然,以上这十条技巧不是孤立的,在讲解不同的答题技巧时我们也使用了一些相同的例子,也正说明了这一点。对这些技巧,我们在听力考试过程中要综合运用,以简驭繁,最终选出正确答案,取得好成绩。比如下面这道题:

**例 题**

丈夫给一家杂志社写了三封信,提了些合理化建议,编辑部给他寄了两本样刊作为答谢。丈夫非常高兴。我问他下一步有什么打算,他一本正经地说:"我准备给汽车公司提提建议。"

A. 妻子正在找工作　　　　　　　　B. 妻子准备买汽车

C. 丈夫得到两本杂志　　　　　　　D. 丈夫在杂志社工作

　　　这道题要求考生不但要理解字面上的意思，还要理解说话者隐含的意思。给杂志社提建议，杂志社送杂志，那么如果给汽车公司提建议，汽车公司就可能会送汽车，其实这是丈夫的一个小幽默。幽默的核心就是最后一句话，另外也是丈夫对说话者的回答，当然也是录音所强调的部分。这些都是需要考生抓住的信息。这样考生就能很容易地理解这个幽默，也就将干扰项排除了，这时我们再用第一条技巧选择听到的事实，这样就能得出正确答案是C。

第一部分　听力

# 三、模拟练习题

## 模拟练习一

**第1—15题：请选出与所听内容一致的一项。**

1. A. 今天是父亲节
   B. 每天不是妈妈做早餐
   C. 今天是妈妈做早餐
   D. 爸爸从来不做早餐

2. A. 播客属于社会类流行语
   B. 要想成为播客很容易
   C. 听众会受时空的限制
   D. 我们不能自主选择播客内容

3. A. 完美是不存在的
   B. 完美给人带来希望
   C. 要用极度挑剔的眼光看世界
   D. 失败者就是完美主义者

4. A. 雷雨时可以在户外戴耳机听歌
   B. 电子设备可导电
   C. 雷电可能会烧伤皮肤
   D. 雷电时赶紧躲到建筑里

5. A. 钱能给我们带来快乐
   B. 好日子、坏日子没有界限
   C. 身体健康能给我们带来快乐
   D. 爱能给我们带来快乐

6. A. 这是战国时代的故事
   B. 反映的是吴王勾践的故事
   C. 胆很苦，但必须学会坚持
   D. 胜不骄，败不馁，才能取得胜利

7. A. 商业化社会离不开材料
   B. 新产品的开发依赖技术的改进
   C. 材料专业很受重视
   D. 材料专业的毕业生很难就业

8. A. 头皮皮脂分泌增多，头发易脏
   B. 空气悬浮物不会附在发丝上

C. 风力会保持头发的湿度
D. 发质变干会滋生细菌

9. A. 暴雨带来了高温天气
   B. 海南发布暴雨橙色预警
   C. 8小时内降雨达到了200毫米
   D. 我们暂时不需要应对频发天气

10. A. 半糖夫妻是异城分居
    B. 五个工作日一起生活
    C. 半糖夫妻流行于农村夫妻中
    D. 半糖夫妻有利于维持婚姻

11. A. 握手不必很讲究
    B. 多人相见可交叉握手
    C. 可以拒绝对方的握手
    D. 谢绝握手时应致歉

12. A. 黑鱼食肉
    B. 黑鱼不喜袭击
    C. 黑鱼肉细腻可口
    D. 黑鱼会使伤口发炎

13. A. 叶问是平民子弟
    B. 叶问是陈华顺的最后一个弟子
    C. 叶问在佛山传授咏春拳
    D. 李小龙不是叶问的徒弟

14. A. 丈夫买了洗衣机
    B. 妻子很高兴
    C. 今天停电了
    D. 丈夫很听妻子的话

15. A. 天变阴了
    B. 孩子们在屋里看雪
    C. 雪停了
    D. 交通受到很大的影响

第1—15题:请选出与所听内容一致的一项。

1. A. 妻子现在年轻又漂亮
   B. 夫妇现在家徒四壁
   C. 丈夫有外遇
   D. 30年前,他们一无所有

2. A.《千与千寻》是现实幻想的折射
   B. 千寻是个坚强的女孩
   C. 千寻的生命正在蓬发
   D.《千与千寻》很精彩

3. A. 男人已经离婚
   B. 他老婆每晚去舞厅
   C. 男人把老婆从舞厅带回来
   D. 老婆很漂亮

4. A. 鼠标不会传染眼病
   B. 定期给键盘等消毒
   C. 不能用抗病毒的眼药水
   D. 要节制使用电脑

5. A. 油菜花文化节举办一天
   B. 该地一年四季都有油菜花
   C. "油菜花文化节"每年3月举行
   D. 人们喜欢秋天去郊外看油菜花

6. A. 妻子有点胖
   B. 这件衣服很便宜
   C. 营业员说的是实话
   D. 丈夫最后买了衣服

7. A. 海绵路可以帮助收集雨水
   B. 海绵路会释放水
   C. 海绵路空隙很少
   D. 海绵路可以缓解城市的交通压力

8. A. "油米"即油和米粒
   B. "油米"的年龄有点大

C. 加油站获得了大幅的利润
D. 加油站对油客网不感兴趣

9. A. 湖南省新化最近天气晴好
   B. 水利局双休日照常上班
   C. 9日雨势超强
   D. 新化县将迎来晴朗天气

10. A. 斗茶盛于唐代
    B. 斗茶也是品茶艺术的表现形式
    C. 斗茶最终是为了分胜负
    D. 斗茶流行于广东一带

11. A. 安徒生在童话中找到了幸福
    B. 安徒生让自己活在现实里
    C. 安徒生为童话付出了巨大的代价
    D. 安徒生并不后悔自己做的一切

12. A. 网上征集政策不可靠
    B. 公民与政府官员对话未实施
    C. 福建正努力完善网上对话机制
    D. 网络发言人可鼓励人们上网

13. A. 国家公务员面向当地
    B. 地方公务员要求严格
    C. 大部分省份对户口不做限制
    D. 公务员非常难考

14. A. "十强"的销量有下降
    B. 现代销量最高
    C. 现代和奥迪销量悬殊
    D. 汽车销量总体形势良好

15. A. 美国一本教材有18个学生使用
    B. 教材平均寿命为6年
    C. 很多国家不赞成课本循环使用
    D. 我国倡导课本循环使用

**第1—15题：请选出与所听内容一致的一项。**

1. A. 小杨上班迟到
   B. 小杨最后一个下班
   C. 路况畅通无阻
   D. 小杨老婆很漂亮

2. A. 营销创新有多种途径
   B. 可在特定市场内部做调整、创新
   C. 发挥产品已有的功效
   D. 重组市场并不可行

3. A. 富者的财富被均等平分
   B. 中产阶级沦落为中下层阶级
   C. 财富分配在中间凸起
   D. 中间这一块儿最后占主导

4. A. 文明首发于西安
   B. 道学在山东兴盛
   C. 佛学首传于洛阳
   D. 姓氏主根在安阳

5. A. 含羞草原产北美洲
   B. 含羞草不可药用
   C. 含羞草的叶子能榨油
   D. 含羞草碱是一种有毒物质

6. A. 伟大的劳动产生伟大的精神
   B. 体力劳动无益于人
   C. 体力劳动是高贵的
   D. 作家应轻视体力劳动

7. A. 该站天气预报可预测全球天气
   B. 未来的天气预测并不准确
   C. 最高气温也属于指标之一
   D. 饮食情况也可查询

8. A. 吃的第一境界是填饱肚子
   B. 形式非常有新潮感
   C. 非常讲究吃的地方
   D. 不应该怕麻烦

9. A. 小王没有推倒简易厕所
   B. 小王说了假话
   C. 小王的爸爸很高兴
   D. 小王的爸爸很生气

10. A. 许多新兴语言正蓬勃发展
    B. 英国语言学家发出了警告
    C. 3/4的语言正在濒临消亡
    D. 几乎每两个星期就会有一种语言消失

11. A. 长江中上游雨水会增多
    B. 大部分地区降雨量偏少
    C. 新疆西北部将持续干旱
    D. 东北地区降水量比以往同期多

12. A. 小吃大概有1500种
    B. 亚洲小吃品种不多
    C. 欧洲小吃品种不多
    D. 南美洲的小吃品种最多

13. A. 面对劳动所得，大家并不开心
    B. 劳动可获得成就感
    C. 成就感的来源很大
    D. 成就感缺乏精神意义

14. A. 乘车过久腿部易形成血栓
    B. 拒绝长途旅行
    C. 长途旅行不需要活动脚关节
    D. 喜欢旅行的人很多

15. A. 做直销不利于个人成长
    B. 生意人只讲利益
    C. 生意人都缺乏感动
    D. 直销讲人性很重要

**第1—15题：请选出与所听内容一致的一项。**

1. A. 小伙子是老板的儿子
   B. 招牌裂成两块
   C. 老板要开分店
   D. 老板听了很生气

2. A. "指"是大拇指
   B. "弹指"是时光短暂的意思
   C. "弹指"是用手指弹别人
   D. 佛家用"弹指"比喻时光短暂

3. A. 封闭培训为一个月
   B. 新员工将出国深造
   C. 集团会不定期地让员工学习
   D. 集团会送员工到知名企业学习

4. A. 客人对饭店的态度不认可
   B. 顾客都不满意员工的态度
   C. 员工不都对客人有亲切感
   D. 顾客认可员工的服务来自内心

5. A. 日本的小吃很贵
   B. 韩国街头不见小吃踪影
   C. 新加坡小吃价格实惠
   D. 欧洲国家小吃价廉物美

6. A. 该产品采用250V电源
   B. 只能安装在户外
   C. 该产品携带不方便
   D. 该产品操作简便

7. A. 企业领导者应深入员工内部
   B. 企业领导者应树立权威性
   C. 员工应学会反抗
   D. 细节营销不容易施行

8. A. "财神"在除夕之夜受欢迎
   B. "财神"即财神像
   C. "财神"中间为印制的神像
   D. "财神"中间为吉利话语

9. A. 日本政府邀请青少年访问日本
   B. 日本政府邀请成年人访问日本
   C. 日本20岁人口持续减少
   D. 老龄化是日本教育改革重点

10. A. 龙井茶产于苏州
    B. 味浓是龙井茶的特点之一
    C. 龙井茶得名于龙井
    D. 龙井位于南湖的龙井茶村

11. A. 财富是永恒的
    B. 快乐是暂时的
    C. 生命是永恒的
    D. 最富有的国家是有钱人很多

12. A. 睡莲是新加坡的国花
    B. 莲与佛没有联系
    C. 荷花不属于睡莲科
    D. 睡莲花语是纯洁

13. A. 购物是享受
    B. 购物仅仅是消费
    C. 购物很辛苦
    D. 购物不算是交换

14. A. 不存在十拿九稳的事儿
    B. 要做有把握的事儿
    C. 欣赏别人的成功
    D. 风险与收益是成正比的

15. A. "秋冻"不需要条件
    B. "秋冻"引发呼吸道疾病
    C. 受冻可促进健康
    D. 盲目受冻易患心脑血管疾病

**第1—15题：请选出与所听内容一致的一项。**

1. A. "牵肠挂肚"是指肚子不舒服
   B. 一个人出门会过得不好
   C. 子女出门，父母会牵肠挂肚
   D. 子女最好不要出门

2. A. 考试很难
   B. 李明考试考得很认真
   C. 李明在考试时睡觉
   D. 后面的同学也在睡觉

3. A. 法国人很友好
   B. 在法国，陌生人间不说话
   C. 法国司机不会停车让路
   D. 法国人不喜欢异乡人

4. A. 麻绳很脆弱
   B. 麻很脆弱
   C. 麻是种在平地上的
   D. 麻是种在山坡上的

5. A. 喜鹊的叫声不好听
   B. 喜鹊叫就一定有喜事
   C. 民间有喜鹊报喜的说法
   D. 人们不喜欢喜鹊

6. A. 时间不等人
   B. 我们要做时间的主人
   C. 要让时间做我们的主人
   D. 时间可以掌控我们

7. A. 抱怨之后心情会轻松
   B. 抱怨后会快乐
   C. 抱怨后心情会更糟
   D. 抱怨是有价值的

8. A. 性格是成年后才定型的
   B. 性格形成后不会改变
   C. 性格是在幼年时定型的
   D. 父母的教育方式决定孩子性格

9. A. 信任的"回报"是不信任
   B. 信任是相互的
   C. 不信任他人，我们会很愉快
   D. 信任是单方面的

10. A. 中国的近视眼人数居世界第二
    B. 世界平均近视发生率为33%
    C. 中国近视发生率是世界平均水平的1.5倍
    D. 中国近视眼人数已超过4亿

11. A. 要多说话
    B. 要少说话
    C. 领导喜欢高调的人
    D. 要注意自己的言行

12. A. 人生不能走弯路
    B. 人生的大方向是否正确是关键
    C. 只要有坚强和毅力，人生就会成功
    D. 分辨方向需要毅力

13. A. 杰出的人没遇到过不公正的事儿
    B. 平庸的人遇到过很多不公正的事儿
    C. 杰出的人遇到不公正也不放弃自己的追求
    D. 平庸的人不会成功

14. A. 交友要广泛
    B. 朋友决定了我们的理想
    C. 交朋友要慎重
    D. 交朋友是儿戏

15. A. 生活很容易
    B. 我们常常没有信心
    C. 我们要对生活尽全力
    D. 我们要对别人有信心

# 四、模拟练习参考答案

## 模拟练习一

**参考答案及听力文本：**

| 1. D | 2. B | 3. A | 4. C | 5. D |
| 6. D | 7. C | 8. A | 9. B | 10. D |
| 11. D | 12. A | 13. B | 14. C | 15. C |

第1—15题,请选出与所听内容一致的一项。现在开始第1题:

1. 这天早晨,孩子问爸爸:"爸爸,为什么今天你做早餐呢?妈妈生病了吗?"爸爸随口答道:"亲爱的,今天是母亲节呀!"孩子疑惑地问道:"哦,那么其他日子,每天都是父亲节吗?"

2. 播客属于网络通讯类流行语。要想成为播客并不难,只需一台电脑、一个麦克风、一个声音编辑软件,接着将录制好的节目上传发布到相应的网站即可。而听众可以不受时空限制,自主选择所喜欢的播客内容进行欣赏。

3. 完美是人的终极幻想,在宇宙中并不存在。你越追求完美,就越会陷入失望。如果你以非常挑剔审慎的眼光来看待事情,任何事情都可以再改进——每一个人、每一种观念、每一幅画、每一种经验、每一件事。所以,如果你是一个完美主义者,那你就是一个失败者。

4. 雷雨时在户外戴着耳机听音乐,可能会有生命危险。据医生介绍,电子设备虽然不会像大树或电棒那样导电,但是雷电一旦与金属接触,金属就会传导电流,导致雷电烧伤皮肤,扩大伤害的程度。

5. 什么是好日子和坏日子的分界线呢?我猜,是爱吧。有爱的日子,也许我们很穷,但每一分钱都能带给我们双倍快乐。也许我们的身体不好了,每况愈下,但我们牵着相爱的人的手,慢慢老去,人生旅途就不会孤独。

6. 卧薪尝胆,原指春秋时期的越国国王勾践励精图治以图复国的故事,后演变成成语,形容人刻苦自励、发愤图强。这个历史故事也会让我们明白"胜不骄,败不馊,才能取得胜利"的道理。

7. 在工业化社会里,没有任何产品离得开材料。许多新产品的开发都依赖于材料的改进,材料是工业的基础。材料专业因此备受重视,地位在不断提高,该专业的毕业生择业面也很广。

8. 天热时人的头皮皮脂分泌会增多,这既会助长发丝间细菌滋生,也会使空气中的悬浮物更易黏附在头发上,极易弄脏头发,而且较强的风还会带走头发中的水分,导致头发发质变干,失去光泽,所以我们应注意保持头发的清洁。

9. 近日,一场暴雨带走了海南连日以来的高温天气。海南省气象台已发布暴雨橙色预警,省内多个市县6小时内降雨量将达100毫米以上。如何应对频发的极端天气,成为摆在政府、社会和民众面前的一道重要难题。

10. 半糖夫妻是指同城分居的婚姻方式,即夫妻二人过着"5+2"的生活——五个工作日各自单过,周末两天才与自己的另一半聚首。半糖夫妻是流行于高学历、高收入的年轻都市夫妻群体中的一种全新的婚姻模式。他们认为,这种模式将有助于维护个人空间,保持婚姻的新鲜感。

11. 握手也是有礼仪的。多人相见时,注意不要交叉握手,而且在任何情况下拒绝对方主动要求握手的举动都是无礼的。但手上有水或不干净时,应谢绝握手,同时必须解释并致歉。

12. 黑鱼属肉食性鱼类,小黑鱼食水生浮游动物,稍大即食小鱼、小虾。黑鱼喜栖于水草茂密的泥底或在水面晒太阳,有的还经常藏在树根、石缝中来偷袭其他鱼。黑鱼肉较粗,不是很好吃,但有营养,还有消炎的作用。

13. 叶问,本名叶继问,是广东佛山的富家子弟。从7岁起便拜陈华顺为师,学习咏春拳,并成为其封门弟子。叶问16岁那年,赴港求学,后学武。1950年赴香港,传授咏春拳。其弟子中最出名的是让中国武术闻名世界的武打巨星李小龙。

14. 丈夫抱回家一台吸尘器,兴奋地对妻子说:"我为你买了世界上最好的吸尘器。"说着,他把咖啡末、烟灰等洒在客厅的地毯上,"只要我一按按钮,这些垃圾立即消失得无影无踪,否则,我立刻把它们吃下去。"妻子听了后平静地说:"看来你非吃不可了。"丈夫马上说:"绝对不会!"妻子说:"会的,因为今天停电。"

15. 哈尔滨持续三天三夜的皑皑大雪已于今日上午十时左右停止。目前哈尔滨天气晴朗,到处是一片银装素裹的景象,孩子和大人们欢快地在雪中嬉戏玩耍,还有一些人则在路边驻足欣赏雪景。

## 模拟练习二

**参考答案及听力文本:**

| | | | | |
|---|---|---|---|---|
| 1. D | 2. A | 3. B | 4. B | 5. C |
| 6. A | 7. A | 8. D | 9. B | 10. B |
| 11. C | 12. C | 13. C | 14. A | 15. D |

第1—15题,请选出与所听内容一致的一项。现在开始第1题:

1. 一对事业成功、生活富贵的夫妇躺在床上休息。丈夫说:"我在想,现在咱们什么都有了,要啥有啥。30年前,咱们什么都没有,可那时我身边躺着的女人又年轻又漂亮。"妻子就说:"这不是问题,亲爱的。你再去找一个年轻、漂亮的,我来负责把你变成一个穷光蛋。"

2.《千与千寻》是宫崎骏对现实世界的幻想折射的典范。千寻是个表面上娇生惯养、胆小、冷漠甚至迷惘的小姑娘,她的生命力似乎已经枯萎,没有人知道为什么,因为大家都是这样。

3. 一个家伙对律师说:"我要离婚,我受不了我老婆晚上12点还往舞厅里跑。"律师说:"是吗?那真是不可原谅,她去干什么?"那个家伙哭丧着脸说:"去把我拎回来!"

4. 电脑键盘、鼠标成眼病感染新渠道。眼科医生提醒大家:避免接触眼睛的物品共用,定期给键盘和鼠标消毒,经常洗手。若出现眼红、流泪、眼睑发痒、肿胀等情况,应及时到医院就诊,使用抗病毒的眼药水进行治疗。

5. 春季来临,当地很多居民会选择去郊外的油菜花地踏青。该地区的"油菜花文化节"一般在3月初举行,并持续到4月份。如果不受特殊天气的影响,这里的油菜花会一直盛开至4月中旬。

6. 身材有些发福的妻子在商场看中了一件衣服,她穿上后,在镜子前欣赏。营业员夸奖说:"这件衣服对您来说太合适了,穿上后,您简直就是魔鬼身材。"妻子很高兴,要丈夫买下来。丈夫看看价格,无可奈何地说:"亲爱的,你要买我就掏钱,不过我想补充一下,魔鬼也是有很多种身材的。"

7. "海绵路"指的是会"喝水"的新型道路,它像海绵一样迅速吸收地面所有水分。这种路面可以用来改造城市"水浸街"地段,远期还有望帮助实现城市雨水的收集与再利用。这种透水性海绵路的路面以下是特殊处理过的沙石层,多空隙的结构使得路面上的水能迅速下渗到地下泥土中,缓解城市热岛效应。

8. "油米"是指城市里那些年龄不大,开车四处寻找打折油,并乐此不疲地把信息发布到网上的群体。油客网负责人表示,尽管各加油站对该网站并不感兴趣,但从中受益的网民有几十万,为网站提供加油站信息的有200多人。

9. 新一轮强降雨的消息让湖南省新化县上下绷紧了神经,在新化县水利局,"双休日照常上班"的通知高挂在墙上,所幸的是,5月9日雨势并不大,未造成二次灾害。据气象部门预测,12日后,新化县将面临新一轮的强降雨。

10. 斗茶兴于唐代末,盛于宋代,最先流行于福建一带。它是古代品茶艺术的最高表现形式。其最终目的是品尝,特别是要吸掉茶面上的汤花,最后斗茶者还要品茶汤,做到色、香、味三者俱佳,才算斗茶的最后胜利。

11. 安徒生在临终前不久对一个年轻的作家说:"我为自己的童话付出了巨大的代价,甚至可以说是无可估量的代价。为了童话我拒绝了自己的幸福并且错过了这样的一段时间,那时,无论想象是怎样有力、如何光辉的,它还是应该让位给现实的。"

12. 福建省政府正探讨建立"网络发言人"制度,以"网络领导接待日"和"网络热线"为平台,创造公民与政府官员进行直接交流的条件,以进一步完善政府网站的网上对话机制,来有效推动政策网上意见征集工作。

13. 国家公务员考试是面向全国进行招考的,而地方公务员考试是主要面向当地的居民和在当地就读的大学生以及本省生源的大学生进行招考的,但现在大部分省份已经不再要求考生拥有当地户口,尤其是像江苏、广东、浙江这样的沿海发达地区,对户口不做限制,是面向全国进行招考的。

14. 本期的销量排行以及销量数据呈现两个特点,首先是现代在月初发力,追上了奥迪的销量,实现"齐头并进"。而且,与上个月相比,本月的"十强"车型销量均有不同程度的下降。

15. 据了解,许多发达国家很早就开始推行课本循环使用了。在美国,一本教材至少有8个学生先后使用,平均使用寿命为5年。我们多年来也一直倡导教材循环使用。

## 模拟练习三

参考答案及听力文本:

| | | | | |
|---|---|---|---|---|
| 1. A | 2. B | 3. B | 4. C | 5. D |
| 6. C | 7. C | 8. A | 9. D | 10. D |
| 11. D | 12. C | 13. B | 14. A | 15. D |

第1—15题,请选出与所听内容一致的一项。现在开始第1题:

1. 经理问小杨:"小杨,你早晨上班迟到了,下班又早退,不太合适吧?"小杨说:"经理大人,现在的路况不好,总是堵车。我上班迟到了,下班回家就不能再迟到了,否则,我还要被老婆大人批评的。"

2. 市场营销创新有两种截然不同的路径:一种是在某一特定市场内部做调整,另一种是通过对产品做适当改动来产生新用途、新情境、新目标市场,以开创新类别,从而重组市场。

3. 所谓的"M型社会",指的是在全球化的趋势下,富者的财富快速攀升;而随着资源重新分配,中产阶级因失去竞争力而沦落到中下阶层。整个社会的财富分配,在中间这块儿,忽然有了很大的缺口,跟"M"的字形一样。整个世界分成了三块儿,左边的穷人变多,右边的富人也变多,但是中间这块儿,就逐渐陷下去,然后消失。

4. 洛阳是中华文化的读本。史学考证知,中华文明首萌于此,道学肇始于此,儒学渊源于此,经学兴盛于此,佛学首传于此,玄学形成于此,理学寻源于此。圣贤云集,人文荟萃。洛阳还是姓氏之根、客家之根。

5. 含羞草原产南美洲,为观赏植物,我国各地现均有栽培,分布于华东、华南、西南等地区。全草可药用,能安神镇静、止血止痛;种子能榨油。但其体内的含羞草碱是一种有毒物质,人体过度接触后就会毛发脱落。

6. 伟大的精神导致伟大的劳动,强有力的劳作培养强有力的精神,正如钻石研磨钻石。伟大的作家托尔斯泰,用自己的一生证实:体力劳动是高贵而有益的,轻视体力劳动和手艺,只说明其精神贫弱、思想空虚。

7. 本站天气预报目前可以查询涵盖全国2290个城市、县、地区当天和未来几天的气象趋势预测,主要指标包括每天最高气温、最低气温、天气状况、风向等。

8. 吃的第一大境界是"果腹",即填饱肚子。它的形式比较原始,只解决人的最基本的生理需要。这个境界的吃,不需要费心找地儿,两盘菜,一小碗汤,一份主食足矣。一个人,两个人,三五人均可。这个境界的吃千万别麻烦,一麻烦就脱离了本质,吃起来也就十分不爽。

9. 爸爸问小王是不是他推倒了简易厕所。小王承认了,然后说:"爸爸,我看过华盛顿砍樱桃树的故事,华盛顿说了真话,就不用受到惩罚。"小王的爸爸说:"宝贝,那是因为华盛顿的爸爸当时不在那棵樱桃树上。"

10. 目前世界上总共有大约7000种语言,但许多包含着当地人文历史和风俗习惯的语言正在迅速消失。美国语言学家9月18日警告,世界上有大约一半的语言正在濒临消亡,可能将在本世纪末完全被人类抛弃。事实上,几乎每两个星期就有一种语言从世界上消失。

11. 预计5月中旬,长江中下游、华南等地雨水较多,大部分地区降雨量接近往年同期或偏多;而新疆西北部、青藏高原东部、内蒙古东北部、东北地区等,降水量也比往年同期偏多。

12. 全世界究竟有多少种小吃,可能最权威的美食家也无法说清楚。仅以城市中的小吃为例,据说光亚洲就不下1500种,相比之下欧洲要少一些,不过也在四五百种左右,南美洲和非洲的加起来也要超过500种,其中甜食和咸食各占一半。

13. 当一个人面对劳动所得时,心情是快乐的,劳动所得不仅仅是让他得到了一点儿收入,更重要的是成就感和通过劳动所得到的尊重。一份成就感的来源可能很大也可能很小,但是,它给予的精神意义却是巨大的。

14. 世界卫生组织近日称,旅行乘车4小时以上,腿部静脉血管内形成血栓的几率增加。因此,为了我们的健康,长途旅客应该经常活动脚关节和踝关节。

15. 很多人觉得做直销就是做生意,在生意中就只有利益关系。生意人是没有朋友的,至于感动就更谈不上了。其实有这种想法的人,他不懂得直销究竟是什么。目前,无论是做生意,还是讲文化,最重要的一点就是讲人性。

## 模拟练习四

参考答案及听力文本:

| | | | | |
|---|---|---|---|---|
| 1. B | 2. D | 3. D | 4. C | 5. A |
| 6. D | 7. B | 8. B | 9. A | 10. C |
| 11. C | 12. D | 13. A | 14. D | 15. D |

第1—15题,请选出与所听内容一致的一项。现在开始第1题:

1. 一个小伙子在酒店里当伙计。一天早上,他在店里挂招牌,一不小心,招牌落在地上摔成两半,老板见了很生气地说:"你怎么这样粗心,该死!"小伙子急中生智地说道:"老板,恭喜你!你快要开分店了,这是很好的兆头啊!"

2. 形容时光短暂时常用"弹指一挥间"这个比喻。其实这里的"指"就是手指,"弹指"就是捻弹手指发出声音的意思。佛家常用"弹指"来比喻时光的短暂。

3. 每一个刚进入集团的员工,都将接受公司为期一到两周的新人封闭式培训。为了帮助员工尽快成为国际性的管理人才和专业人才,我们集团会定期选送优秀员工出国培训或到相关知名企业工作学习。

4. 虽然客人对饭店的真诚态度基本认可,但还有相当一部分顾客对员工的真诚并不是很肯定,如有近40%的顾客并不十分认可服务人员的服务是发自内心的,近26%的人并不认可服务人员对客人有亲切感。

5. 亚洲国家的小吃物美价廉,但日本、韩国和新加坡的除外,尤其是日本的东京,街头小吃几乎不见踪影,即使有,昂贵的价格也会让人望而却步。

6. 本产品采用220V电源,既能安装于户内,又可安装在户外,还可利用脚手架安装于大型建筑工地。它的主要特点是:携带方便、安装简捷、操作容易。

7. 为了顺利推进细节营销,塑造优秀营销文化,企业领导们必须首先树立自己的权威性、可信性和人格"魅力",使企业员工对他们产生信任、理解、支持和认同,从而对细节营销形成强有力的领导和诱导作用。

8. 春节,是中国民间最盛大的节日。除夕之夜有一项重要的民俗活动——迎"财神"。"财神"其实是印制的粗糙的财神像,此财神像用红纸印刷而成,中间为线描的神像,两旁再写一些吉利词句。

9. 日本政府将在未来5年内投资350亿日元,邀请多国的青少年访问日本。由于18岁以下人口持续减少,"国际化"成为今后日本大学教育改革的重点之一。

10. 龙井茶是中国著名的绿茶,产于浙江杭州西湖一带,已有1200余年历史。龙井茶有"色绿、香郁、味甘、形美"四绝的特点。龙井茶得名于龙井。龙井位于西湖之西翁家山西北麓的龙井茶村。

11. 财富是转瞬即逝的,只有生命才是永恒的。生命,包括所有的爱、快乐和赞美的力量。如果一个国家养育了无数心地善良且幸福快乐的人,那么这个国家就是最富有的。

12. 睡莲是泰国、埃及、孟加拉的国花。泰国是佛教国家,而莲又与佛有着千丝万缕的联系,它象征着圣洁、庄严与肃穆。信佛之人,必深爱莲花。睡莲与荷花同属睡莲科,在佛教中,通称为莲花。睡莲花语是纯洁、迎着朝气、抛去暮气。

13. 购物既是消费,也是享受。不论是突然想起要买桶牛奶、聊个天,还是去逛书店,与店主谈谈新书;或是去专营手工制品的商业中心里搜寻一件称心的礼品;或者仅仅是溜达一圈,购物是真正意义上的交易——一种交换。

14. 所谓十拿九稳的事情,往往是获得回报最少的事情。要做,就去做那些没把握的事儿——你觉得没把握,别人同样觉得没把握。但是你做了,就有成功的可能;不做,就永远只能看着别人成功。风险与收益向来都是成正比的。

15. 俗话说"春捂秋冻",不过专家提醒,"秋冻"是讲条件的。"秋冻"可以帮助人体巩固抗御机能,激发机体逐渐适应寒冷的环境,对呼吸道疾病的发生起到积极的预防作用。但中秋过后,冷空气变化频繁,昼夜温差加大,如果盲目受冻,不但对健康无益,还容易患上呼吸道和心脑血管疾病。

模拟练习五

**参考答案及听力文本:**

| | | | | |
|---|---|---|---|---|
| 1. C | 2. C | 3. A | 4. B | 5. C |
| 6. B | 7. C | 8. C | 9. B | 10. C |
| 11. D | 12. B | 13. C | 14. C | 15. C |

第1—15题,请选出与所听内容一致的一项。现在开始第1题:

1. "牵肠挂肚"是形容惦念得放不下心。如果你出门在外,父母会牵肠挂肚,担心你一个人会不会过得好,饭有没有按时吃,天冷了有没有加衣服。作为子女,我们也要多关心父母,让操劳了一辈子的父母享享清福。

2. 李明考试的时候一直在睡觉,考试快要结束时他才醒了过来,他看了看左右,发现后面同学的卷子做完了还没写名字,于是他顺手拿过来写上自己的名字交了。

3. 在法国,即使是陌生人见面也会互相道一声"你好"。在进门厅的时候,走在你前面的人会用手挡着门扉等你进来,虽然你们并不认识,也可能你们相距还有10米的距离。当你横穿马路时,每个司机都彬彬有礼,为任何一个异乡人停车让路。

4. 麻绳是将一种叫作麻的植物皮处理成纤维,再经搓编制而成的绳子。其实,麻是很脆弱的,一般都种植在沟渠里,不能种植在平地上。因为,麻杆遇到风会折断,种植在沟渠里则能避风。

5. 喜鹊是人人喜爱的鸟。在民间,各地都有喜鹊报喜的说法,谁家的门前或树上停了喜鹊,不停地叽叽喳喳叫,人们总会说今天可能有喜事儿了,这家人可能要交好运了。

6. "做时间的主人,别让时间做你的主人。"这句话听起来有些玄妙,意思是说,你可以决定什么时间做什么事,而不是让时间来决定你应该做什么事,别让时间掌控你。

7. 抱怨的人在抱怨之后,非但没轻松,心情反而变得更糟,怀里的石头不但没减少,反而增多了。常言说,放下就是快乐。这包括放下抱怨,因为它是心里很重又无价值的东西。

8. 一个人的性格是在幼年时期定型的,但成年之后又改变的情况也的确存在,父母的抚育和教育方式以及社会环境的变化对一个人的性格都会产生一定程度的影响。

9. 人与人之间的信任,从来都是相互的。在我们不信任他人的时候,得到的"回报"也会是不信任。身处不信任的关系中,没有人会觉得愉快。但若我们信任他人,"回报"也会是信任。

10. 中国是世界上近视发生率最高的国家之一,近视眼人数世界第一。调查显示,中国人口近视发生率达33%,全国近视人数已近4亿,达到世界平均水平22%的1.5倍。

11. 祸从口出,没必要自惹麻烦:要想在办公室中心情舒畅地工作,并与领导关系融洽,那就多注意你的言行。对于低调、工作踏实的人,上司们更愿意启用。

12. 人生就是一场严肃的竞技,走弯路没有关系,关键在于大方向是否正确。坚强和毅力固然可敬,但只有在正确的方向下才会发挥作用,否则就会变成一种盲动,很多时候,人更需要的是分辨方向的智慧。

13. 在我们周围,不公正的事儿总是会存在的。那些杰出的人之所以能够走向最后的成功,不是他们没遇到过不公正的事儿,而是那些不公正的事儿没有使他们放弃自己的追求。杰出的人与平庸的人的一个很重要的区别就是他们对待不公正的态度不同。

14. 交友要慎重,朋友是一辈子的事情,不能当作儿戏。选择好的朋友,对自己的志向和理想、生活方式和生活境遇都有不可低估的正面影响。有一句话说得很好,选择好的朋友就是选择了好的生活。

15. 居里夫人说:生活对于任何一个男女都非易事,我们必须有坚韧不拔的精神,最要紧的还是,我们自己要有信心,更要有坚定的理想和信念,我们要对生活尽全力。

## 一、题型分析

听力第二部分,听三大段比较长的采访,每段采访后有5道试题,共15道题。一般是一位男士和一位女士的对话,每听完一段采访后要求回答和采访内容有关的五个问题;每个问题后有A、B、C、D四个选项,考生根据听到的内容选出最恰当的答案。

采访都是一问一答,属于对话。所以这部分试题的特点是:

### (一) 变相问事实

这部分问题多数都是问录音对话中呈现的事实,采访者问的问题、被采访者的回答、被采访者所说的内容往往就是我们要选择的答案。不过,最后问考生的问题往往和采访者问的方式不太一样,不过都不难理解,只是换一种方式而已。

### (二) 身份很重要

采访之前,采访者都会介绍被采访者的身份,了解被采访者的身份对理解整个对话特别有帮助,在最后的问题中也常常会问有关被采访者身份的问题。

### (三) 根据全文问对错

这部分问题还有一个经常出现的题型就是问对错, 如:"下面哪个选项与原文不符?""根据对话,哪个选项是正确的?"等等。这类题往往要求考生要正确理解说话人的话并完整把握整个对话内容。

## 二、考试技巧及例题精解

这部分考题都是采访形式的对话,采访都是一问一答,根据这部分问题的特点,我们要注意以下答题技巧。

### (一) 未听录音先看题

和做其他所有听力题一样,考生在听录音前,要尽可能地快速浏览一下考试卷

新汉语水平考试教程(六级)

上的试题选项,从每个试题的四个选项中猜测问题,同时在听前获得一些关于听力材料的信息,这样在听的过程中可以有的放矢,从而能相对轻松地找出正确答案。比如看到下面的选项:

A. 老师　　　　　　　　　　B. 大学生

C. 企业家　　　　　　　　　D. 艺术家

我们会很容易地发现,这个问题肯定是问某人的职业,这样我们在听的时候就要特别注意这方面的内容。

### (二) 边听录音边看题

听力考试的时候,一定要一边听录音一边看题目中的选项。选项上的内容往往都是在听力材料里面出现的。看题的时候一定要跟着采访者的问题,因为最后要求考生回答的问题往往都是采访者的问题,抓住了采访者的问题,再听被采访者的回答时,我们就会有注意的重心。然后把被采访者所说的话,标注在题目上各个选项的相应位置,以备答题时给我们提示。

听力材料中细节很多,所以只靠脑子记忆确实有困难。我们在听长篇听力材料时可以做一些简单的记录。这种记录要非常简练,要抓住重要环节。如文中提及的人物、事件、时间、地点、原因、方式、程度、数字、选择等信息都非常重要。笔记要提纲挈领,达到帮助记忆、推断和答题的目的即可。记录的方法可以是多种多样的,例如可以使用符号、画图、缩写形式等,只要自己能辨认就可以了。

### (三) 听清问题是关键

听力材料放完后,后面要问考生5个问题,然后考生在试卷上选出正确的答案。所以听清最后的问题特别关键,尤其是有些问题是问你"下面哪项不是……"一定要注意问题的语气是肯定还是否定,否则我们会选出截然相反的答案。

至于在听具体句子时遇到的问题,请参考听力第一部分的答题技巧。

**例　1**

**第1—5题是根据下面一段采访:**

女:欢迎一代武侠小说大师金庸先生。您好,最近很多人都在讨论,说您正在修改自己的武侠小说?

男:是这样的,到现在已经改了7年,我把自己以前的作品全部改完了。(第1题)从《书剑恩仇录》开始改,有15部小说,每一部小说差不多都要改,现在已经全部改完了,新的修改本也已经全部出版了。

女:最初开始写武侠小说,是为了乐趣,是不是?

男:最初是工作上的需要。(第2题)主要是我在《新晚报》做编辑,《新晚报》需要这样一篇稿子,人家知道我喜欢谈论武侠小说,对武侠小说算是比较了解的,所以我就被抓来写了。

女:您的读者遍布全球华人世界,无论什么职业、什么性别。您有没有考虑过,为什么您的作品大家都能接受?

男:想过,我认为是它们代表了中国的传统思想的核心价值。(第3题)

女:您觉得这个核心的价值是什么?

男:我觉得是忠、孝、仁、爱这种道德观念,对待朋友应该真诚,对待父母应该孝敬,这种价值观念是中国人所共有的。

女:您曾经说过,武侠小说是没有前途的,因为这些古代的事情离现在的生活越来越远了。但是在现实中我们恰恰看到您的小说被无数遍地拍成电视剧、电影,然后又编成电脑游戏,这些是每一代年轻人都喜爱的文化产品,这和您的话之间有矛盾吗?

男:我没有说武侠小说没有前途,我的意思是说要发掘武侠小说越来越困难了。

女:要再写下去越来越困难?

男:对,我想将来这个武侠小说的前途不是写古代了,可能是写现代了。(第4题)

女:对于人生的境界来说,您现在最希望自己能够达到的一种境界是什么?

男:我现在年纪大了,我希望可以平平淡淡生活,有机会能够去游山玩水。(第5题)


1. 金庸先生刚刚完成了一项什么工作?

2. 金庸先生最初写小说的原因是什么?

3. 金庸先生的作品为什么很受欢迎?

4. 金庸先生认为武侠小说的前途是什么?

5. 金庸先生希望以后过什么样的生活?

1. A. 修改自己的作品      B. 完成第15部小说

   C. 把小说改编成电影      D. 成为《新晚报》编辑

 答案是A,修改自己的作品。采访开始时女的和男的就谈论最近完成了一项工作,所以在听时可以结合问题做一些相应的记录。

2. A. 兴趣爱好　　　　　　　　　B. 工作需要

　　C. 为了赚钱　　　　　　　　　D. 为了证明自己

答案是B,在录音中男的说:"最初是工作上的需要。主要是我在《新晚报》做编辑,《新晚报》需要这样一篇稿子,人家知道我喜欢谈论武侠小说,对武侠小说算是比较了解的,所以我就被抓来写了。"

3. A. 能让人感到安慰　　　　　　　B. 体现中国武术精神

　　C. 体现中国价值观念　　　　　　D. 反映中国传统生活方式

答案是C。注意录音中的对话:"女:您的读者遍布全球华人世界,无论什么职业、什么性别。您有没有考虑过,为什么您的作品大家都能接受?男:想过,我认为是它们代表了中国的传统思想的核心价值。"

4. A. 情节曲折奇特　　　　　　　　B. 表现传统美德

　　C. 具有中国风格　　　　　　　　D. 反映现代生活

答案是D。男的说:"我想将来这个武侠小说的前途不是写古代了,可能是写现代了。"

5. A. 朴素、传统　　　　　　　　　B. 忙碌、充实

　　C. 平淡、悠闲　　　　　　　　　D. 时尚、现代

答案是C。录音中最后男的说:"我现在年纪大了,我希望可以平平淡淡生活,有机会能够去游山玩水。"

例 2

第1—5题是根据下面一段采访:

男:各位听众大家好,今天我们有幸请到了《中国少年报》的"知心姐姐"卢勤,请她谈谈在未成年人教育方面的心得体会。请问您是从什么时候开始从事教

育工作的，又是什么让您能够一直在教育工作上探索呢？

女：我到《中国少年报》工作已经有29年了。我从小就想当"知心姐姐"，因为我是从小看着《中国少年报》长大的，当时有一个栏目叫作"知心姐姐"，我就悄悄给"知心姐姐"写了一封信，"知心姐姐"给我回了信，于是我就有了很大的成就感，后来我自己就想当"知心姐姐"了。(第1题)

男：您特别的幸运，因为您实现了自己的理想。您觉得读懂孩子需要什么？

女：那就是爱孩子，(第2题)当你从内心里爱这个孩子的时候，你的脸上就有爱的微笑，你的语言里面就有爱的激励，于是孩子就会发现你的这双眼睛爱他，他就会把心交给你。

男：现在5到7岁的孩子中有很多"问题孩子"，这让家长们比较苦恼，在这个特殊阶段该如何教育孩子呢？

女：最重要的就是培养孩子的自信，(第3题)在这个阶段的孩子都需要家长发现他好的那一面，给予肯定。比如说我自己小的时候就特别喜欢画画，每次给妈妈看，她都说你画得太好了！我姐姐夸我真是画画的天才，所以我就特别热爱画画。后来我上学以后老师也把办黑板报的工作交给了我，我从一年级一直画到初中。

男：有些家长越是在人多的时候，越是会和别人说自己的孩子不好，我很困惑，这些家长是什么心理呢？

女：这种情况比较普遍，很多家长愿意当着别人的面说自己孩子的不好，这个时候可能是因为他总对自己的孩子期望值很高，(第4题)如果这个孩子本身有一点儿毛病，他就会把这个毛病看得比天还大，这就会进入一种恶性循环。

男：看来教育孩子的确有不少学问。我们每一位家长都得好好学习啊。

1. 卢勤为什么想当"知心姐姐"？
2. 卢勤觉得读懂孩子需要什么？
3. 卢勤讲自己画画的经历是为了说明什么？
4. 为什么有些家长当着别人的面批评孩子？
5. 关于卢勤，可以知道什么？

1. A. 觉得有意思　　　　　　　　　　B. 社会地位高
   C. 擅长教育孩子　　　　　　　　　　D. 曾从中得到过鼓励

新汉语水平考试教程（六级）

答案是D。这要从被采访者的话中自己总结,她说:"我从小就想当'知心姐姐',因为我是从小看着《中国少年报》长大的,当时有一个栏目叫作'知心姐姐',我就悄悄给'知心姐姐'写了一封信,'知心姐姐'给我回了信,于是我就有了很大的成就感,后来我自己就想当'知心姐姐'了。"注意有"成就感"就是"曾从中得到过鼓励"。

2. A. 有责任心                    B. 和孩子交流
   C. 对孩子有爱心                D. 平等对待孩子

 答案是C。录音中男的问怎样才能读懂孩子,女的说:"那就是爱孩子,当你从内心里爱这个孩子的时候,你的脸上就有爱的微笑,你的语言里面就有爱的激励,于是孩子就会发现你的这双眼睛爱他,他就会把心交给你。"

3. A. 培养孩子的特长              B. 帮孩子建立自信
   C. 对孩子要严格要求            D. 及时发现孩子的问题

 答案是B。女的说最重要的是帮助孩子培养自信,然后她举小时候学画画的例子,就是因为家人的鼓励才使她一直坚持。

4. A. 表示谦虚                    B. 激励孩子
   C. 孩子表现太差                D. 对孩子期望值太高

 答案是D。注意录音中的采访:"男:有些家长越是在人多的时候,越是会和别人说自己的孩子不好,我很困惑,这些家长是什么心理呢?女:这种情况比较普遍,很多家长愿意当着别人的面说自己孩子的不好,这个时候可能是因为他总对自己的孩子期望值很高,如果这个孩子本身有一点儿毛病,他就会把这个毛病看得比天还大,这就会进入一种恶性循环。"

5. A. 是一名作家                  B. 初中时开始学画画
   C. 在《中国少年报》工作          D. 家里有"问题孩子"

答案是C。这道题从整个采访中可以知道,卢勤是《中国少年报》中"知心姐姐"栏目的工作人员。

# 三、模拟练习题

## 模拟练习一

第16—30题：请选出正确答案。

16. A. 3年
    B. 4年
    C. 2年
    D. 5年

17. A. 郭德纲很认真
    B. 郭德纲的相声很新
    C. 郭德纲的相声很活
    D. 郭德纲很执着

18. A. 全部理解
    B. 理解了一半
    C. 理解了大部分
    D. 理解了40%

19. A. 他很聪明
    B. 他很认真
    C. 他有幽默感而且用功
    D. 他有很好的机遇

20. A. 看很多书
    B. 看光盘，琢磨段子
    C. 向老师学习
    D. 向很多同行学习

21. A. 发现他喜欢电影
    B. 发现可以做明星
    C. 发现武术可以通过电影传播
    D. 发现自己喜欢武术

22. A. 工作的压力
    B. 拍电影的压力
    C. 练武术的压力
    D. 传播中国文化的压力

23. A. 要成家立业
    B. 要有一个转折，放下之前的包袱
    C. 要拍更多的电影

D. 要继续练武术

24. A. 拍更多更好的武术电影
    B. 继续练武术
    C. 把武术发扬光大
    D. 从精神世界上去推广一个能使人快乐的方法

25. A. 还能从中学到做人的道理
    B. 能防病健身
    C. 没有别的作用
    D. 作用不明

26. A. 两轮
    B. 三轮
    C. 一轮
    D. 四轮

27. A. 影视表演
    B. 导演和演员
    C. 剧本和台词
    D. 用话剧表演的这种方式

28. A. 完全一样
    B. 完全不一样
    C. 不一样，舞台表演有很多不同的表现手段
    D. 不可以比较

29. A. 半年前
    B. 一年前
    C. 在整个排练的过程中
    D. 在写剧本的时候

30. A. 陈数会表演
    B. 陈数会让大家失望
    C. 陈数会让大家满意
    D. 陈数会失败

新汉语水平考试教程（六级）

**第16—30题：请选出正确答案。**

16. A. 2004年6月份
    B. 2005年6月份
    C. 2004年8月份
    D. 2005年8月份

17. A. 2005年9月听说做网站可赚钱
    B. 2005年时个人网站不多
    C. 2005年12月松树的电影网站上线
    D. 2005年时网站还不容易做

18. A. 没什么抱负
    B. 耐不住寂寞
    C. 能经受住失败
    D. 不大助人

19. A. 不能吃苦
    B. 不能经受住失败
    C. 急于成功
    D. 乐于助人

20. A. 维持当前内容
    B. 做一些有特色的内容
    C. 增加网站点击量
    D. 吸引更多的网民

21. A. 清华大学
    B. 北大青鸟
    C. 中信院
    D. 中国科学院

22. A. 软件制造业
    B. 市场推广
    C. 电子商务工程
    D. 电子商务软件

23. A. 直销或分销
    B. 直接谢绝

C. 告诉对方已找到电商服务
D. 直接挂电话

24. A. 保持在原地转圈的状态
    B. 体力很重要
    C. 有明确的方向和一个团队
    D. 一定要勇往直前

25. A. 创业的激情和热情
    B. 暂时不敢作答
    C. 优秀的团队
    D. 明确的方向和目标

26. A. 劳动节假期
    B. 端午节假期
    C. 国庆节长假
    D. 春节期间

27. A. 组织重庆溜社区活动
    B. 重庆溜社区线上活动的倡导人
    C. 重庆溜社区幕后策划
    D. 从事重庆溜社区的线下活动

28. A. 决定活动地点
    B. 召开会员大会
    C. 打电话通知会员活动时间
    D. 在社区里做实地调查

29. A. 开展活动心得讨论会
    B. 电话联系回馈信息
    C. 以征文的形式到社区发稿
    D. 开展访谈记录

30. A. 重庆溜在五一期间有活动
    B. 重庆溜是重庆生活社区的标杆
    C. 组织活动非常容易
    D. 会员的帖子可能会有零回复

第16—30题：请选出正确答案。

16. A. 创办于2005年3月
    B. 所有行业的人才招聘网
    C. 已有六年的历史
    D. 公司现在大概70人以上

17. A. 大学专业是音乐
    B. 曾替人写歌、谱曲
    C. 自学软件开发
    D. 自主开发中国美容人才网

18. A. 无从解决
    B. 创办初期只有一个人
    C. 找人来帮助解决问题
    D. 请教专业人员

19. A. 2005年
    B. 2006年
    C. 2007年
    D. 2008年

20. A. 这位首席执行官是专业设计师出身
    B. 这位首席执行官从事过互联网工作
    C. 网站2009年开始有团队规模
    D. 网站目前陷入经济危机

21. A. 考虑网站的长远发展
    B. 与专业的人士学习网站知识
    C. 考虑文章的数量和质量
    D. 考虑如何在短时间里审核文章

22. A. 晚上12点左右
    B. 凌晨1点左右
    C. 晚上10点左右
    D. 晚上11点左右

23. A. 对于文字的爱好
    B. 为文学爱好者提供交流平台

C. 挖掘好的作品
D. 反映中国当代生活现状

24. A. 多转载文章
    B. 加强互动交流
    C. 在技术上加强
    D. 加强群外管理

25. A. 多组织群内活动
    B. 提供互利互惠的奖励措施
    C. 开发群内交流平台
    D. 得靠大家出谋划策

26. A. 听力正常
    B. 有身高要求
    C. 无色盲
    D. 无色弱、夜盲

27. A. 男生身高158厘米以上
    B. 男生身高178厘米以上
    C. 女生身高158厘米以上
    D. 女生身高168厘米以上

28. A. 新生奖学金
    B. 校友奖学金
    C. 企业奖学金
    D. 国家励志奖学金

29. A. 优秀学生奖学金
    B. 动感地带奖学金
    C. 科技创新奖学金
    D. 文体艺术奖学金

30. A. 15%
    B. 30%
    C. 45%
    D. 50%

**第16—30题：请选出正确答案。**

16. A. 私密是因为需要有公开的空间
    B. 完成公共的创作
    C. 不允许他人使用个人的材料
    D. 是不容外人打扰和参与的

17. A. 是技术上的问题
    B. 是发展上的问题
    C. 是交流上的问题
    D. 是思想上的问题

18. A. 走传统艺术的路
    B. 当下的艺术
    C. 走西方传统
    D. 走中国传统

19. A. 艺术需要更新
    B. 艺术需要进取
    C. 跟着前辈走
    D. 在传统中进行新的拓展

20. A. 思考人生问题
    B. 寻找灵感
    C. 画画和生存
    D. 和其他艺人交流

21. A. 初中
    B. 中专
    C. 高中
    D. 大学本科

22. A. 文学创作
    B. 从事网络传销
    C. 从事网络接单工作
    D. 在粤高速上班

23. A. 2006年的5月1日
    B. 2007年的5月1日
    C. 2008年的5月1日
    D. 2009年的5月1日

24. A. 接外包单
    B. 不外包做单
    C. 没把握不接
    D. 接就一定完成

25. A. 维修网站
    B. 增加人气
    C. 插件定制
    D. 病毒防护

26. A. 学生就业高
    B. 人才培养模式
    C. 信息科学技术
    D. 本硕连读

27. A. 8个
    B. 10个
    C. 16个
    D. 42个

28. A. 通信学院
    B. 经管学院
    C. 计算机学院
    D. 自动化学院

29. A. 一年级初
    B. 二年级初
    C. 一年级末
    D. 二年级末

30. A. 艺术和体育类
    B. 外语类
    C. 中文系类
    D. 技术类

第16—30题：请选出正确答案。

16. A. 1946年
    B. 1956年
    C. 1966年
    D. 1976年

17. A. 1991年
    B. 1993年
    C. 1994年
    D. 1997年

18. A. 优秀的师资
    B. 充足的生源
    C. 足够的办学资金
    D. 与宗教没有任何关系

19. A. 中医学
    B. 工程学
    C. 西医学
    D. 法学

20. A. 很强的师资队伍
    B. 注重国语教学
    C. 注重资金投入
    D. 完善的助学政策

21. A. 完善网站内容
    B. 聘请相关律师
    C. 遵守已经明确的政策、法规
    D. 忽视网站注册

22. A. 国外引进的新潮产品
    B. 假冒伪劣商品
    C. 免税产品
    D. 本地特产

23. A. 缺乏权威
    B. 缺乏中立

C. 缺乏公正
D. 信息不通畅

24. A. 表现传统美德
    B. 特色鲜明，一招鲜吃遍天
    C. 学会自信，越小越开放
    D. 非常现实和理性

25. A. 美国中小企业成功的几率低
    B. 我国在互联网技术上非常领先
    C. 草根站长是高成本做网站
    D. 一定有快速致富的站长

26. A. 玄幻
    B. 魔幻
    C. 穿越
    D. 纯文学

27. A. 以原创为基准
    B. 文学专业的基地
    C. 转载为上
    D. 内容多为虚幻类

28. A. 沟通写作心得
    B. 是网站的通信平台
    C. 修改文章的平台
    D. 是网站的后方力量

29. A. 个人的性格
    B. 大家给予的帮助
    C. 用真心支持着的每个朋友
    D. 来自父母的支持

30. A. 感情细腻
    B. 做事执着
    C. 做事果断
    D. 喜欢交朋友

新汉语水平考试教程（六级）

# 四、模拟练习题参考答案

## 模拟练习一

**参考答案及听力文本：**

| 16. B | 17. C | 18. D | 19. C | 20. B |
|-------|-------|-------|-------|-------|
| 21. C | 22. D | 23. B | 24. D | 25. A |
| 26. A | 27. D | 28. C | 29. C | 30. C |

第16—30题，请选出正确答案。现在开始第16—20题：

**第16—20题是根据下面一段采访：**

吴虹飞：您不说相声10年了，为什么又开始说相声了呢？

于　谦：以前的搭档去日本了，后来相声到了低谷，电视里的相声老是要求弘扬主旋律，相声并不是我脑子里想象的应该是的东西，相声只是我的爱好，所以我也不想说了，没什么意思。郭德纲说的相声就是我脑子里想象的应该是的样子，和他配合后，产生了很多火花，互相之间也比较默契，现在搭档4年了。

吴虹飞：和他合作感觉最大的不同是什么？

于　谦：郭德纲的相声特别活，他知道的东西也多，这和他的日常积累有很大的关系。他想到哪儿就说到哪儿，而且张嘴就是一套，他有本事把所有这些东西都有机联成一体。上台前他准备得很充分，在台上他又能很随意地发挥。

吴虹飞：作为他的工作搭档，您怎么看待郭德纲现在比较火这件事儿？

于　谦：他火是正常的。他是个全才，"说、学、逗、唱"这四门功课都非常有功底，而且哪门也不避讳，从来也不忌讳扬这个避那个。他的艺术很值得欣赏，但更可敬的是他的人格、他和观众的这种感情。我觉得观众对他作品的理解，只是40%。

吴虹飞：功夫这么全面，他是不是一个"大才"呢？

于　谦：他确实是"天才"，天生就是一个说相声的料，太适合干这个了。他本身有说相声的素质，有幽默感。但关键在于他后天的勤奋，他太用功了。照他这么专业地学习下去，只要身边有一点机遇，他就会把握住，一下子上去。

吴虹飞：他是怎么用功的？

于　谦：别人可以说他用功，他自己绝对不会说他用功。因为他就这么一个爱
　　　　好，演出完了回家，哪儿都不去，上网听录音、看光盘，然后琢磨自己的
　　　　段子。不觉得苦，也不觉得累，反倒觉得很有意思。

16. 于谦和郭德纲搭档几年了？

17. 于谦觉得和郭德纲搭档最大的不同是什么？

18. 于谦认为观众对郭德纲的相声理解了多少？

19. 为什么说郭德纲是说相声的料？

20. 郭德纲是怎么用功的？

**第21—25题是根据下面一段采访：**

杨　澜：非常感谢你接受我们的彩访，拍《霍元甲》的时候，人们就说那是你的
　　　　收山之作，后来又有了《恶人》《投名状》。你现在到底是在收拾自己的
　　　　局面啊，还是在继续推进呢？

李连杰：其实是我自己说的，这是我最后一部武术电影，每个人听到同样的话
　　　　理解会不一样。我从小喜爱武术，后来因为拍电影，发现武术可以通过
　　　　电影去传播，把中国的文化传播到世界去。这就无形中给自己压力，我
　　　　要推广中国文化，无形中有义务，推广中国武术。到了《霍元甲》，我就
　　　　想画一个句号。因为我觉得人生到了40岁需要一个转折了，要放下之
　　　　前的包袱了。我要选择一部电影，把对武术从肢体上、身体上的武功方
　　　　面的定义与"为什么练武术""人是什么""道德是什么""真正的武术的
　　　　最高境界是什么"这些东西结合起来，都通过一部电影去描述出来。描
　　　　述了之后呢，我对武术的个人情结就算放下了。那个时候，我已经给自
　　　　己订了生命下半部分的新的目标。

杨　澜：什么目标呢？

李连杰：我觉得武术可以强身健体，可以从武术中学到做人的道理。接下来呢，
　　　　我是想做心灵方面的推广。因为人包括肢体和内心。我想怎样才能从
　　　　精神世界上去推广一个能使人快乐的方法。

杨　澜：40岁对你来说是一个很重要的点，现在你虽仍然在做电影，但是就不
　　　　像过去那样有一种包袱和使命感在做电影了。

李连杰：对。其实很多人都一样。有些东西是你的工作，是你必须要做的事情。
　　　　而有些是你心爱的事情，是你挤出睡觉的时间都要做的。这是两种不
　　　　同的心态，我还会很职业地做一个演员，但我内心更多的是做我未来
　　　　的计划。

新汉语水平考试教程（六级）

21. 李连杰因为拍电影发现了什么？

22. 李连杰有什么压力？

23. 李连杰认为他的40岁要怎样？

24. 李连杰生命下半部分的目标是什么？

25. 武术除了强身健体还能怎样？

**第26—30题是根据下面一段采访：**

主持人：其实这次《日出》的北京第二轮巡演已经落幕了，我们同事也去看了，可以说是场场爆满，大家对陈白露这个角色议论很多，不知道陈数对自己这次的表演满意吗？

陈　数：应该这么说，我接话剧《日出》，演陈白露这个角色，对于扮演陈白露这个人物我并不是很担心，因为这一点我还是很自信的，我觉得我是扮演陈白露这个角色不错的人选。但至于如何在舞台上用话剧表演的这种方式来呈现，这是我有一些陌生的地方，因为毕竟多年没有回归舞台，舞台表演还有很多不同的表现手段，跟影视表演是不一样的。在这个层面上，我可能花的心思最多，可能是最需要去思考的，因为它不是说你明白就可以的事情，你还要去表达，让观众看见、让大家满意，我也是慢慢地在摸索。

主持人：导演对陈数的表演满意吗？

导　演：其实一个导演对自己经过很慎重挑选出的演员满意不满意，应该是早有预测的。我是在半年前因为《日出》认识陈数的，半年前我就已经有预测，我相信我能满意。再有，在整个排练的过程当中，我对她有一个不断了解和判断的过程。在排练场，我们有一次什么都不带做了一次连排，也来了很多内部的观众，看一看到底陈数演的陈白露怎么样。当时还是在排练的过程当中，陈数也不愿意讲话，很多人就来问我"你满意吗"，我说我会满意的。因为看到这个演员心里特别有数，陈数，心里有数。我说，也许因为我们没有排完，她的手段还没来得及用，或者还在拿捏，但是对一个导演来说看的不是这些，看的是这个演员明白吗，心里清楚吗，我心里特别有数。那个时候我就说，她会让我们满意的，我说她心里非常有数，现在的结果是大家都很满意了，对陈数扮演的陈白露好评如潮，就像我们当时预测的那样。

26.《日出》在北京已经演了几轮了？

27. 陈数对什么很陌生？

28. 舞台表演和影视表演一样吗？

29. 导演是什么时候对陈数有不断的了解和判断的？

30. 导演在半年前对陈数的预测是什么？

## 模拟练习二

**参考答案及听力文本：**

| 16. B | 17. A | 18. C | 19. D | 20. B |
| 21. D | 22. D | 23. A | 24. C | 25. B |
| 26. A | 27. D | 28. D | 29. C | 30. B |

第16—30题，请选出正确答案。现在开始第16—20题：

**第16—20题是根据下面一段采访：**

念　然：您好，松树，很高兴能够一起分享您的经验。您是哪一年开始接触互联网的？当时最单纯的想法是什么？

松　树：我开始学电脑、接触到互联网是2005年6月份，当时已经25岁了。我自己比较喜欢电脑跟网络，当时也没想到会去做网站赚钱。

念　然：您是什么时候开始看到互联网的现状，而去想到做一个网页呢？

松　树：我是2005年9月份的时候听人说做网站可以赚钱，我家住在农村，所以我也不知道是否能装宽带，于是我就去镇电信代办点问，得到的回复是可以装，这样我家里的宽带就装起来了。2005年的时候个人网站很多，我自己也结交了一些站长，那时候网站比较好做，也比较好赚钱，一些站长叫我也做网站看看。2005年11月，我的电影网站正式上线，这是我的第一个网站，我也就正式加入了站长的行列。

念　然：我相信那些站长也是您的好朋友，那您认为朋友给了您什么呢？

松　树：几位网上比较要好的站长当初主要教给我一些推广网站的经验。我认识的一些站长都非常能吃苦。要说他们给了我什么，我想他们给我的是一种草根精神，能吃苦、能耐住寂寞、能经受住失败、乐于助人的草根精神。但是我发现，这种精神正在慢慢消失。

念　然：作为90后，我深知这一代以及80后的浮躁心理，对此，您有什么调节的方法吗？

松　树：80后、90后在站长这个群体中占主流。80后、90后的站长大多数都生活在城市里，家庭环境比较优越。不能吃苦，不能经受住失败，急于成功。这是80后、90后浮躁心理的主要表现。当然，他们的身上也有很多优点。如何克服浮躁心理,我认为最主要的是能保持一个好的做网站的心态。

念　然:那么,现在网站的收益如何以及下一步的计划是什么呢?

松　树:我的网站现在是建站初期,没有什么收益,它的缺点是没有特色内容,因此我下一步打算做一些有特色的内容。

16. 松树是什么时候开始接触互联网的?

17. 根据上文,关于2005年,正确的是哪一项?

18. 松树眼中的草根精神是怎么样的?

19. 下列哪项不属于80后、90后浮躁心理的主要表现?

20. 关于网站建设,松树下一步有什么计划?

**第21—25题是根据下面一段采访:**

女:石军,晚上好,很高兴您能从繁忙的工作中抽出时间来到这里参与我们的互动,首先我们还是希望您能给我们做一个自我介绍。

石　军:好的,谢谢主持人把我介绍给大家。我是中国科学院毕业的,毕业后曾留所一段时间,后来觉得所里的生活不是我想要的,就和几个同学一起出来创业。当前公司一共有30人,以技术人员为主,业务方向是电子商务软件的开发与销售。

女:如今企业的发展跟电子商务是分不开的,关于电子商务,很多企业老板都在犹豫,是自己公司做还是交给软件开发商做,大家在公司可能都有这样的经历,你的公司每天都会接到很多电子商务软件公司的电话,希望提供电商服务给你,那么作为企业老板,你觉得他应该如何根据自己的条件去抉择呢?

石　军:这个可以从两个方面来看:1. 直销,也就是自己组建团队建立平台或者在当前的知名平台上推广销售。2. 分销,有些企业考虑到自身实力以及组建团队的成本等因素,可能会将自己的产品委托给某些电子商务服务商来销售。这两种方式对一个企业来说是可以并存的。

女:好,感谢石军的分享,我们想了解一下石军在自己的创业过程中有哪些感触?能否和我们分享一下您认为创业必须具备的东西以及企业的核心竞争力?希望石军和我们谈谈。

石　军:我一直把创业当作下海。就我自身来说,最初我跳到"海"里根本没有任何方向可言,一直在原地转圈,现在找到了方向,我和我的团队一起努力朝着那个方向前行并且也最终会达到彼岸。在这个过程中,我觉得"体力"最重要,如果没有好的"体力",在原地兜圈的时候要么沉下去淹死了,要么受不了了然后回头"上岸"。"体力"我认为包括创业的激情和你的资源。在找到方向后需要有个团队和你一起努力,这个团队必须是团结的团队,大家的方向和发力是一致的,那样才能体现出速度和效率。至于企业的核心竞争力是什么,这个问题我暂时还不敢回答,希望未来有一天我敢回答大家。

21. 石军是哪里毕业的?
22. 石军公司的业务方向是什么?
23. 石军认为企业老板该如何对电子商务公司的来电做出回应?
24. 关于石军的创业感触,正确的选项是哪一个?
25. 石军认为企业的核心竞争力是什么?

**第26—30题是根据下面一段采访:**

男:各位晚上好,同样的节日祝福依然要在五一劳动节假期送给大家,今晚我们很高兴邀请到重庆网站管理员张施娅来到我们的互动空间和我们一起畅谈重庆溜在大半年时间里迅速成为重庆本地生活社区的标杆之秘诀。晚上好,张施娅,很高兴你能在这个忙碌的五一假期抽出时间来到这里和我们互动,首先还是希望你能给我们做个自我介绍。

重庆溜:好的,我是1981年出生的,性别女。现在从事重庆溜社区的一些线下活动方面的事吧,就是一打杂的。

男:从网络到现实,从线上到线下,其实我们了解到重庆溜几乎是从最初没有任何基础的情况下做起来的一个(SNS,全称Social Networking Services,即社会性网络服务)社区,对于线下部分,我们希望你能够和我们具体谈谈,比如线下聚会需要注意些什么、聚会参与方式、具体如何策划等。

重庆溜:好的。在活动开始之初,我们会用一段时间在社区里做个调查,让会员自己投票表决,定下时间和地点。然后策划一下活动的具体流程,例如几点集合、签到、吃饭、娱乐等。其中活动的环节可能要多花点儿心思,可以去找商家拿一些赞助的礼品,在活动环节里组织一些互动游戏,把它们发放出去,让会员们都能满载而归,下次他们参加活动就会更积极一些。活动结束后也要让他们以征文的形式到社区发稿,评出奖项,这样线上线下就可以结合起来,效果也会更好一些。不过组织活动众口难调,有些人喜欢户外运动,有些人喜欢喝酒、唱歌。最怕的就是很多人报了名不来参加,或者来一些"空降"的人。

男:是的,组织活动不容易,每次的互动和分享,相信组织者是最累的了。另外,我们也同时看到你们在重庆溜网站上针对会员所做的一系列限制等,接下来能否详细给我们谈谈重庆溜网上社区对于会员的管理主要有哪些特点呢?

重庆溜:其实还是要让注册进来的每个人都能互动起来,他们发的帖,不能出现零回复,网友发的帖如果得不到关注,肯定不会再发。

26. 该访谈发生在什么时候?

27. 女的在重庆溜(cq6)是做什么的?

28. 活动开始之初要做什么?

29. 活动结束之后如何让线上线下结合起来?

30. 根据上文,正确的是哪项?

## 模拟练习三

**参考答案及听力文本:**

| 16. A | 17. D | 18. A | 19. D | 20. C |
|-------|-------|-------|-------|-------|
| 21. A | 22. B | 23. D | 24. C | 25. D |
| 26. B | 27. C | 28. D | 29. A | 30. B |

第16—30题,请选出正确答案。现在开始第16—20题:

**第16—20题是根据下面一段采访:**

主持人:各位晚上好!本期访谈的嘉宾是中国美容人才网的首席执行官陈其力先生。陈总,您好。虽然您在美容届大名鼎鼎,但是按照我们的访谈惯例,首先还是请您简单地为大家介绍一下自己和您的中国美容人才网,谢谢。

陈其力:中国美容人才网创办于2005年3月,是中国第一家只专注于美容美发化妆品行业的人才招聘网。5年来,中国美容人才网从1个人的公司变成了现在40多人的公司。简单自我介绍就这样了。

主持人:其实一直对您的个人经历非常好奇。您在大学是学经济学的,却还能自己写歌、谱曲,后来又自学程序开发等知识,自主开发了中国美容人才网。您是不是有超强的自学能力?这点对您的创业是否帮助很大?

陈其力:可能是我比较喜欢自学吧。说不上超强的自学能力,只是兴趣。对于感兴趣的事情,我会特别的专注,这对创业的帮助当然非常大了。因为创业路上,太多事情不可预见,很多时候都是需要现学现卖的。

主持人:您的网站是2005年成立的,也刚刚过了5周岁的生日。那么,回忆起来创办初期的情况是怎么样的?坚持了多久开始盈利?目前的盈利情况又如何?

陈其力:创办初期只有我一个人,而且我是利用业余时间做网站的,所以一步一步走过来,挺多辛酸的。我也不是专业的设计师或程序员出身,在此之前,也从未从事过互联网或IT的工作,所以遇到很多技术或运营上的问题,都无从解决,也没有人脉来帮助我解决问题。所以创业初期,我不得不成为"万金油",一个人身兼数职,然后慢慢建立团队。我们坚持了3年,直到2008年才真正进入盈利阶段。在此之前也说不上亏损,因为投入也很小。2009年开始有了团队规模,我没那么吃力了。今年2010年开始有计划与愿景了。经历了2008年底的经济危机之后,我们现在倒活得比以前好了。目前盈利情况还比较健康。

16. 关于中国美容人才网,正确的是哪项?
17. 关于这位首席执行官,正确的是哪项?
18. 创业初期,男的碰到技术或运营上的问题怎么办?
19. 网站哪一年进入盈利阶段?
20. 根据上文,下列说法哪项正确?

**第21—25题是根据下面一段采访:**

女:站长下午好,很感谢你可以在百忙中抽出时间来接受我的采访。

男:谢谢大家,人生很平凡,也不能说是采访,就是交流心得吧。

女:好的。网站现在改版,辛苦吧?

男:不是辛苦,是非常辛苦。

女:可以说具体点吗?因为,很多人都会觉得办网站是一件很轻松的事情。

男:首先要考虑网站的长远发展,得与专业的人士沟通,向他们学习。做平台网站是最辛苦的,大家都可以了解的。第二还得考虑文章的数量和质量。文章要多而好,并且我们现在是争取在最短的时间内审核文章。

女:是真的很辛苦,我经常看到你晚上很晚都还待在网站上。

男:这个是必须的,凌晨1点左右需要对网站进行更新。虽然是很辛苦,但是有这么多朋友的支持,我感觉还是很开心的。

女:既然创办网站这么辛苦,那么请问下,树哥哥创办网站的初衷和原因是什么呢？

男：初衷其实是对于文字的爱好，和为热爱文字的朋友提供一个交流的平台，并且挖掘好的作品。只有热爱一件事情，才能彻底把这件事情做好的。

女：现在网站的发展已经初具规模，树哥哥有确立网站的发展方向吗？

男：网站的发展方向其实一开始就确定了：把网站建设成一流的网站。有了固定的客户群体后，我们将向实体公司方向发展。这是条很漫长的路，需要大家的通力合作和支持。而且网络也是认识真心朋友的一个平台。

女：是的。那么目前为了我们网站的更好发展，有没有什么具体的措施呢？

男：有的。第一是在技术上加强。第二是多叫大家发质量好的原创文章。特别是群内我们要加强管理，希望群友能为网站发展和自己的水平提高多做贡献。

女：我也发现了这个问题，我们群里的朋友很多，但是参与互动交流的就比较少了。针对这一现象，树哥哥有没有什么具体的方法来改变呢？

男：这个得靠大家出谋划策，这个群里的事，我想还是用情来感动大家，既然能走到一起，我想也是为了我们共同的事业，大家只要用心就足够了。我们希望每个人来到这里，都可以感受到回归家园一样的温馨。

21. 办网站首先要考虑的是什么？
22. 晚上几点需要对网站更新？
23. 关于男的创办网站的原因，不正确的是哪一项？
24. 为了网站更好发展的具体措施是什么？
25. 如何改变群里互动交流较少的现状？

**第26—30题是根据下面一段采访：**

主持人：各位网友大家好，欢迎大家来到今天的嘉宾聊天室，今天的节目为大家邀请到的是重庆邮电大学招生就业处处长黄永宜老师。您好，黄老师！先跟各位网友打个招呼吧。

黄永宜：各位网友、学生家长和同学们，大家好！

主持人：请问当前对报考考生的体检有何要求？

黄永宜：对考生身体素质方面的要求，我校执行教育部、卫生部、中国残疾人联合会制定的《普通高等学校招生体检工作指导意见》。此外，对报考艺术类专业的考生还要求：听力正常，无色盲、色弱、夜盲；对报考社会体育专业的考生要求：男生身高168厘米以上，女生身高158厘米以上。

主持人：在录取中有关加降分及非第一志愿考生的录取原则是什么样的呢？

黄永宜：有关对加分或降分投档考生的处理，我校认定各省（自治区、直辖市）

招办的相关规定。对非第一志愿考生，我们的录取原则是首先录取第一志愿报考我们学校的学生，在第一志愿录取没有满额的情况下我们才去考虑非第一志愿的考生，而不事先预留计划给非第一志愿考生。

主持人：对优秀学生，学校有哪些奖学金以及奖励政策？对贫困学生，又有哪些资助措施呢？

黄永宜：对于优秀的学生，我校提供了多种奖学金，包括：1. 新生奖学金、优秀新生奖学金；2. 综合奖学金：优秀学生奖学金、校友奖学金；3. 企业奖学金：长飞奖学金、华为奖学金、动感地带奖学金、中塑在线奖学金；4. 单项奖学金：科技创新奖学金、文体艺术奖学金。享受奖学金的学生约占总人数的30%。对于家庭经济困难的学生，我校已建立起"奖勤助贷减免补缓"的综合资助体系，这些同学可以借助生源地信用助学贷款、国家助学贷款、国家励志奖学金、国家助学金、勤工助学金、社会资助金、"绿色通道"入学、学费减免、临时困难补助等渠道完成学业。

主持人：请您为大家介绍一下学校与企业之间的交流合作情况吧。

黄永宜：学校立足信息行业，主动服务地方经济社会发展，不断探索产学研结合新模式，努力构建开放办学大平台，在长期的发展过程中与国内外许多著名院校、企业和科研机构建立了紧密的合作关系。

26. 哪项不是对报考艺术类专业考生的要求？
27. 对报考社会体育专业考生的要求是什么？
28. 哪项不是针对优秀学生的奖学金？
29. 哪项是综合奖学金？
30. 享受奖学金的学生约占总人数的百分比是多少？

## 模拟练习四

参考答案及听力文本：

| | | | | |
|---|---|---|---|---|
| 16. D | 17. D | 18. A | 19. C | 20. C |
| 21. B | 22. D | 23. C | 24. A | 25. C |
| 26. C | 27. B | 28. D | 29. C | 30. A |

第16—30题，请选出正确答案。现在开始第16—20题：

**第16—20题是根据下面一段采访：**

女：欢迎大家来到今晚的节目，我们为您邀请到了王龟。王先生，您是如何看待艺术的个人私密性和公共交流之间的关系的？

男：我认为艺术的个人私密性是因为在创作过程中需要有个人空间来完成具有个人符号的创作材料与手段，当然是不容外人打扰和参与的。而公共交流是对创作完成后的作品进行评论与推敲，要找出问题并解决问题，让作品在艺术领域内有一定的学术提升和影响力。所以说我也主张在艺术创作中寻找与自己有着共同的研究的创作者一起进行。中国的艺术需要发展，只有不断进取才能跟上西方。其实我们交流太少，不是技术上的问题，而是思想上的问题。回头看看，中国当下的艺术一直是跟着西方跑的，所以我们需要开放性的交流。

女：您对当下艺术的关注，侧重于哪些方面？

男：我是个比较传统的人，所以我会走传统艺术的路。当然了，我们在坚持传统的同时也需要拓展出新的道路来，不能跟着前辈走，艺术需要更新，需要进取。当下的艺术是当代的，而资深的艺术文化还是传统的，传统文化艺术中有许多东西始终让人回味无穷。不管是西方传统还是中国传统，我们只有在大师走过的路上进行新的拓展，而不是跟着跑，才能塑造新的传统。

女：艺术家来宋庄干什么？这个问题被很多人关注过，从艺术家的视角如何看待这个问题？

男：其实这个问题最简单不过了，您只需要理解什么是艺术就行了。艺术家就是身上有才艺的人，他们会以与众人不同的角度思考问题，但他们又会"72变"，如果变得好就是"家"了，变得不好就只是艺人罢了。因为艺术家需要交流与创作，当然也需要集中在一起，但是也不会朝夕相处，因为每位艺术家各自都有自己的创作。一句话，艺术家来宋庄，就是为了创作和生存。

16. 男的是如何看待艺术的个人私密性的？
17. 男的认为公共交流太少的原因是什么？
18. 男的对当下艺术的关注侧重于哪些方面？
19. 在男的眼中，关于艺术，不正确的是哪项？
20. 艺术家来宋庄干什么？

**第21—25题是根据下面一段采访：**

善　水：大家好，这里是《站长网善水访谈专题》，一次无意中浏览网页，让陈学知闯入A5论坛。经过短短的一年，陈学知由一名"菜鸟"站长，成为一年内接单量上百的"接单王"，目前在A5论坛的接单量排行榜上保持第一。陈学知您好，您的年纪貌似不大？

陈学知：A5论坛的站长们,大家好!我是陈学知,今年23岁,中专毕业。毕业后分配到粤高速(收费站)上班。

善　水：学知毕业后直接在粤高速(收费站)上班,又是通过什么途径知晓A5论坛的呢?

陈学知：那是一次偶然的机会,有一天我在上网,突然发现某论坛有一个帖子上说,只要坐在家里就可以月赚3000元以上,但是需要交190元的加盟费,那时被发此帖的人"洗脑"了,就在他的安排下,我汇了190元过去,加盟了他所谓的"网赚"旅途,其实就是网络传销,当时每天都是到处发帖宣传自己的网站,让更多人知道自己的地址和QQ号,再去忽悠别人,让别人加盟,然后再赚提成,但是我做了一下,觉得好累,自己冷静想想,如果自己可以做个网站那不是很赚钱?所以自己就去网站找个程序随便架设了一个网站。有一天我无意中在百度中找到了A5论坛,就这样发现了A5论坛。

善　水：之后呢?学知目前的总体情况如何?

陈学知：之后有一天我在A5论坛资讯看到有人说,他虽然不是很会经营网站,但是他每天都在A5论坛接单。一个月也能收获2000到3000元。从此我自己也天天在A5论坛接单干活了,目前专职在A5论坛接单,收入还可以。

善　水：学知是什么时候开始在A5论坛接单的?已经有多久了?至今总共接过多少单子?总共价值多少?其中个人净盈利有多少?

陈学知：2008年5月1日我开始专职在A5论坛接单,到现在也有1年多了。接过的单也上百了,总价值应该也有4万左右。除了电费、网费基本都是净盈利了,成本几乎没有。

善　水：一年赚4万多,主要是什么内容的单子?都是个人独立完成的吗?没有选择与其他站长合作吗?

陈学知：对,接近4万。全部是自己独立完成的,没有一个单是外包的,我接单的原则就是:不接外包单,不外包做单,没把握不接,接就一定完成。主要接的单都是仿站、采集、插件定制等业务。

21. 男的是什么学历毕业?
22. 男的毕业后的工作是什么?
23. 男的是什么时候开始在A5论坛接单的?
24. 哪项不是男的接单的原则?
25. 哪项属于男的的接单内容?

**第26—30题是根据下面一段采访：**

主持人：各位新浪网友大家好，欢迎大家来到今天的新浪嘉宾聊天室，您现在关注的是2010年全国高校招生系列访谈节目，今天的节目里，我们和大家关注的学校是重庆邮电大学，为大家邀请到的是重庆邮电大学招生就业处处长黄永宜老师。黄老师先跟各位网友打个招呼吧。

黄永宜：各位新浪网友、学生家长和同学们，大家好！

主持人：请您简单介绍下本校的优势学科、特色专业。

黄永宜：学校以信息科学技术为优势和特色，现有10个省部级重点学科，16个省部级重点实验室、工程研究中心、人文社科基地。学校现有42个本科专业，4个一级学科、20个二级学科硕士学位授权点，并在8个学科领域招收培养工程硕士。应该说我校各专业都具有自己的特色，这也是我校在人才培养过程中不断地积累下来的。我校依托信息技术学科优势，构建"专业+信息技术"的人才培养模式。既培养优势突出的信息通信类专业人才，也培养具备信息技术背景、适应各行业发展需求的各类专业人才。形成了以IT产业链的上游产品制造至中游网络运营到下游信息内容的策划、制作与传播的完善的信息产业与现代传媒和文化艺术产业交叉融合的人才培养体系。

主持人：您能否对第二专业开设情况及转专业政策等为大家进行介绍？

黄永宜：我校在通信学院、经管学院、计算机学院、外语学院、法学院、软件学院相关专业中开设第二专业，供学有余力的同学修读，学生可在一年级末提出申请。第二专业的学习与主修专业同时进行，修业年限为两年半。学校有转专业的相关规定，符合条件的学生可以向学校申请转专业，具体分为以下情况：1. 相同招生批次间专业互转，时间安排在一年级末，学生成绩在本年级本专业排名前30%的可以提出转专业申请，填报两个专业志愿，经接收学院考查后确认录取情况；2. 对部分实行大类培养的学院，如通信、光电、计算机、经管、自动化等学院的学生，二年级末进行专业分流，学生可在大类所属专业中自主选择；3. 除艺术和体育类专业外，学生在三年级前可自由申请转入我校软件学院所属专业。

26. 该学校的优势和特色是什么？

27. 该学校有几个省部级重点学科？

28. 下列哪个不属于开设第二专业的学院？

29. 转专业的时间安排在哪个年级？

30. 哪类学生不能申请转入软件学院所属专业？

## 模拟练习五

**参考答案及听力文本：**

| 16. B | 17. C | 18. D | 19. A | 20. A |
|---|---|---|---|---|
| 21: C | 22. B | 23. D | 24. A | 25. A |
| 26. D | 27. A | 28. D | 29. D | 30. C |

第16—30题，请选出正确答案。现在开始第16—20题：

**第16—20题是根据下面一段采访：**

主持人：各位网友，大家好，欢迎大家收看《人民网教育频道视频访谈》。今天我们很荣幸地邀请到了香港浸会大学研究院副院长黄煜教授做客人民网教育频道，和大家谈谈香港浸会大学2010年的招生情况。我们先请黄院长做自我介绍。

黄　煜：各位网友好，我是香港浸会大学研究生院副院长，今天很荣幸能够在人民网做客，对香港浸会大学在内地的招生做介绍。首先我想介绍一下香港浸会大学的校名和它的特色。很多人问香港浸会大学是不是一所宗教色彩的基督教大学。香港浸会大学是1956年在美国的浸信会基督教资助和帮助下创办的，但是到1994年正式更名为香港浸会大学的时候，香港浸会大学就和基督教或者其他宗教没有任何的关系了，因为这是公立大学的一个首要条件。但是为什么保留这个名字呢？因为1994年的时候校友强烈反对，说任何的改名他们都不愿意，种种原因下，这个名字还是保留了下来，它是一种传统的延续。第二，香港浸会大学在香港属于一所中型大学，本科生差不多有4000多人，研究生约3000人，它没有工程学，没有西医学、没有法学，没有传统意义上的那些综合性大学的一些学科。它有文科，所有的文科几乎都有，还有一个中医学院。所以我们一般称香港浸会大学是一个文理型大学、中等型的大学。它有一些什么优势呢？它有很多文科和理科互补产生的优势。比如它的商学、中医学，它的传播学里面的新闻、广告、电影、电视，还有人文学科里面的很多学科，像音乐、哲学、历史，还有社会学等等，当然我们的理科，包括生物、化学、数学等等，在中国香港都是非常强势的学科。

新汉语水平考试教程（六级）

主持人：听了黄老师的介绍，我们对香港浸会大学有了初步的了解。有很多考生也会注意到，中国香港不是在内地，可能更具有一些城市的优势。在这一点上黄老师有没有一些大概情况的介绍？

黄　煜：提起中国香港，很多人认为它是一个金融中心，它很发达。最近5年到6年，中国香港教育的优势越来越被咱们内地的同行、学子认识到。中国香港高等教育的优势，和内地相比，我认为有这样几个方面：第一，它的体制完全是和国际接轨的。第二，它有很强的师资队伍。中国香港的老师是全球招聘的，而且几乎都是用英语教学，和国际上接轨没有障碍。

16. 香港浸会大学是什么时候创办的？
17. 该学校是什么时候正式更名为香港浸会大学的？
18. 公立大学的一个首要条件是什么？
19. 香港浸会大学有什么学科？
20. 关于中国香港高等教育的优势，正确的是哪项？

### 第21—25题是根据下面一段采访：

站　长：欢迎大家来到今晚的《站长访谈》，今天我们邀请到的嘉宾是谢文。谢文，你好！您认为在当前情况下，中小网站的站长们应该如何保护自己，为自己争取权益？

谢　文：不管你个人是否喜欢，首先必须要遵守已经明确的政策、法规。要想做大事，必须先从细节上认真做起，尤其是网站注册、备案。虽然站长们是草根，但是草根也是在这块土地上生活的，也得遵守法律法规。建议站长们别碰这样的网站内容：盗版、假冒伪劣商品。天道酬勤，不要抱侥幸心理。

站　长：您是公认的研究互联网行业的学者，能否为我们比较一下中外互联网，尤其是中小网站创业者这方面的情况呢？

谢　文：其实，在美国中小企业成功的几率更低。因为他们的互联网市场更成熟。比较起来，中国商业化落后一些，信息也不通畅，创业反倒更有机会。国外的各种统计相对完善。相对来说，我们缺乏权威、中立、公正的统计机构，不规范的地方太多。另外，我国互联网在技术领域与国外相比也比较薄弱。个人网站方面，我认为中国一方面人口众多，一方面就业难，很多人想依靠一己之力来创业、赚钱。这种行为从商业规律上讲，是行不通的。因为你要考虑规模效应、专业效应等，不能老想着单打独斗。但是,如果把个人网站作为一种辅助手段,作为一种事业起步的实验,我觉得可以尝试,但期望值不要太高。很少有人能一个人去管理好一个网站公共平台,然后安身立命,赚钱发财。这样很难,我不看好。

站　长:您是如何评价一个中小网站有无前途、有无价值的呢?

谢　文:针对中小网站来说,我认为有3个指标:第一:特色鲜明,"一招鲜吃遍天"。个人网站最重要的,就是要明确特色在什么地方。不管你是电子商务网站,还是资讯网站,都必须有鲜明的个人特色。第二:学会自信,越小越开放。站长们积累点儿用户不容易,就怕开放,怕用户被"拐"走了,所以对大平台有恐惧感。其实这种想法不可取。在主流环境下,你必须学会自信。中小站长就应该勇敢地、热情地、毫不犹豫地去接受开放。对于互联网行业来说,开放性的产品也是非常重要的。第三,要非常的现实,非常的理性。站长不要自己给自己加上太重的包袱。草根站长都是低成本、业余、半业余地去做网站,不可能有那种一夜暴富的站长。

21. 男的认为中小网站为维护自己的权益,首先应该做什么?

22. 男的建议站长们不要碰哪些网站内容?

23. 哪项不属于国内统计机构的缺点?

24. 哪项不属于评价中小网站有无前途、有无价值的指标?

25. 关于上文,正确的是哪项?

**第26—30题是根据下面一段采访:**

女:欢迎大家收看今晚的"文学树",这位是大家喜欢的阿汀。现在很多的文学网站,都是以玄幻、魔幻、穿越、虐恋为主题来引起读者关注的。阿汀,对这个现象,你是如何看的呢?

男:时代的存在有着它的必然性,也许这些东西还能暂立足跟,但是最后必将随着时代的变化而销声匿迹。

女:阿汀觉得我们网站的特色主要都表现在哪些方面呢?

男:特色还是实际的内容结构,也就是说是以原创为基准的。所以我是希望我们这里是一个文字爱好者的乐园,也不一定就是专业的基地。

女:是的,对于网络写手来说,水平的高低都是参差不齐的。那么,我们网站以后是不是也会以文章的质量来区分优劣呢?

男:这个肯定是的,文章的好坏还取决于写的人用心与否,写得好的可以说是作者在用心写,当然不能说写得不好的,作者就没有用心,而是作者文字功底的不同。

女:是的。近段时间,也有很多朋友问我,我们网站是不是可以考虑开培训班或者用其他的方法来提高大家的文字功底?

男:当然可以了,我们在近期就会推出这样的方法的,不妨先让大家期待一下,策划已经写出来了。

女:网站在改版的同时,论坛也已经建立了,那么论坛到底可以起到什么样的作用呢?

男:论坛应该主要是个交流的地方,也就是网站的后方力量。论坛上,我们可以以交流的形式来写文章,只要是片段就可以的。

女:创办散文网站,一路走下来,一定不容易,遇到困难的时候,是什么支持你走下去的呢?

男:是我这个人的性格和大家的帮助,还有每个朋友给予的真心支持。

女:阿汀觉得自己是个什么性格的人呢?

男:我的性格也是很重情的,属于感情细腻的吧,做事执着,但不够果断,真心喜欢交朋友。

女:阿汀,大家的努力,我们都是看见的,你有没有最想感谢的人呢?

男:我想感谢的人太多了,真的,也难以一一列举出来,就不列举了。其实大家都可以看见是哪些人这么劳心劳力的。对于每个认真关心、关注着我们的人,我都要感谢。

26. 哪项不属于当前文学网站吸引读者注意力的主题?

27. 该文学网站的特色主要表现在哪些方面?

28. 男的认为论坛可以起到什么作用?

29. 哪项不属于男的克服困难的因素?

30. 关于男的,不正确的是哪些?

## 一、题型分析

听力考试第三部分共20道题。这部分的听力内容主要由五到六段短文组成，每段短文由一个人朗读，听完每段短文后要求根据短文回答三到四个问题。每听完一个题目，考生根据听到的内容在A、B、C、D四个选项中选出最恰当的答案。

虽然短文的内容涉及面广，但测试的重点具有一定的规律，可概括为：

1. 综合记忆短文中的事实和理由；

2. 掌握短文的主题或中心思想；

3. 通过所给信息判断人物的身份及相互间的关系；

4. 记住事情发生的时间和地点；

5. 依据字面意思，推断出隐含信息；

6. 领会说话人对所谈内容的观点和态度；

7. 根据所给的数字，进行计算、判断多少等。

## 二、答题技巧及例题精解

这部分考试一般有五段或六段短文录音，根据每段录音的内容回答几个问题。在听长录音时，由于信息多，而且听力不同于阅读，朗读速度非常快，需要我们快速做出反应，所以也要注意答题技巧。

### （一）预览选项

考生要充分利用正式听短文前的时间，将选项预览一遍，预测短文的内容以及提问形式。考生在听录音之前快速地浏览一下每道题的几个选项，大致猜测每道题可能问的问题，这样在听的过程中就可以把注意力集中在和选项有关的内容上，并且在听的过程中可以在试卷上做一些简单的笔记，这样对回答问题会非常有帮助的。

## （二）开头结尾是主旨

还有一类问题,在录音中没有明确的答案,考生要根据一整段话所讲的内容进行概括和总结，这就要求考生完全听懂录音的内容并且理解那段话要传达给听者的中心意思。

作者一般会在首句或首段道出文段的中心大意,或对所阐述内容进行概括,有些作者也会在结尾时再一次点题。文段中间部分主要是细节,或是作者为了证实自己的观点,进一步举出例证,这一部分基本上是事实或是细节。了解了这些特点后,我们在听录音材料时就可以有目的地听。如果遇到主旨问题就要着眼于首句和结尾的内容,如果遇到细节问题就要注意中间部分。短文的主旨抓住了,短文中的详情细节、论据等就容易理解了。

## （三）听时要动笔

考生在预览选项之后,大体已预测到题目的要求。在听录音过程中,考生要有目的地去抓听、记录与题目有关的事实,例如时间、地点、人物等。

## （四）注意承上启下的关联词

一些连接短文各个句子、表明上下逻辑关系的关联词,对短文内容如何发展起到信号指示的作用,对理解短文非常重要。抓住这些关联词,考生对于下文会讲什么内容、能解答什么问题就会心中有数,对短文逻辑关系会更清楚,如然而、另外、例如、但是、相反、因为、所以等,还有表示顺序前后的第一、第二、先、再、然后、最后等词,都对理解文章很有用。

## （五）注意学会推断

记录事实和抓住承上启下的关联词是听力考试中不可缺少的技巧。但是,有些题目的作答,不仅需要事实,而且要根据这些明示信息和录音的字里行间里透露的信息进行综合推断。这类题目虽然比明示信息题目要难,但只要考生头脑中有了这个意识,也就变得容易了。

## （六）听清问题仍然重要

解题是听短文的目的,亦即听短文就是为了回答短文后的问题。如果听不清所问的问题,就会答非所问,前面的全部工作就会功亏一篑。所以,听清短文后的问题是解题的关键。

第1—3题是根据下面一段话：

古时候，有个商人献给国王三个外表一模一样的金人，同时出了一道题目：这三个金人哪个最有价值？

国王想了许多办法，请来珠宝匠检查，称重量，看做工，这三个金人都是一模一样的。怎么办？最后，有一位老大臣说，他有办法。(第1题)

他拿了三根稻草，把第一根插入第一个金人的一只耳朵里，稻草从另一只耳朵出来了。第二个金人的稻草从嘴巴里掉了出来。而第三个金人，稻草进去后掉进了肚子里，什么响动也没有。(第2题)老臣说："第三个金人最有价值。"商人说答案正确。

这个故事告诉我们，最有价值的人，不一定是最能说的人。老天给我们两只耳朵一个嘴巴，本来就是让我们多听少说的。善于倾听，才是成熟的人最基本的素质。(第3题)

1. "金人"问题是谁解决的？

2. 问题是怎么解决的？

3. 这段话主要想告诉我们什么？

1. A. 国王                    B. 商人
   C. 大臣                    D. 珠宝匠

答案是C。从录音中的"最后，有一位老大臣说他有办法"这句话可以知道答案。

2. A. 称重量                B. 用稻草
   C. 检查质量             D. 凭经验判断

答案是B。录音中主要介绍如何用稻草检验这三个金人的不同。另外录音中说"称总量，看做工，这三个金人都一模一样"，这样可以排除A和C。

3. A. 要有眼光           B. 要多听少说
   C. 不可轻信别人        D. 不可盲目乐观

答案是B,录音最后一段明确说人要多听少说。听录音时要把握住短文的主旨。

## 例 题

第1—3题是根据下面一段话:

　　脸红,是泄露人内心情感的一个明显信号,人们在感到尴尬、羞耻或害羞时脸会变红。但是这其中的奥秘却让科学家琢磨不透。最近有科学家将这归为"历史进化的一个结果"。

　　研究人员指出,人是唯一在害羞时脸会变红的动物,(第2题)这个信号让人们的内心情感完全表露出来。研究发现,人在脸红时,脸颊、颈部和胸部皮肤表层的血管会扩张,更多的血液会汇集在这些地方。心理学家则分析认为:脸红能平息对方的怒火,消除敌对行为,让人们更快地原谅你。(第1、2题)所以,脸红并不完全是一件坏事。

　　1. "脸红"可以引来别人什么样的态度?

　　2. 关于"脸红",下列哪项正确?

　　3. 这段话主要谈的是什么?

1. A. 体谅　　　　　　　　　　　B. 怀疑
   C. 信任　　　　　　　　　　　D. 委屈

 答案是A。录音中说"心理学家则分析认为:脸红能平息对方的怒火,消除敌对行为,让人们更快地原谅你。"从这句话可以知道答案。

2. A. 脸红没什么好处　　　　　　B. 其他动物也会脸红
   C. 脸红会暴露人的情绪　　　　D. 脸红会让别人更加愤怒

 答案是C。脸红有好处,能平息对方的怒火,消除敌对行为,让人们更快地原谅你,所以A、D不对。B也不对,人是唯一害羞时脸会变红的动物。

3. A. 人为什么会脸红　　　　　　B. 人和动物有何不同
   C. 人怎样才能不脸红　　　　　D. 脸红能促进血液循环

答案是A。这道题可以用排除法,B、C、D录音中都没有提及。

**例 题**

第1—3题是根据下面一段话:

没有人不愿意接受别人的关心，也没有人会对关心自己的人产生不满。所以,要想赢得好评,就需要将你对别人的关心适当地表达出来。(第3题)如果你发现对方的细微变化,最好能立刻指出。比如说对方换了新领带,你就说:"这条领带你第一次戴,在哪儿买的?"他一定会愉快地接受你的关心,(第1题)对你产生好感。特别是女性,尤其重视自己的穿戴,一旦有人注意到了她的服饰的变化,她一定会感到由衷的欣喜,(第1题)这时你们之间的距离也便随之缩短了。

我对我的男朋友非常满意,就是因为他有注意微小事物的眼光。(第2题)比如,我从美发厅出来,换了一个新发型,他就会兴致勃勃地欣赏一番;我晚上没睡好,第二天显得很累,他看到我的样子就会细心地关照一番。男友所做的一切听起来虽然都微不足道,但却让我感到十分满足。

1. 如果你注意到了别人细微的变化,别人会怎么样?
2. 说话人为什么对男友非常满意?
3. 这段话主要讲了什么?

1. A. 反感                      B. 奇怪
   C. 紧张                     D. 愉快

答案是D。当你关心别人的时候别人总是会很高兴。从录音中我们可以得到答案。

2. A. 大方                      B. 很细心
   C. 非常帅                   D. 心地善良

答案是B。录音中说"我对我的男朋友非常满意,就是因为他有注意微小事物的眼光。"从这句话可以知道答案是B,她的男朋友很细心。

3. A. 如何称赞别人             B. 怎么表达自己的想法

C. 选择什么样的男朋友　　　　　　D. 怎样获得别人的好感

 答案是D。录音中说"要想获得好评……"，"好评"就是好感的意思。后面说话者举她男朋友的例子也是在说，她是怎么获得对她男朋友的好感的。

**例题**

第1—4题是根据下面一段话：

做什么事有了计划就容易取得好结果。(第1题)学习也是这样，毫无计划的学习是散漫的，松松垮垮的，很容易被外界影响，所以想取得好的学习效果，制订计划是很有必要的。计划分长期计划和短期计划。在一段比较长的时间内，比方说一年或半年，可以制订一个长期计划。(第2题)由于实际生活中有很多变化无法预测，所以这个长期计划不需要很具体，只要对必须要做的事做到心中有数即可。而更近一点的，比如下一个星期的学习计划，就应该尽量具体些，(第3题)把大量的任务分配到每一天中去完成，这样长期计划就可以逐步实现。可见，没有长期计划，生活就没有大方向；同样，没有短期安排，目标也很难达到。所以两者缺一不可。制订计划时还应该注意，计划不要订得太满、太"死"，要留出一点空余的时间，使计划有一定的灵活性。毕竟现实不会完美地跟着计划走，给计划留有一定的余地，这样完成计划的可能性就增加了。(第4题)

1. 要取得好的学习效果，应该怎么样？
2. 长期计划一般指多长时间的计划？
3. 制订一个星期的计划，应该注意什么？
4. 如何增加完成计划的可能性？

1. A. 制订计划　　　　　　　　　B. 放松心情
　 C. 充分利用时间　　　　　　　 D. 选择好的学习方法

 答案是A。这是整个录音谈论的问题，所以这个问题不难。另外，录音的第一句话就明确地给出了答案。

2. A. 1个月　　　　　　　　　　 B. 1–3个月
　 C. 3个月　　　　　　　　　　　D. 半年到一年

答案是D。录音中说"在一段比较长的时间内,比方说一年或半年,可以制订一个长期计划。"从这句话可以知道答案,所以在听录音的时候,要一边听一边做些记录。

3. A. 要概括　　　　　　　　　　　B. 要简单

　 C. 要具体　　　　　　　　　　　D. 要有个性

答案是C。录音中说"而更近一点的,比如下一个星期的学习计划,就应该尽量具体些……",也就是说短期计划要具体些。

4. A. 追求完美　　　　　　　　　　B. 重视短期计划

　 C. 准备多个计划　　　　　　　　D. 计划要有灵活性

答案是D。计划要有灵活性。从录音中最后两句话"制订计划时还应该注意,计划不要订得太满、太"死",要留出一点空余的时间,使计划有一定的灵活性。毕竟现实不会完美地跟着计划走,给计划留有一定的余地,这样完成计划的可能性就增加了"可以知道答案。

**例 题**

第1—4题是根据下面一段话:

跳舞是人类与生俱来的本能,就像唱歌一样。人类跳舞的历史就跟直立行走的历史一样悠久。(第1题)

跳舞是充满喜悦的。(第2题)你也许会觉得举重很有意思,或者认为花45分钟在跑步机上的感觉很棒。但我认为,跳舞带给人们的乐趣是大不相同的,那是一种从骨子里涌出的喜悦,并且是一种使我们更贴近生命的感觉。看看那些跳舞的人的脸庞吧!他们的脸上总是散发着一种光芒,而我不相信在健身中心或是越野赛跑中能看见这种光芒。当舞者流汗时,他们微笑着,他们的微笑是灿烂耀眼的。我所说的不是专业的舞者,而是在街角跳街舞、在公共场所大扭秧歌的人们,以及在城里的俱乐部自由自在地跳舞的情侣们。(第3题)

有许多方法能将舞蹈带进你的生活:拉上窗帘,放段音乐,然后移动你的身体,如果你想闭上眼睛也没问题。选择一种你喜欢的舞蹈,然后去学习有关的舞蹈课程,(第4题)这些舞蹈班很容易就可以找到。若上课会令你觉得局促不安,社区的舞会也许是一个好的起点。你不一定要有个舞伴,大多数的舞步都很容易,音乐也会令你想舞动起来,在人群中,你可以很容易地随着音乐翩翩起舞,感受舞蹈的魅力。

    1. 说话人认为人类跳舞的历史有多久?

    2. 舞蹈能给人带来什么样的感觉?

    3. 这段话中的"舞者"指的是谁?

    4. 说话人有什么建议?

1. A. 实际上很短                  B. 比唱歌的历史还久

  C. 和直立行走的历史一样久        D. 和体育运动的历史一样久

    答案是C。录音开始时就说"人类跳舞的历史就跟直立行走的历史一样悠久。"从这句话可以知道答案。

2. A. 自信心提高                   B. 跑步机上的感觉

  C. 发自内心的喜悦               D. 体育比赛的刺激

    答案是C。从录音中"跳舞是充满喜悦的"这句话可以知道答案,另外后面也说了跳舞和其他运动的不同,也是说跳舞会让人发自内心地喜悦。

3. A. 舞蹈家                       B. 舞蹈教师

  C. 芭蕾舞演员                 D. 业余舞蹈爱好者

    答案是D。录音中说"我所说的不是专业的舞者,而是在街角跳街舞、在公共场所大扭秧歌的人们,以及在城里的俱乐部自由自在地跳舞的情侣们。"可见,录音中所说的舞者是业余舞蹈爱好者。

4. A. 去学跳舞                    B. 去学唱歌

  C. 要找个舞伴                 D. 跳舞不一定要有音乐

    答案是A。录音中说:"选择一种你喜欢的舞蹈,然后去学习有关的舞蹈课程……",所以A是正确答案,而其他三个选项都不正确。

# 三、模拟练习题

## 模拟练习一

**第31—50题：请选出正确答案。**

31. A. 要一个美丽的女子
    B. 要三箱雪茄
    C. 要一部电话
    D. 什么都不要

32. A. 为了与外界沟通
    B. 为了打发时间
    C. 为了抽雪茄
    D. 为了与美丽女子对话

33. A. 雪茄是没什么用的
    B. 犹太人最聪明
    C. 什么样的选择决定了什么样的生活
    D. 电话很重要

34. A. 把洞口弄大
    B. 把自己饿瘦
    C. 把自己吃胖
    D. 把洞口弄小

35. A. 因为人们觉得葡萄并不好吃
    B. 因为人们觉得狐狸的方法很笨
    C. 因为人们觉得狐狸什么都没得到
    D. 因为人们觉得狐狸得不偿失

36. A. 什么都没得到
    B. 很多葡萄
    C. 吃葡萄的经历和体验
    D. 挖洞的经历和体验

37. A. 女儿
    B. 表妹
    C. 妻子
    D. 侄女

38. A. 提出要帮助小李
    B. 不同情他的遭遇
    C. 不感谢他的招待
    D. 同情他，但没提出要帮助他

39. A. 失败了是不可能重新站起来的
    B. 放低姿态、重新做起才能站起来
    C. 失败以后不能依靠朋友的帮助
    D. 完全靠自己的努力才能重新站起来

40. A. 因为他不想带麻雀回家
    B. 因为他急着进屋去求妈妈同意他养麻雀
    C. 因为妈妈不同意他养麻雀
    D. 因为忘了带麻雀进去

41. A. 它飞走了
    B. 它飞进家里去了
    C. 它被黑猫吃了
    D. 它被放在鸟巢里了

42. A. 不要轻易改变主意
    B. 自己认定的事，不要优柔寡断
    C. 不要听妈妈的话
    D. 凡事都要自己做决定

43. A. 第一次
    B. 第二次
    C. 第三次
    D. 第四次

44. A. 多此一举
    B. 高中
    C. 白费劲儿
    D. 有备无患

45. A. 高中
    B. 有备无患
    C. 多此一举
    D. 白费劲儿

46. A. 要相信自己
    B. 要从积极的方面看事情
    C. 不要听信别人的意见
    D. 要从消极的方面看事情

47. A. 工作不认真
    B. 对人生很悲观
    C. 工作不负责
    D. 与同事关系不好

48. A. 因为过了下班时间
    B. 因为他们要为尼克过生日
    C. 因为他们要为老板过生日
    D. 因为他们自己要过生日

49. A. 冰柜箱里的温度在零下20度以下
    B. 冰柜箱里没有氧气
    C. 冰柜箱里没有水
    D. 冰柜箱里未启动制冷系统,有足够的氧气

50. A. 因为冰柜箱里没有氧气
    B. 因为冰柜箱里温度太低
    C. 因为他太悲观,认为自己一定会冻死
    D. 因为他很乐观

## 模拟练习二

第31—50题:请选出正确答案。

31. A. 世界时事
    B. 自己所关心的话题
    C. 别人身上的趣闻轶事
    D. 流行时尚

32. A. 政治术语
    B. 玩笑和嘲弄
    C. 双关诙谐语
    D. 戏谑和争辩

33. A. 酒吧语言没有自己的特点
    B. 酒吧里大家遵守一定的模式
    C. 在酒吧可能会受到别人的揶揄
    D. 很多人热衷于在酒吧说下流话

34. A. 小多暗恋小丽两年了
    B. 小多没有勇气向小丽表白
    C. 小多写了封给小丽的情书
    D. 小多见到小丽一点儿也不紧张

35. A. 通过自己的朋友交给小丽
    B. 亲自交给小丽
    C. 通过小丽的朋友交给小丽
    D. 通过小丽的父母交给小丽

36. A. 一百块钱
    B. 一封情书
    C. 一张照片
    D. 情书和钱

37. A. 餐厅的东西经常被偷
    B. 餐厅的门经常被踢破
    C. 大家不相信他
    D. 餐厅的治安不好

38. A. 新门是铁门
    B. 大家照样踢新门
    C. 新门是玻璃门
    D. 新门经常挨踢

39. A. 孩子们被信任感动
    B. 人之间的感情是很奇怪的
    C. 玻璃门比铁门牢固
    D. 信任的力量是巨大的

40. A. 因为他们有感激之心
    B. 因为他们很快乐
    C. 因为生活带给他们很多满足感
    D. 因为事业很顺利

41. A. 感到自己经常生气
    B. 感到好事来得太晚
    C. 感到美好、爱和幸福
    D. 感到生活充满压力

42. A. 我们感激别人的帮助
    B. 好情绪好生活
    C. 人对同样的事有不同的感觉
    D. 人对不同的事只有同样的情绪

43. A. 生下来就学会了奔跑
    B. 只要跳几下就能从敌人面前逃开
    C. 平均寿命非常长
    D. 靠隐藏躲避天敌

44. A. 缺少食物
    B. 缺少天敌
    C. 缺乏水源
    D. 欧洲人的到来

45. A. 大规模捕杀
    B. 引进毒药
    C. 修建长城
    D. 建立拦网

46. A. 兔子在大洋洲能迅速成长
    B. 大洋洲的兔子已经基本灭绝
    C. 袋鼠的生活受到严重干扰
    D. 大洋洲的动物寿命很短

47. A. 白天在屋内撑伞会带来好运
    B. 卧室里放把伞会带来好运
    C. 在屋内撑伞会带来噩运
    D. 出门带伞会带来噩运

48. A. 主人嫌弃自己没有尽职尽责
    B. 不喜欢撑开的伞
    C. 会带来雨天和噩运
    D. 主人认为自己没有带来好运

49. A. 认为撑伞会带来好运的人
    B. 信仰宗教的人
    C. 曾接受别人的伞躲避雨的人
    D. 曾遇突然之雨而记着带伞的人

50. A. 在乌云密布的天气带伞是噩运
    B. 其起源地为古巴比伦
    C. 曾是王室权力的象征
    D. 桌子上放伞会带来惊喜

**第31—50题：请选出正确答案。**

31. A. 对当事人双方都很公平
    B. 是个普遍被使用的方法
    C. 哪面朝上的概率相同
    D. 看似公平的方法并不公平

32. A. 50%
    B. 51%
    C. 55%
    D. 60%

33. A. 用大拇指轻弹
    B. 直接扔硬币
    C. 观察硬币哪一面朝上
    D. 抛硬币之前做出选择

34. A. 周口店遗址
    B. 元谋人遗址
    C. 半坡遗址
    D. 南召杏花山猿人遗址

35. A. 燕国
    B. 申国
    C. 谢国
    D. 晋国

36. A. 地名已被更改
    B. 唐代始用"南阳"
    C. 伟大人物很少
    D. 是享有盛誉的名地

37. A. 时尚新潮的
    B. 黄金含量高的
    C. 罕见的、不可再生的
    D. 价格昂贵且可再生的

38. A. 宝石、玉石
    B. 奇石、化石
    C. 古瓷
    D. 标本

39. A. 富有价值性
    B. 具有吸引力
    C. 满足个人欲望
    D. 丰富生活

40. A. 公平
    B. 竞争
    C. 和平
    D. 规则

41. A. 爱好和平
    B. 尊重规则
    C. 公平竞争
    D. 尊重对手

42. A. 专业精神
    B. 比赛第二
    C. 更高、更快、更强
    D. 尊重失败

43. A. 无比柔软
    B. 无比坚硬
    C. 变成黑色
    D. 变成彩色

44. A. 生活在密林深处
    B. 身手矫健
    C. 是名贵的药材
    D. 来去如风

45. A. 要毫不犹豫,先下手为强

    B. 要提醒雄麝自己的存在

    C. 保持香囊的形状不被破坏

    D. 靠近雄麝时应屏息凝神

46. A. 完美自己

    B. 改变自己

    C. 放弃自己

    D. 选择死亡

47. A. 养活家人

    B. 过着幸福的生活

    C. 生产出更多的产品

    D. 让机器帮忙

48. A. 25%

    B. 30%

    C. 35%

    D. 45%

49. A. 做耗费时间的事

    B. 做没有难度的事

    C. 做突破自身极限的事

    D. 做跟时间没有关系的事

50. A. 要把自己的身体当作机器

    B. 必须学会做超越自我的工作

    C. 未来的工作与时间有关

    D. 要跟时间较劲

## 模拟练习四

第31—50题:请选出正确答案。

31. A. 煎茶

    B. 斗茶

    C. 功夫茶

    D. 洗茶

32. A. 煎茶

    B. 斗茶

    C. 品茶

    D. 功夫茶

33. A. 自煎自品

    B. 斗茶

    C. 说茶

    D. 种茶

34. A. 车次信息更新缓慢

    B. 信息指导不具体

    C. 人群的集体躁动情绪

    D. 网站信息不正确

35. A. 雪灾并不严重

    B. 乘坐长途车很方便

    C. 大家出行兴致浓厚

    D. 未能及时得到灾情的有效信息

36. A. 中国人太多

    B. 信息传播欠发达

    C. 雪灾导致路段堵塞

    D. 相关部门对灾情估计不足

37. A. 放进水里

    B. 加热加压

    C. 捧在手心

    D. 随身携带

38. A. 保护玉米粒

    B. 锁住水蒸气

    C. 帮助散发水蒸气

    D. 让玉米粒发芽

39. A. 本身要有承受压力的坚毅

    B. 消除外在的压力

    C. 释放生命的热情

    D. 努力接受新事物

新汉语水平考试教程(六级)

40. A. 因为他反感两者
　　B. 因为他已经养成了习惯
　　C. 因为他所处的环境充满了两者
　　D. 因为他经常想如此做

41. A. 无师自通
　　B. 向他人请教
　　C. 学习和训练
　　D. 经常阅读

42. A. 用心体会感激之情
　　B. 经常帮助别人
　　C. 转移自己的注意力
　　D. 坚持自己认为对的事情

43. A. 为学生着想
　　B. 提高学校的知名度
　　C. 充分利用资源
　　D. 规避终身教授制的弊端

44. A. 很难得到续聘
　　B. 自主权很小
　　C. 上课出勤率很低
　　D. 他们只是来打工

45. A. 为学生进行课程辅导
　　B. 参与学校的其他活动

C. 和学生一起进行实践体验
D. 组织教工活动

46. A. 兼职教授比终身教授厉害
　　B. 兼职教授都很受学生欢迎
　　C. 聘用兼职教授可节约成本
　　D. 聘用兼职教授可提高教学质量

47. A. 新的不去、旧的不来而高兴
　　B. 可为理想而努力奋斗
　　C. 沉溺于自己的失败
　　D. 失去安全感

48. A. 言情小说
　　B. 当地报纸
　　C. 行业杂志
　　D. 工商界出版物

49. A. 舞蹈行业
　　B. 冰激凌行业
　　C. 街头摆地摊
　　D. 理财行业

50. A. 不需要调整自己的心态
　　B. 从事理财行业
　　C. 要找个地方娱乐下自己
　　D. 利用自己的人脉关系

## 模拟练习五

第31—50题：请选出正确答案。

31. A. 金、银、铜、铁、锡
　　B. 木、火、金、水、土
　　C. 甲、乙、丙、丁、戊
　　D. 己、庚、辛、壬、癸

32. A. 木
　　B. 火
　　C. 金
　　D. 水

33. A. 东方属火、西方属金
　　B. 东方属木、西方属水
　　C. 东方属木、西方属金
　　D. 东方属火、西方属水

34. A. 充电器
　　B. 房门钥匙
　　C. 信用卡、交通卡
　　D. 各种票据

35. A. 清点钞票

    B. 机器打扫

    C. 照明

    D. 实时监控

36. A. 手机网聊

    B. 直接孩子零花钱

    C. 实行手机一卡通

    D. 用手机乘坐地铁和购物

37. A. 蝴蝶模拟有毒的帝王蝶

    B. 鱼嘴会伸出长长的附件

    C. 鸟类所采取的骗术

    D. 动物利用自己的身体做伪装

38. A. 飞到别处

    B. 假装翅膀折断吸引敌害

    C. 改变羽毛的颜色

    D. 主动靠近敌害

39. A. 鸟类的骗术是天生的

    B. 自然界里充满骗术

    C. 鱼类的骗术比较高级

    D. 动物的智慧不可低估

40. A. 敦煌大漠

    B. 重庆市郊

    C. 四川广安郊外

    D. 四川广汉郊外

41. A. 精致的金面罩

    B. 精美的鼎

    C. 精致的玉玺

    D. 精美的金权杖

42. A. 三星堆属于中华文化

    B. 20世纪重大的考古发现

    C. 三星堆文明和技术的来源

    D. 古蜀国文化

43. A. 这样的伪装很糟糕

    B. 这样的条纹很有个性

    C. 斑马的外表很帅气

    D. 暗棕色是最好的颜色

44. A. 这头马是天生的野马

    B. 马觉得在农场干活很累

    C. 马是为了斑马的自由而跑的

    D. 马坚决不会再回到农场

45. A. 斑马背叛了马

    B. 猎人想要的不是斑马

    C. 体力不如斑马好

    D. 在斑马群中它很珍稀

46. A. 时刻追求完美

    B. 重视伪装的有效性

    C. 注意自己的外在变化

    D. 不显眼是唯一有效的伪装

47. A. 爱立誓言

    B. 出海之前鼓励自己

    C. 爱炫耀自己的捕鱼技术

    D. 对比市场形势

48. A. 墨鱼

    B. 螃蟹

    C. 鲶鱼

    D. 什么鱼都没有

49. A. 只捕捉鲶鱼

    B. 只捕捉螃蟹

    C. 只捕捉墨鱼

    D. 不管碰到墨鱼,还是螃蟹,都要

50. A. 第四次出海

    B. 饥寒交迫而死

    C. 只捕捉鲶鱼

    D. 转行

# 四、模拟练习题参考答案

## 模拟练习一

**参考答案及听力文本:**

| | | | | |
|---|---|---|---|---|
| 31. B | 32. A | 33. C | 34. B | 35. C |
| 36. C | 37. B | 38. D | 39. B | 40. B |
| 41. C | 42. B | 43. C | 44. C | 45. B |
| 46. B | 47. B | 48. C | 49. D | 50. C |

第31—50题,请选出正确答案。现在开始第31—33题:

**第31—33题是根据下面一段话:**

有三个人要被关进监狱三年,监狱长满足了他们三个一人一个要求。

美国人爱抽雪茄,要了三箱雪茄。

法国人最浪漫,要一个美丽的女子相伴。

而犹太人说,他要一部与外界沟通的电话。

三年过后,第一个冲出来的是美国人,嘴里鼻孔里塞满了雪茄,大喊道:"给我火,给我火!"原来他忘了要火了。

接着出来的是法国人。只见他手里抱着一个小孩子,美丽女子手里牵着一个小孩子,肚子里还怀着第三个。

最后出来的是犹太人,他紧紧握住监狱长的手说:"这三年来我每天与外界联系,我的生意不但没有停顿,反而增长了百分之二百,为了表示感谢,我送你一辆劳斯莱斯!"

这个故事告诉我们,什么样的选择决定什么样的生活。今天的生活是由三年前我们的选择决定的,而今天我们的抉择将决定我们三年后的生活。我们要选择接触最新的信息,了解最新的趋势,从而更好地创造自己的将来。

31. 美国人提了什么要求?

32. 犹太人为什么要电话?

33. 这个故事告诉我们一个什么道理?

**第34—36题是根据下面一段话:**

狐狸想钻进一个葡萄园,无奈围墙上的洞口太小,它只好先把自己饿瘦,才钻

81

进了园子。在饱尝了鲜美的葡萄后,狐狸却发现自己又胖得钻不出来,只好再饿上几天,才得以离开。因而有人嘲笑狐狸:饿瘦了进去,又饿瘦了出来,什么也没有得到。

其实,这只狐狸吃过了葡萄,也就获得了一种体验,拥有了葡萄香甜滋味的记忆和种种体验。只有经历过,你才能得到最真实的体验,这是无法从别人的传授中获得的。生活中,我们经历的有喜有悲,有成功有失败,但不管结果如何,这些经历都会给予我们一定的启示,都能丰富我们的人生,这是十分可贵的人生体验。

34. 狐狸是怎么钻进园子里去的?

35. 人们为什么嘲笑狐狸?

36. 其实,狐狸得到了什么?

**第37—39题是根据下面一段话:**

小李做生意失败了,但是他仍然极力维持原有的排场,唯恐别人看出他的失意。宴会时,他租用私家车去接宾客,并请表妹扮作女佣,把佳肴一道道地端上来。但是当那些心里有数的客人酒足饭饱,告辞时,每一个人都热烈地致谢,并露出同情的眼光,却没有一个人主动提出给予帮助。小李彻底失望了,他百思不得其解,一个人走在街头,突然看见许多工人在扶正被台风吹倒的行道树,工人总是先把树的枝叶锯去,使得重量减轻,再将树推正。

小李顿然领悟了,他放弃旧有的排场并改掉死要面子的毛病,重新自小本生意做起,并以低姿态去拜望以前商界的老友,而每个人知道他的小生意时,都尽量给予方便,购买他的东西,并推介给其他的公司。没有几年,他又在生意场上立足了,而他始终记得锯树工人的一句话:"倒了的树,如果想维持原有的枝叶,怎么可能扶得动呢?"

37. 小李请谁扮作女佣?

38. 客人告辞的时候做了什么?

39. "倒了的树,如果想维持原有的枝叶,怎么可能扶得动呢"这句话说明了什么?

**第40—42题是根据下面一段话:**

有一个6岁的小男孩,一天在外面玩耍时,发现了一个鸟巢被风从树上吹落在地,从里面滚出了一只嗷嗷待哺的小麻雀。小男孩决定把它带回家喂养。

当他托着鸟巢走到家门口的时候,突然想起妈妈不允许他在家里养小动物。于是,他轻轻地把小麻雀放在门口,急忙进屋去请求妈妈。在他的哀求下,妈妈终于破例答应了。

新汉语水平考试教程(六级)

小男孩兴奋地跑到门口,不料小麻雀已经不见了,他看见一只黑猫正在意犹未尽地舔着嘴巴。小男孩为此伤心了很久。但从此他也记住了一个教训:只要是自己认定的事情,绝不可优柔寡断。

40. 小男孩为什么把小麻雀放在门口?

41. 小麻雀为什么不见了?

42. 小男孩记住了一个什么教训?

**第43—46题是根据下面一段话:**

有位秀才第三次进省城赶考,住在一个经常住的店里。考试前两天他做了两个梦,第一个梦是梦到自己在墙上种白菜,第二个梦是下雨天,他戴了斗笠还打伞。这两个梦似乎有些深意,秀才第二天就赶紧去找算命的解梦。算命的一听,连拍大腿说:"你还是回家吧。你想想,高墙上种菜不是白费劲儿吗?戴斗笠打雨伞不是多此一举吗?"秀才一听,心灰意冷,回店收拾包袱准备回家。店老板非常奇怪,问:"你不是明天才考试吗,今天怎么就回乡了?"秀才如此这般说了一番,店老板乐了:"哟,我也会解梦的。我倒觉得,你这次一定要留下来。你想想,墙上种菜不是高种吗?戴斗笠打伞不是说明你这次有备无患吗?"秀才一听,觉得这种说法更有道理,于是精神振奋地参加考试,居然中了个解元。

积极的人,像太阳,照到哪里哪里亮,消极的人,像月亮,初一十五不一样。想法决定我们的生活,有什么样的想法,就有什么样的未来。

43. 秀才第几次进省城赶考?

44. 算命的是怎么解释"在墙上种白菜"这个梦的?

45. 店老板是怎么解释"带了斗笠还打伞"这个梦的?

46. 这个故事说明了什么?

**第47—50题是根据下面一段话:**

美国一家铁路公司,有一位调车员叫尼克,他工作认真负责,不过有一个缺点,就是他对自己的人生很悲观,常以否定的眼光去看世界。有一天,同事们为了赶着去给老板过生日,都提早急急忙忙地走了。不巧的是,尼克不小心被关在了一辆冰柜车里,无法把门打开。于是他在冰柜里拼命地敲打着、叫喊着,可由于除他之外全公司的人都走完了,没有一个人来给他开门。最后他只得绝望地坐在地上喘息。他想,冰柜里的温度在零下20度以下,自己肯定会被冻死的。他愈想愈害怕,最后只好用发抖的手,找来纸和笔,写下了遗书。在遗书里,他写道:"我知道在这么冰的冰柜里,我肯定会被冻死的,所以……"当第二天公司职员打开冰柜时,发现了尼克的尸体。同事们感到非常惊讶,因为冰柜里的冷冻开关并没有启动,而这巨大的冰柜里也有足够的氧气,尼克竟然被"冻"死了!

他是死于自己心中的冰点。因为他根本不敢相信这辆一向轻易不会停冻的冰柜车,这一天恰巧因要维修而未启动制冷系统。他的不敢相信使他连试一试的念头都没有产生,而坚信自己一定会被冻死。

47. 尼克有什么缺点?
48. 尼克的同事们为什么都不在?
49. 当时冰柜箱的状况是怎样的?
50. 尼克为什么会死?

听力考试现在结束。

## 模拟练习二

**参考答案及听力文本:**

| 31. B | 32. A | 33. C | 34. D | 35. B |
|---|---|---|---|---|
| 36. A | 37. B | 38. C | 39. D | 40. A |
| 41. C | 42. D | 43. B | 44. B | 45. D |
| 46. A | 47. C | 48. A | 49. D | 50. C |

第31—50题,请选出正确答案。现在开始第31—33题:

**第31—33题是根据下面一段话:**

酒吧交谈是所有酒吧中最普遍的一种活动,这种特定场合下的语言有其特定的用法。你在酒吧间里可以无拘无束地谈论你所关心的话题。

当你初进酒吧时,你通常会听到其他老顾客、酒吧老板和员工们异口同声的亲切问候。常来光顾的客户通常喊一下问候者的名字或者绰号来回应各人的问候。没有人会想着要遵守一种规则或者一定的模式。

玩笑、双关诙谐语、嘲弄、妙语、戏谑和争辩是酒吧中交谈的基本要素。事实上,你会觉察到大多数酒吧中的交谈都蕴含着幽默,这些幽默有时甚至是鲁莽、猥亵的,但那种老一套的说法,即大腹便便的男士大声说一些下流的笑话,这是不确切的,也是不公正的。酒吧中大部分幽默是微妙的——偶尔达到晦涩、费解的地步——一些参与者冷嘲热讽的能力甚至能够打动简·奥斯汀。

要做好开自己玩笑的准备,因为几乎百分之百你会受到别人的揶揄。

31. 在酒吧可谈论哪些话题?

32. 下列哪些不是酒吧交谈的基本要素?

33. 关于这段话,下列说法正确的是哪项?

**第34—36题是根据下面一段话:**

小多暗恋小丽已经两年了,可是始终没有勇气向她表白。在朋友的鼓励下,他终于写了一封充满爱意的情书。可是,几次见到小丽,那只紧握情书的手总是无法从口袋里拿出来。就这样,他浪费了好几次机会,情书已经变得皱皱巴巴的。

小多想:倘若让朋友把情书交给小丽,那么小丽可能会因此看不起自己。他终究还是很要面子的。终于有一天,不知是哪里来的勇气,小多一见到小丽,就掏出信塞到她手上,然后慌不择路地逃走了。

第二天,小丽让人把一封信捎给小多。小多又兴奋又紧张,打开信封一看,里边除了一张纸条,还装有一百块钱,纸条上写着一句话:"昨天你把一百块钱塞给我干吗?"

34. 关于小多,不正确的是哪项?

35. 小多最后怎么把情书交给小丽的?

36. 小多给小丽的到底是什么?

**第37—39题是根据下面一段话:**

曾读到一个故事:某大学餐厅的门经常被踢破,管理员为此伤透了脑筋。门又一次被踢破的这天,他来找校长:这帮小青年控制不住,我看干脆换成铁门!校长笑了笑:放心,我已经订做了最坚固的门。

没几天,旧门拆下,新门装上。果真,它没挨过一次踢,学生们走到门口,总是不由自主地放慢脚步,纵然是双手都端着东西,也要用身体慢慢挪开它……这是一道玻璃门。

这道门怎能不结实?它用真诚捧出一份足够的信任,把一份易碎的美丽大胆地交到孩子们手中,让他们在被信任中学会珍惜和呵护。

37. 管理员为什么会伤透脑筋?

38. 关于"新门",下列哪项正确?

39. 这段话主要谈的是什么？

**第40—42题是根据下面一段话：**

调查表明，有宗教信仰的人，一生感受到的幸福多于没有宗教信仰的人。心理学家们认为，之所以有宗教信仰的人感受到的幸福更多，其中一个重要的原因就在于，几乎所有的宗教都强调感激之心的重要性。宗教信仰要求信徒们感激生活中的一切：他们感激空气、水、食物、亲人、朋友，甚至一天的平安。人心中经常有感激之情流过，感受到的生活就是充满温情的生活。很多有宗教信仰的人都有怀有持久的感激心态的习惯，所以他们更容易感到快乐和满足。

一件好事发生在我们身上，或者别人帮了我们一个大忙，我们可以非常感激，可以稍稍有些感激，可以感到无所谓，也可以不高兴或生气。对同样的事，人可以产生不同的感觉，又由不同的感觉产生不同的情绪。人的情绪的质量就是生活的质量。所以，拥有好情绪的人，就拥有高质量的生活。当人心存感激之情时，就会感到美好，感到爱和幸福；如果没有感激之情，也就没有这种美好、爱和幸福的体会。如果对于好事，人不但没有感激之情，反而生气，抱怨好事来得太晚或太少，那么这个人对生活的感受就只有人间的丑恶、冷漠和生活的艰难。对这样的人来说，无论有钱没钱、有空闲没空闲、有名没名，他的生活中都不存在幸福和快乐。

40. 有宗教信仰的人为什么感受到的幸福更多？
41. 当人心存感激之情时会有哪些感受？
42. 关于这段话，下列不正确的是哪项？

**第43—46题是根据下面一段话：**

大洋洲没有虎狼等凶猛的野兽，所以，像袋鼠这样的动物只要跳几下就能从敌人面前逃开，而其他大洲的很多动物，生下来就要学会奔跑，以免成为猛兽的口中之物。缺少天敌，使大洋洲动物的生存能力大大降低。当欧洲人来大洋洲之后，为了让大洋洲更像他们的家乡——欧洲，于是引进了许多欧洲大陆的动物。这些动物本来就在危险的环境中经历过生存竞争的考验，大洋洲土生土长的动物简直就不是它们的对手，它们在新的环境中迅速蔓延成患。在大洋洲，狡猾的狐狸和野狗、野猫都能够称王。为了控制野狗，大洋洲人由东向西兴建了长长的拦网，如同中国的长城。就连在其他大陆尚处于劣势的兔子，也能够在大洋洲迅速地蔓延成患，大洋洲政府不得不花大量的钱来设法控制它们。前几年，他们从中国引进一种病毒，兔子们染上了就会死亡。释放了这些病毒之后，兔子数量得到了一些控制，但似乎并没有面临灭绝，说不定哪一天又会蔓延成灾。

43. 关于袋鼠，正确的是哪项？

44. 为什么大洋洲动物的生存能力会降低？

45. 大洋洲人是如何控制野狗的？

46. 关于这段话，正确的是哪项？

**第47—50题是根据下面一段话：**

世界各地的人们普遍相信在屋里打伞只会带来噩运。在有些国家，桌上放把伞也被认为会惹祸。其实这两种想法都是没有道理的。

认为伞会带来噩运或许是源自感应巫术的说法，就是模仿某种自然力会导致相反的反应。根据那种推理，阳光灿烂之时在屋里撑伞会招致下雨。当然从另一方面讲，要是旱灾之时，此举带来的就是好运。那些更迷信的人认为在屋里撑伞是对家神的公然冒犯。家神会被触怒，因为看到撑开的伞，他们会理解为主人嫌弃他们没有尽职尽责地保护房子免遭自然的侵袭。

任何遭遇过不期而遇的倾盆大雨而记着随身带把伞的人都会认为伞是一种最为吉祥的护身符。在伞的可能的发源地的印度，伞在阳光普照的日子也被认为是幸运之物。伞作为佛陀的八大显赫标志之一而备受尊敬。在佛教发源之前，伞也是王室权力的一种象征。

47. 下列哪项是关于伞的迷信说法？

48. 屋里撑伞为什么会冒犯家神？

49. 哪些人觉得伞是护身符？

50. 关于伞，正确的是哪项？

听力考试现在结束。

## 模拟练习三

**参考答案及听力文本：**

| 31. D | 32. B | 33. C | 34. D | 35. A |
| 36. D | 37. C | 38. C | 39. B | 40. A |
| 41. D | 42. D | 43. B | 44. C | 45. D |
| 46. A | 47. C | 48. C | 49. C | 50. B |

第31—50题，请选出正确答案。现在开始第31—33题：

**第31—33题是根据下面一段话：**

抛硬币是做决定时普遍使用的一种方法。人们认为这种方法对当事人双方都很公平。因为他们认为钱币落下后正面朝上和反面朝上的概率一样，都是50%。这种看似公平的办法，其实并不公平。

首先，虽然硬币落地时立在地上的可能性非常小，但是这种可能性是存在的。

其次，如果你按常规方法抛硬币，即用大拇指轻弹，开始抛时硬币朝上的一面在落地时仍朝上的可能性大约是51%。

之所以发生上述情况，是因为在用大拇指轻弹时，有时钱币不会发生翻转，它只会像一个颤抖的飞碟那样上升，然后下降。所以下次做决定前，你最好先观察一下准备抛硬币的人把硬币的哪一面朝上，然后再做出选择，这样你猜对的概率要高一些。

31. 文章认为用抛硬币做决定如何？

32. 开始抛时硬币朝上的一面落地时仍朝上的概率是多少？

33. 如何让猜对的概率提高？

**第34—36题是根据下面一段话：**

南阳历史文化悠久，人杰地灵。南召杏花山猿人遗址及多处原始社会遗址出土的化石、器物表明，远在几十万年前，人类祖先已在这块土地上繁衍生息。约七八千年前，先民们以辛勤劳动和聪明智慧在这片土地上创造了灿烂的历史文明。周代天子非常重视这片富庶的土地，曾分封了申、吕、谢、曾、许等诸侯国。春秋时楚设宛邑，到战国秦昭襄王35年（公元前 272年）初置南阳郡时，才开始使用"南阳"这个名字，至今已有2200多年的历史，虽然朝代屡经更迭，区划不断改变，但南阳这一地名，一直被保留着沿用着。在历史的长河里，越来越丰富了她的涵义，在时代的演进中，充分显示着她坚强的生命力。这块土地养育着广大劳动人民，出现过不少伟大人物，他们对人类社会发展的进步做出了极大的贡献，为社会创造了巨大的财富，从而使南阳成为国内外享有盛誉的名地。

34. 下列哪个遗址属于南阳？

35. 下列哪个不属于周天子分封的诸侯国？

36. 关于南阳，正确的是哪项？

**第37—39题是根据下面一段话：**

你可以收藏几乎任何物品。但是正如俗话所说，物以稀为贵，所以你最好收藏那些罕见的、不能再生的物品。当然,许多看似平常的物件,常常包含着我们先辈的智慧或反映了他们的生活方式,它们也可以归入藏品系列。藏品大致可分为自然形态藏品和人文形态藏品两类。自然形态藏品包括宝石、玉石、奇石、化石、标本等。人文形态藏品包括古家具、古瓷、绘画、古钱币、邮票、明信片、烟标、火花、唱片、门票、电影海报、烟斗等。收藏作为一种爱好,是具有吸引力的、有益的和有挑战性的。

37. 下列哪类物品值得收藏?

38. 下列哪项不属于自然形态藏品?

39. 收藏作为一种爱好,有哪些特点?

**第40—42题是根据下面一段话:**

体育精神的具体体现首先是尊重规则。进行任何体育赛事必须要先制订规则,然后大家按照共同的规则去进行比赛,参与竞争。

体育精神的实质是公平。参与竞争的任何人,无论地区和民族、无论富贵或贫穷,大家都是站在同一个起跑线上公平竞争的。

体育精神的基础是专业精神。任何人想干好一件事,就必须热爱它、专注于它。如果一个运动员没有这种专业精神,就不能想象他可以成为优秀的运动员。

体育精神的内容是尊重对手。对手既包括竞争者,又包括不断前进道路上的伙伴,尊重对手就是尊重自己所从事的事业。假如没有对手,我们就失去了竞争的原动力。尊重对手还是和平和爱心在体育精神中的体现。

体育精神的最高境界是尊重失败。只要是比赛,只要有竞争,就会有失败,正所谓胜败乃兵家常事!竞争中的胜者自然受到奖励,受到称赞,但是失败者同样令人尊重。如果胜者永远胜利,那么就不会有新的竞争。奥运精神"更高、更快、更强"就是没有止境的追求,今天的胜者,在不久的将来必然会被超过而成为失败者。尊重失败,实际上就是尊重为成功所付出的汗水和努力!

40. 体育精神的实质是什么?

41. 体育精神的内容是什么?

42. 体育精神的最高境界是什么?

**第43—46题是根据下面一段话:**

你见过活着的珊瑚吗?它生活在幽深无比的海底。在海水的怀抱里,它是柔软的。可是,如果采珊瑚的人出现了,毫不怜惜地把它带出水面,那么这时珊瑚就会变得无比的坚硬。在远离大海的灿烂的阳光下,珊瑚只是一具惨白僵硬的骨骸。

谁都知道麝香,那是名贵的药材,也是珍贵的香料,而实际上,麝香不过是雄麝脐下的分泌物而已。想要获得麝香,就必须捕杀雄麝。雄麝生活在密林深处,身手矫健,来去如风,如果不是一流的猎手,根本难以捕捉它的踪迹。而就是找到了雄麝,取得麝香也是极困难的事。有经验的老猎手说:"靠近雄麝时,千万要屏息凝神,不能让雄麝感觉到你的存在,否则,它会转过头来,在你射杀它之前,咬破自己的香囊。"

在自然界里,有一些生物比人类还要有尊严。当生命遭到无情地践踏时,它们会用改变、放弃,甚至用死亡捍卫自己的尊严。

43. 采珊瑚的人出现后,珊瑚会变得怎样?

44. 关于雄麝,不正确的是哪项?

45. 要取得麝香应注意什么?

46. 下列哪项不属于一些生物捍卫自己尊严的方式?

**第47—50题是根据下面一段话:**

在手工经济社会,人们对"努力工作"的定义相当明确。在没有机器帮助和各种组织协作的情况下,努力工作就意味着人们要生产出更多的产品。当然,只有生产得够多,你才能养活全家人,才能让你的家人过上更好的生活。那些日子已经一去不复返了。我们当中的大多数人如今都不会再把自己的身体当成机器了,除了在健身房锻炼的时候。在今天,35%的美国人都是坐在办公桌前工作的。是的,我们要在那里坐上很多个小时,而且在这个过程中,我们唯一要做的一项体力活动就是换纯净水。那么,在你看来,如今应该怎样工作才算是"努力"呢?

在以前,我们可以称一称一个人收割了多少斤谷子,或者炼了多少斤钢铁,在那个时候,"努力工作"就意味着生产出更多的产品,可如今情况不同了。未来的工作跟时间几乎没有太大关系。在未来,"努力工作"意味着要去做那些真正有难度,而并非是耗费时间的工作。它要求我们去做一些必须不断突破我们自身极限才能完成的工作,而不只是一味地跟时间较劲。如果想要得到一份稳定的工作,获得利润,或者想享受更多工作乐趣的话,我们就必须学会去做这种工作。

47. 手工经济时代的"努力工作"是指什么?

48. 今天,百分之几的美国人坐在办公桌前工作?

49. 在未来,"努力工作"意味着什么?

50. 关于这段话,正确的是哪项?

听力考试现在结束。

**参考答案及听力文本：**

| 31. D | 32. B | 33. A | 34. C | 35. D |
| 36. D | 37. B | 38. B | 39. A. | 40. C |
| 41. C | 42. A | 43. D | 44. B. | 45. B |
| 46. C | 47. D | 48. A | 49. D. | 50. D |

第31—50题，请选出正确答案。现在开始第31—33题：

**第31—33题是根据下面一段话：**

中国茶道的具体表现形式有三种：1. 煎茶。把茶末投入壶中和水一块儿煎煮。唐代的煎茶，是茶的最高的艺术品尝形式。2. 斗茶。古代文人雅士各自携带茶与水，通过比茶面汤花和品尝鉴赏茶汤以定优劣的一种品茶艺术。斗茶又称为茗战，兴于唐代末，盛于宋代。最先流行于福建建州（即今福建省建瓯市）一带。斗茶是古代品茶艺术的最高表现形式。其最终目的是品尝，特别是要吸掉茶面上的汤花，最后斗茶者还要品茶汤，做到色、香、味三者俱佳，才算获得斗茶的最后胜利。3. 工夫茶。清代至今某些地区流行的工夫茶是唐、宋以来品茶艺术的流风余韵。清代工夫茶流行于福建的汀州、漳州、泉州和广东的潮州。后来在安徽祁门地区也很盛行。工夫茶讲究品饮工夫。饮功夫茶，有自煎自品和待客两种，特别是待客，更为讲究。

31. 哪项不属于中国茶道的具体表现形式？
32. 古代品茶艺术的最高表现形式是什么？
33. 哪项属于工夫茶？

**第34—36题是根据下面一段话：**

据了解，目前铁路、公路等客运部门大多建立了自己的官方网站，但在大量旅客滞留期间，没有几家网站在网上及时发布信息，车站现场也没有相应的信息指导。滞留旅客无法及时了解自己的车次情况，所以旅客人群的集体急躁情绪，导致突发事件爆发的概率大大增加。

另外，一些灾害发生前后的很长一段时间内，气象、灾情等重要信息没有被有效传达，甚至在雪灾预警发出后的一段时间内，灾情扩大等重要信息也没有通过有效的传播渠道及时、准确地传递给政府决策部门和社会各界，导致公众未能及时调整自己的出行计划，使得相关政府和危机管理部门对一些灾情的严重性估计不足，延误了最佳救援时机。

34. 什么会导致突发事件的爆发？

35. 公众为什么不能及时调整自己的出行计划？

36. 为什么会延误最佳救援时机？

**第37—39题是根据下面一段话：**

老师问学生："怎样让一粒玉米开花？"学生说："把玉米粒埋进土里，精心培育，让它生根、发芽、开花。"

老师又问："还有什么更直接的方法可以让玉米粒开花呢？"

一个学生答道："给玉米粒加热加压，让它变成爆米花。"

老师肯定了这个学生的答案，她说："每粒玉米都被一层果皮紧紧包裹着，当玉米粒加热加压后，这层果皮能起到锁住里面水蒸气的作用。然而，有的玉米粒因无法承受压力，内部的水蒸气不断泄露出来，成了不会"开花"的玉米粒；但有的玉米粒却能承受压力的考验，直到最后，才把内部的能量全部释放出来，升华成美丽的爆米花。"

所以，要让生命开花，让一粒"玉米"开花，一是要给其压力，二是其本身要有承受压力的韧性和坚毅。

37. 根据这段话，哪项属于让玉米开花的方法？

38. 玉米粒外面的果皮有什么作用？

39. 如何让生命开花？

**第40—42题是根据下面一段话：**

去感觉生活是一个习惯，如果一个人从小生活的环境中有很多挑剔和抱怨，那么挑剔和抱怨就很可能成为这个人感觉生活的习惯。例如，家里发生了一件好事，家里的大人却说："小事一桩，没什么值得高兴的。"这种感觉生活的方式就是这个家庭的习惯。如果人们不是有意识地去改变它，这个习惯将成为家庭的传统习惯，代代相传。

人的一切生活习惯都可以通过学习和训练来养成，常怀感激之心这个习惯也不例外。从小事做起，让自己的眼睛能看到值得感激之事，也让自己的心能体会到感激之情。人把自己的注意力放到什么事情上，什么事情就会变得既丰满又真实。只要能够坚持做下去，半年或一年后，你一定会发现生活中的好事很多，可以感激的事也很多。当你有了这个发现时，你的生活就会变得充满温情、快乐和令人满意。

40. 为什么挑剔和抱怨会成为一个人感觉生活的习惯？

41. 人的生活习惯可以通过什么来养成？

42. 如何让自己常怀感激之心？

**第43—46题是根据下面一段话：**

为规避终身教授制的弊端,越来越多的学校正在增加非终身制教授职位,比如合同只签一两年,过期并不进入终身教授评选的教职。另外,兼职教授队伍也日渐壮大。相对于终身教授,他们更像是大学里的打工仔。

一般来说, 兼职教授在学校里的地位和终身教授没法比。他们的自主权比较小,每个学期上什么课,给多少人上课,自己往往做不了主。如果系里临时把课程取消,他们也没有什么办法。不过,他们大多更为敬业,因为他们假如教不好的话,接下来的一个学期就有可能不再被续聘。这些兼职教授的地位很尴尬。除了完成一些教学任务之外,很多时候,作为兼职教授,他们还得参与很多学校的其他活动,比如写作指导、毕业生论文指导等。

学校聘用兼职教授,可以节约成本。这对兼职教授并不公平,对学生也不公平。很多兼职教授十分出色,可是学校并不给他们提供任何资源,比如他们没法去参加学术会议等,有的甚至连办公室都没有,又怎么能对学生实施课后指导呢？

43. 为什么学校增加非终身制教授职位？

44. 为什么说兼职教授的地位和终身教授没法比？

45. 下列哪些属于兼职教授的任务？

46. 关于这段话,正确的是哪项？

**第47—50题是根据下面一段话：**

如果你不幸成为2008年数百万中国失业大军中的一员,那你可以用点不同寻常的策略来寻找新工作了。但是,关键的第一步是接受失业这一事实。有些人会因此而恼怒,或失去安全感,这些均属正常反应。不过如果招聘人员察觉到这种情绪,你在求职道路上就可能遭遇挫折。你必须花点儿时间来调整自己的心态。

多看看当地报纸、行业杂志和工商界出版物,寻找有招聘意向的用人单位。如果坚持看报纸的话,你就能了解哪些公司仍然运转良好。不要把小公司或目前处于困境行业的公司排除在外,有些公司是逆势而行的。医疗保健、教育等行业的工作岗位仍在增加,会计及理财顾问行业也持续被看好,只不过其增长势头有所减缓而已。另一个找工作的方法就是建立人脉网络,特别是多认识一些猎头。不管手头是否有适合你的职位,他们都能为你提供非常有价值和有深度的意见。许多猎头公司的网站会接收简历,不过如果你主动直接去找猎头本人,成功的概率就会大大提高。猎头通常更倾向于选择那些有人推荐的求职者。研究表明,通过他人推荐找到工作的成功案例很多。

47. 失业后会出现哪些情绪?

48. 哪项不值得去阅读?

49. 根据这段话,哪些行业被继续看好?

50. 说话人有什么建议?

听力考试现在结束。

## 模拟练习五

**参考答案及听力文本:**

| 31. B | 32. D | 33. C | 34. A | 35. D |
|---|---|---|---|---|
| 36. D | 37. C | 38. B | 39. B. | 40. D |
| 41. D | 42. C | 43. A | 44. D | 45. D |
| 46. D | 47. A | 48. B | 49. D | 50. B |

第31—50题,请选出正确答案。现在开始第31—33题:

**第31—33题是根据下面一段话:**

我们往往把一切物体统称为"东西"。但为什么称为"东西",而不称为"南北"呢?这是依古人喜好而定的。

原来,我国古代把木、火、金、水、土称为"五行"(分别代表东、南、西、北、中五个方位),把传统用作表示次序的符号"甲、乙、丙、丁、戊、己、庚、辛、壬、癸"称为"天干",又把"五行""天干"对应起来,组成"五方",即"东方甲乙木、南方丙丁火、西方庚辛金、北方壬癸水、中央戊己土"。

具体地说,东方属木,代表一切植物,如花草、树木、蔬菜、庄稼等;西方属金,代表一切金属矿物,如金、银、铜、铁、锡等;南方属火,火是一种化学现象;北方属水,中方属土。由于水、土和火是最常见的物质或现象,以至于常常被古人忽视。而木(植物)和金(金属矿物)则普遍得到古人的重视,可以代表一切有用物质。于是,人们就把代表"木"和"金"的两个方向联在一起,组成了一个词——"东西",用它代世界上的所有物体。

31. "五行"是什么？

32. 北方属什么？

33. 东、西分别属什么？

**第34—36题是根据下面一段话：**

手机可以充当房门钥匙、信用卡、交通卡、会员证、各种票据（如飞机票、火车票），甚至可直接用于超市购物。这种说法虽然现在听起来可能让人觉得有些不可思议，但在3G发展较快的国家，这已不是新鲜事。3G手机可以实现实时监控。家中安装和手机配套的摄像头，家中无人时，人们可以通过手机屏幕随时观察家中情况。未来也不排除有父母用这个来观察小孩是不是在乖乖写作业的可能。在日本，由于3G网络已经十分成熟，运营商让手机具备了不少"神奇"的功能。比如带手机乘坐地铁和购物时，人们只需将手机放在读卡器上轻轻一刷，电脑联网直接从话费里扣除地铁票价或购物总费用。据介绍，这一"手机万能"模式在日本已经拥有2200万用户。而中国的运营商们也正在大力推广手机钱包、手机电子票等业务，通过借鉴国外成功模式，中国的"万能手机"正在逐步变成现实。

34. 哪项不属于手机可充当的东西？

35. 3G手机可以实现哪些功能？

36. 在日本，运营商让手机具备的功能是什么？

**第37—39题是根据下面一段话：**

自然界里充满了骗术，无毒的蝴蝶会模拟有毒的帝王蝶，恐吓天敌；某些鱼类的嘴巴里会伸出长长的附件，好像虫子一样在水中轻摇，引诱猎物上钩。这些骗术属于先天性的骗术，动物利用自己的身体做伪装，蒙蔽对方，谈不上有多高的智慧。

但是，母鸟会在自己的巢穴旁边装作翅膀折断了，吸引天敌跟踪自己远离鸟巢，拯救鸟巢中小鸟的性命。这个骗术就体现出了鸟的智慧。鸟类事先就知道，敌害看到一只翅膀受伤的鸟时，是不会放过这个好机会的，于是为了达到救小鸟的目的，它们假装自己的翅膀折断，把天敌引开。这就是鸟类主动采取的骗术，或者说是一种高级的战术性骗术。

37. 不属于先天性的骗术的是哪项？

38. 母鸟如何拯救小鸟？

39. 这段话主要谈的是什么?

**第40—42题是根据下面一段话:**

三星堆遗址位于四川广汉郊外的三星堆,它是一处距今3000至5000年左右的古蜀文化遗址,是中国20世纪重大的考古发现之一。自20世纪20年代至今,中外考古学家在此发现了城墙遗址和大量精美文物,其中金面罩(也有青铜面罩)和金权杖格外令人称奇。该面罩高鼻深目,五官酷似西方人;而精美的金权杖普遍被认为是王权的象征,与中国文化中代表王权的鼎、玉玺截然不同。这些都让人们提出了问题:地处巴蜀大地的三星堆文明的技术究竟来自何方?

有学者认为,三星堆古文明和技术是远古时代蜀国人自己创造的。四川古蜀人首领鱼凫王建立了古蜀国,从而创造了独特的古蜀国文化。直到公元前316年秦灭蜀,古蜀国文化才开始融入中原文化之中。也有学者认为,三星堆文化是中原地区华夏文化的分支,是中原文化入川后结合四川本地的情况发展起来的。第三种说法认为,三星堆文化从根本上说是中华文化,但是受到了外来文化的影响。这些不同的说法使得三星堆文明和技术溯源变得更加扑朔迷离、神秘莫测。

40. 三星堆遗址位于哪里?
41. 普遍被认为是王权象征的是什么?
42. 这段话主要讲了什么?

**第43—46题是根据下面一段话:**

从前,非洲的草原上有一群斑马,它们遇到了一匹在野外游荡的马。马想加入它们的队伍。斑马愉快地接纳了它。

马对身边的斑马说:"你们为什么有黑白条纹?我从没看见过这样糟糕的伪装。别人在几千米之外就能发现你们。如果你们是我这样的暗棕色,在任何地方都能隐藏得很好。"

斑马说:"斑马天生就是这样,我们也没办法。可你怎么会变成野马?我还以为野马早已不存在了。"马说:"不,我其实不是野马,我原来生活在农场里,可我为了争取自由就跑掉了。我绝对不会再回去。"

就在这时,斑马群遇到一群猎人,他们看到这匹棕色的马与这些黑白条纹的斑马一起奔跑。在猎人展开一番追逐之后,马被捉住了,因为在那一大群斑马中它看起来比较珍稀。斑马对它喊道:"唉,我的朋友,如果你长着黑白条纹,就不会出这种事儿了!"

这个故事告诉我们,不显眼是唯一有效的伪装。

43. 马如何评价斑马身上的条纹？

44. 关于这匹马，正确的是哪项？

45. 马为什么被捉住了？

46. 这个故事告诉我们什么？

**第47—50题是根据下面一段话：**

很久以前，在一个小岛上住着一个渔夫，他是出海打鱼的好手。他有一个习惯，就是总爱立誓言，即使不符合实际。某年春天，他听人说市面上墨鱼的价格很高，便发誓这次出海只捕墨鱼。可惜天不遂人愿，他碰到的全是螃蟹，于是他空手而归。回到家里，他才得知现在市场上螃蟹的价格也很不错。渔夫后悔不迭，并立誓下次出海只捕螃蟹。

第二次出海，他把全部的注意力都放在螃蟹上，可这一次他碰到的全都是墨鱼，他自然又空手而归了。晚上，饥肠辘辘的渔夫再次发誓：下次出海，不管碰到墨鱼，还是螃蟹，他都捕捞。第三次出海，渔夫严格地按照自己的誓言去捕捞，可这次他见到的只有鲶鱼，于是可怜的渔夫再次空手而归。

没赶得上第四次出海，渔夫就在饥寒交迫里死去了。也许，这个世界上并没有如此愚蠢的渔夫，但是却的的确确存在这样愚蠢的誓言。

47. 渔夫的习惯是什么？

48. 第一次出海，渔夫碰到了什么？

49. 第三个誓言是什么？

50. 渔夫最后的下场是什么？

听力考试现在结束。

# 阅读部分指南

阅读部分主要考查考生的汉语基础知识和阅读理解能力,通过不同的题型可以检验考生对汉语语法语序的语感,对近义词的辨析,对篇章结构的把握,还有对长篇材料的正确理解等能力。不但考查考生的语言基本技能,同时也考查考生对篇章深层含义的理解能力。

阅读部分一共有50道题,考生要在45分钟内完成,满分100分。这50道题包括以下四种不同的题型:

## 第一部分

第一部分,共10道题。每道题提供四个句子,要求考生选出有语病的一句。例:

A. 他突然提出辞职,让我们感到很意外。

B. 茅盾的童年生活,是他创作《春蚕》的源泉。

C. 劳动时间缩短,是大众旅游得以发展的基本条件。

D. 他除了班里和学生会的工作外,还承担了广播站的主持人。

**答案:**D

## 第二部分

第二部分,共10道题。每道题提供一小段文字,其中有三到五个空,考生要结合语境,从四个选项中选出最恰当的答案。例:

椅子的舒适问题,只要设计时考虑人体结构的_____,便可以解决。设计一把椅子而_____了人体的结构,就像设计蛋盒而不顾蛋的_____。

A. 特征　　忽略　　形状　　　　　　　B.本质　　忽视　　形态

C. 特点　　　忘记　　　外观　　　　　　D. 构造　　　违反　　　外貌

**答案：A**

## 第三部分

第三部分，共10道题。提供两篇文字，每篇文字有五个空，考生要结合语境，从提供的五个句子选项中选出答案。例：

曹操得到一只大象，很想知道这只大象到底有多重。官员们都纷纷议论，发表自己的意见。有人说，1.＿＿＿＿＿＿＿＿。可是怎样才能造出比大象还大的秤呢？有人说，把它砍成小块，然后再称。可是把大象杀了，知道它的重量又有什么意义呢？大家想了很多办法，可是都行不通。

就在这时，曹操的小儿子曹冲对父亲说："爸爸，我有个办法可以称大象！" 2.＿＿＿＿＿＿＿＿，曹操一听，连连叫好，立刻安排人准备称象，并且让大家都过去观看。

大家来到河边，看见河里停着一只大船。曹冲叫人把大象牵到船上，等船身稳定时，他就在船舷与水面齐平的地方，画了一条线。然后，曹冲再叫人把象牵到岸上来。之后，他让人把大大小小的石头，3.＿＿＿＿＿＿＿＿，船身就一点儿一点儿往下沉。等船上的那条线和水面再次平齐的时候，曹冲就叫人停止装石头。官员们都睁大了眼睛，4.＿＿＿＿＿＿＿＿。他们连声称赞："好办法！好办法！"这时候，谁都明白，5.＿＿＿＿＿＿＿＿，把重量加起来，就知道这头大象有多重了。曹操得意地望着众人，心里想：你们还不如我的这个小儿子聪明呢！

A. 一块一块地往船上装

B. 制造一杆巨大的秤来称

C. 只要把船里的石头都称一下

D. 然后他就把办法告诉了曹操

E. 这才终于弄清了是怎么回事儿

**答案：** 1. B　　　2. D　　　3. A　　　4. E　　　5. C

## 第四部分

第四部分，共20道题。提供若干篇文字，每篇文字有几个问题，考生要从四个选项中选出答案。例：

阅读后回答第1—4题。

一个年轻人获得了一份销售工作，勤勤恳恳干了大半年，却接连失败。而他的同事,个个都干出了成绩。他实在忍受不了这种痛苦。在总经理办公室,他惭愧地说,可能自己不适合这份工作。"安心工作吧,我会给你足够的时间,直到你成功为止。到那时,你要再走我不留你。"老总的宽容让年轻人很感动。他想,总该做出一两件像样的事儿之后再走。

过了一年,年轻人又走进了老总的办公室。这一次他是轻松的,他的名字已经连续7个月在公司销售排行榜中高居榜首。原来,这份工作是那么适合他!他想知道,当初老总为什么会将自己继续留用。

"因为,我比你更不甘心。"老总的回答出乎年轻人的预料。老总解释道:"当初招聘时,公司收到100多份应聘材料,我面试了20多人,最后却只录用了你。如果接受你的辞职,我无疑非常失败。我深信,既然你能在应聘时得到我的认可,也一定有能力在工作中得到客户的认可,你缺少的只是机会和时间。与其说我对你仍有信心,不如说我对自己仍有信心。"

我就是那个年轻人。从老总那里,我懂得了:给别人以宽容,给自己以信心,就能成就一个全新的局面。

1. 一年之后,年轻人:
   A. 当上了总经理　　　　　　　　B. 成为公司的销售骨干
   C. 被调到另一个部门工作　　　　D. 对自己的工作仍然没有信心

2. 老总当初为什么要留这个年轻人?
   A. 公司急需人员　　　　　　　　B. 客户欣赏年轻人
   C. 相信自己没有看错人　　　　　D. 年轻人有丰富的工作经验

3. 关于年轻人,可以知道:
   A. 是作者的朋友　　　　　　　　B. 适合销售工作
   C. 应聘了20多家公司　　　　　　D. 在这个公司工作了3年

4. 上文主要想告诉我们:
   A. 好领导能决定公司成败　　　　B. 成功离不开集体的支持
   C. 工作中要学会为人处事　　　　D. 自信和宽容成就新天地

答案:1. B　　　2. C　　　3. B　　　4. D

阅读部分的特点是题型多、题量大、时间紧,考生平时在提高汉语总体水平的同时,也要通过专门的训练掌握答题技巧,从而提高答题速度。

## 一、题型分析

这部分一共10道题,每道题后有四个选项,要求考生选出有语病的一项。考生在学习过程中,不仅要从正面掌握句子结构规律,知道句子应当怎样组织,还应该从反面知道句子不应该怎样组织。因此,考生在学习过程中应该有意识地加强发现和纠正错误的训练,了解造句时常见的错误,更好地培养理解语言、运用语言的能力。

汉语学习者在学习过程中经常会出现各种偏误,有语序方面的错误,有搭配方面的错误,还有句子成分残缺或多余、句式杂糅等方面的错误。这些方面的错误类型都是这部分考题经常考查的。

### (一) 语序方面的错误

**1. 副词位置不当**

* 他喜欢一向足球。(他一向喜欢足球。)

* 他们听取群众真心诚意的意见。(他们真心诚意地听取群众意见。)

* 他把学习不放在心上。(他不把学习放在心上。)

**2. 介词短语位置不当**

* 浙江对我很熟悉。(我对浙江很熟悉。)

* 我有兴趣太极拳。(我对太极拳有兴趣。)

**3. 时间词位置不当**

* 我买了很多东西昨天。(昨天,我买了很多东西。)

**4. 离合词的语序问题**

* 昨天我见面了我的老师。(昨天,我和我的老师见面了。)

**5. 修饰语与中心词的语序问题**

* 这首诗是广大青年非常喜欢的。(这是广大青年非常喜欢的一首诗。)

* 春天的西湖是美丽的季节。(西湖的春天是美丽的季节。)

### （二）搭配方面的错误

**1. 主谓搭配不当**

* 他的汉语水平现在很好。（他的汉语水平现在很高。）

**2. 动宾搭配不当**

* 我们不能放松严格要求自己。（我们不能放松对自己的严格要求。）

* 这些答案只供大家做题时的参考。（这些答案只供大家做题时参考。）

* 这道菜吃起来很漂亮。（这道菜看起来很漂亮。）

**3. 定、状中搭配不当**

* 他流利的发音，清楚的表达，我们很喜欢。（他准确的发音……）

**4. 中补搭配不当**

* 留学生们把房间打扫得干干净净、整整齐齐。（去掉"整整齐齐"）

**5. 主宾搭配不当**

* 所有留学生住一个房间。（所有留学生每人住一个房间。）

**6. 量词和名词搭配不当**

* 一件裤子，一次饭（一条裤子，一顿饭）

### （三）句子成分残缺或多余

* 学校宣布了约翰同学为浙江师范大学"汉语之星"。（缺宾语中心语，动宾搭配不当）

* 他每天练习汉语发音，说起来很好听。（缺主语，主谓搭配不当）

* 通过在中国的学习，使我的汉语提高了很多。（缺主语）

* 他目不转睛地凝视着天空。（状语多余）

* 我在中国已经学习了一个年。（量词多余）

### （四）句式杂糅

* 他说汉语很好。（他汉语很好。或，他说汉语说得很好。）

* 要想健康就要每天锻炼身体很重要。（要想健康就要每天锻炼身体。或，要想健康，每天锻炼身体很重要。）

### （五）关联词搭配不当

* 他不但喜欢听中国歌，又喜欢唱中国歌。（"又"改成"而且"）

## 二、答题技巧及例题精解

回答好这部分问题，考生要有扎实的汉语语法知识，谙熟汉语的句子特点，有

地道的汉语语感,同时考试时也要注意以下答题技巧:

## (一) 从整体上把握每个句子

考生看到一道题,每个句子都要从整体上把握,不要只对半句话纠结,有时一个句子从局部上看似乎不通,但从整体上看却是正确的,有的句子局部正确,但整体上却是错误的。例如:

A. 他突然提出辞职,让我们感到很意外。

B. 茅盾的童年生活,是他创作《春蚕》的源泉。

C. 劳动时间缩短,是大众旅游得以发展的基本条件。

D. 他除了班里和学生会的工作外,还承担了广播站的主持人。

答案是D。动宾搭配不当,应该是"……还承担了广播站的主持人的工作。"而A、B、C三句话都有一个很长的主语,尤其是A句,前半句本身是一句话,但却是整个句子的主语。

## (二) 先排除明显正确项

四个选项中,有的选项我们可能会不确定到底是不是错误的句子,这时候我们可以看其他选项,用排除法,排除了正确的当然就剩下错误的了。即使不能排除三个选项,至少也缩小了选择范围。例如:

A. 附近河流的水源主要来自雨水、冰雪融水和地下水,流量丰富,含沙量小,水质好。

B. 他的作品始终如一地关注社会最底层的小人物的命运,文字富有浓郁的理想主义色彩。

C. 取得成绩不盲目乐观,遇到困难不失望悲观,这是许多成功人士成就事业后的经验总结。

D. 岳飞是中国南宋时期的英雄,他率领岳家军打败敌人屡次。后人为了纪念他,在杭州建了一座岳王庙。

答案是D。语序错误,应该是"……屡次打败敌人。"四句话,我们从开始一句一句地看,A、B、C都没有错,那么D可能就是错误项,然后再自己分析一下便得出了答案。

## (三) 相信语感,果断选择

新汉语水平考试(六级)阅读部分,题量大,时间短,所以在考试的过程中,同学们没有足够的时间去精斟细酌,另外这部分考题有时迷惑性很大,考生有时会越琢磨越糊涂,在一道题上花太多时间没有必要,也没有好处。所以大家要相信自己的语感,不要犹豫不定,认准了答案就果断选择,然后留出充分的时间做后面的题。

下面再举一些这部分试题的例子:

1. A. 在老师的教育下,使我提高了认识。

   B. 你来得正好,我有个事情正想问问你。

   C. 当时天已经黑了,我不太确定那个人是不是小刘。

   D. 据介绍,该书已经再版25次,并被翻译成8种文字。

   答案是A。缺少主语,改成"老师的教育使我提高了认识"或者"在老师的教育下,我提高了认识。"

2. A. 终于看到了大熊猫,儿子显得特别兴奋极了。

   B. 考场上一片寂静,过了一个多小时,才陆续有人交卷。

   C. 他创造的这套客户服务系统,被世界500强中许多公司采用。

   D. 在国际贸易中,贸易双方在具体问题上有分歧,这是正常现象。

   答案是A。句式杂糅,或者说"特别兴奋",或者说"兴奋极了",不可以说"特别兴奋极了"。

3. A. 他第一时间就告诉了我这个好消息。

   B. 我们应该尽量避免不犯错误或少犯错误。

   C. 未来两天冷空气活动频繁,气温会明显下降。

   D. 这幅画出自中国现代著名画家徐悲鸿之手,有着很高的收藏价值。

   答案是B。句式杂糅。"避免"和否定词在这句中不能同时出现,或者说"尽量避免犯错误"或"尽量不犯错误"。

4. A. 武汉的夏天特别热,所以武汉又有"火炉"之称。

   B. 可以预见,在不久的将来我们定会看到他不凡的成就。

   C. 老人告诉我长寿要两"不可":不可追名逐利,不可气量狭小。

   D. 中国古代地域辽阔,民族众多,历史上形成的传统节日多达到数百个。

   答案是D。应该说"……多达数百个。"

5. A. 几位教授最后得出的结论和我们最初的推测是一致的。

B. 你一旦成了科学家,就会发现不可能再找到比做科学家更好的工作。

C. 创业资金问题可以通过实行小额贷款政策、设立创业基金等办法解决。

D. 报纸一般只有一期创刊号,由于它重要然而数量有限,因此最有升值潜力。

 答案是D。关联词使用错误。"然而"应该改成"而且"。

6. A. 空中飞鸟对飞机是个很大的威胁,因为飞鸟虽小,却能像子弹一样击穿飞机。

   B. 不要在打电话的时候查收邮件或者打字,这样做,很容易让对方感觉出你不专心。

   C. 现代社会要求人们思想敏锐,具有探索精神和创新能力,对自然、社会和人生具有更深刻的思考和认识。

   D. 长江三峡西起重庆奉节的白帝城,东到湖北宜昌的南津关,是瞿塘峡、巫峡和西陵峡三段峡谷的总称。

 答案是C。宾语缺失。"对自然、社会和人生具有更深刻的思考和认识。"应该说成"对自然、社会和人生具有更深刻的思考和认识的能力。"

7. A. 由于参加活动的小朋友们格外踊跃,定于10点结束的活动直到12点才结束。

   B. 骆驼喝了含盐的海水也能解渴,而如果人和其他动物喝了海水,则会渴得更厉害。

   C. 不知不觉中,她已经长成了一个十分亭亭玉立的姑娘,粗劣的饮食和严酷的生活并没有影响她。

   D. 教育的目的是争取让所有的孩子都有同样的发展机会,尽可能地减少他们智能方面的缺欠,尽可能让孩子多方面发展。

 答案是C。"亭亭玉立"前不应该加程度副词"十分"。

8. A. 即使明天有大风,比赛也会照常进行的。

   B. 昨天下雨很大,赶走了连续几天来的高温。

   C. 与其说这是一个奇迹,不如说是历史发展的必然。

   D. 虽然我看过这部影片,但是有时间的话,我还想再看一遍。

答案是B,主谓结构和述补结构杂糅,应该说成"昨天雨很大"或"昨天雨下得很大"。

## 三、模拟练习题

### 模拟练习一

**第51—60题：请选出有语病的一项。**

51. A. 产品一上市，就受到了众多女性顾客的青睐。

    B. 互联网并不像此前的研究说得那样，加深了人们彼此间的隔阂。

    C. 我们学校有优秀的有30年教龄的两位老教师。

    D. 父亲是个琴棋书画样样精通的教师，却英年早逝。

52. A. 心理社会因素对青少年的心理健康正产生越来越多的影响。

    B. 阵风掠过稻田时，恰似滚滚的黄河水，上下起伏。

    C. 8月底是我的生日，我们决定好好庆祝一下。

    D. 夏天早就结束了，到处都变得寒冷和单调。

53. A. 我的父亲有15年没有和我说过一句话了。

    B. 我收到过一封来自遥远地方的信。

    C. 7月的内蒙古草原，是一个美丽的季节。

    D. 学好英语的唯一途径是不要害羞，脸皮足够厚。

54. A. 许多人都喜欢饭后吃点水果爽口，其实这是一种错误的生活习惯。

    B. 看着女儿一副雄心勃勃的模样，他难得地投了个赞成票。

    C. 世界各国各地区的礼仪和习俗之间存在着很大的差异。

    D. 通过这次活动，使我们开阔了眼界，增长了见识。

55. A. 雷锋精神当然应赋予它新的内涵。

    B. 独生子女的增多，使孩子们更加以自我为中心，缺乏为他人着想的素质。

    C. 青少年心理健康问题已经成为亟须解决的问题。

    D. 爱迪生经过上万次"错误"，发现了制造电灯的正确方法。

56. A. 对于全球华人来说，农历新年无疑是全年中最重要的喜庆节日。

    B. 简单地说，我们很有可能赢得培训项目的投标。

    C. 你应该询问旅行社是否已经为你办理了旅游意外保险。

D. 该地区推广用棉籽饼和菜籽饼喂猪。

57. A. 每一年,精英运动员都会被挑选出来组成全明星队。

B. 这所学校里大部分是中青年教师,老教师和女教师只占少数。

C. 旅游人数不断增加,旅游产业规模也在持续扩大。

D. 加强卫生常识教育和规范日常行为是防止艾滋病感染的主要途径。

58. A. 改革开放以来,大约每三天就新建或重建一处宗教活动场所。

B. 中国政府和民间对灾区的援助超过了12亿人民币。

C. 紧张是由于缺乏自信或是太在意自己的表现而造成的。

D. 不仅中草药能与一般抗菌素媲美,而且副作用小,成本也较低。

59. A. 他迈着强壮有力的步伐正向我们走来。

B. 纳米技术已经成为很多人日常生活中的一部分。

C. 对中国人来说,红色意味着吉祥、喜庆、温暖和热情等。

D. 他想起捉弄他们的事就忍俊不禁。

60. A. 2004年底发生的印度洋海啸,使全球陷入了震惊和悲痛。

B. 在离中南海最近的地方,有历史较长的西什库教堂。

C. 听说学校要成立文学社,他首先第一个报了名。

D. 通过这次活动,他学会了怎么理解和帮助别人。

## 模拟练习二

**第51—60题:请选出有语病的一项。**

51. A. 学习汉语要先掌握普通话的正确发音。

B. 老师诚心诚意地对待学生的无理取闹,叫那位顽皮的学生羞愧得无话可说。

C. 看问题要看本质,不要为表面的现象所迷惑。

D. 要分辨出哪些是虚伪的奉承,哪些是真心的夸奖确实不容易。

52. A. 她知道非如此不能在这个世界上活着。

B. 鉴于他多次违反工作纪律,公司决定让他停职一个星期。

C. 你要提放谨慎地完成任务。

D. 小姑娘的眼泪已经在眼眶里打转了,但她还是极力地不让自己哭出来。

53. A. 丈夫在外面打天下,妻子在家里照顾老人、小孩。

B. 你非亲自去一趟才可。

C. 这次治疗成效显著,病情很快得到了控制。

D. 只要是比赛,只要有竞争,就会有失败,此所谓胜败乃兵家常事!

54. A. 陈老师别说平时,就即使双休日都闲不住。

B. 这匹野狼在乡里祸害了很久,最后终于被村民给赶跑了。

C. 两家企业互相暗中较劲,互不服气。

D. 在追求经济效益的同时,我们还必须照看到弱者的需要。

55. A. 大家要住方便且干净的旅馆。

B. 假设消防队马上出发,到那里也已经烧得差不多了。

C. 梁祝的故事诠释了古代男女青年追求真爱的勇气。

D. 他大致是上海人。

56. A. 忽略或是忘记了别人的情谊,就可以叫作忘恩负义。

B. 他不能去,你取代他去一趟吧。

C. 任何一种改革都是牵一发而动全身,权责发生制改革也不例外。

D. 绑架者打电话恐吓客商不要报警。

57. A. 小王在度蜜月时,时时给办公室打几个电话询问公司的情况。

B. 证书制度是衡量一个学生综合素质的集中体现。

C. 这种茶几的颜色似红非红,似黄非黄,一点儿也不好看。

D. 在某种意义上,这确实是一种能让人迅速融入社会、同时也能为对方所接受的方法。

58. A. 与中国文化若即若离的文化背景,使得韩国现代在把控消费环境方面游刃有余。

B. 不同类型项目的财务分析内容可以不同,这也继续表明了经济评价应按需而取。

C. 产业链金融是传统商业银行资产业务的新模式,在这种融资模式下,银行和企业可以双赢。

D. 今日又逢腊八,感受着异国的冬日,没有家乡的刺骨北风和皑皑白雪,只是空气一些干燥。

59. A. 坐车的时候抱孩子在怀里,在许多人心目中,这是最安全的方式。

　　B. 幸好他去疗养院看望父亲,没有吃到这种有毒的蘑菇,不然他也要被送进医院抢救了。

　　C. 这一观点只是涉及月球形成的现有四种理论假设中的一种。

　　D. 参观各式建筑往往是旅游中的重头戏,从帝王宫殿到普通民居,从万里长城到亭台楼阁,每一处建筑都有它看不够、道不完的精致与美妙。

60. A. 自从火车站一带治安混乱的报道见诸报端后,公安机关加大警力维持社会秩序。

　　B. 一家人之间尚且会产生矛盾,更何况刚刚认识不久的朋友呢?

　　C. 中国经济的发展越来越很迅速,因此学习汉语的人越来越多,到中国留学的人成倍增长,更促进了中国经济的发展。

　　D. 在所有的旅行经验当中,让我无法忘记的是早些年的北戴河之旅,虽然那次的物质条件与以后的旅行无法相比。

## 模拟练习三

**第51—60题:请选出有语病的一项。**

51. A. 别说下毛毛雨,即使下再大的雨,也改变不了我去听音乐会的决心。

　　B. 为了捍卫好我们的皮肤,夏天去游泳时最好涂上防晒油。

　　C. 公共部门是以公共权力为基础,依法管理社会公共事务、谋求公共利益最大化的社会组织。

　　D. 尊老爱幼这种传统的美德保证了家庭的和睦和社会的稳定。

52. A. 汉字看起来好像很复杂,实际上它们是有规律的,掌握了规律就简单了。

　　B. 这个孩子的年龄跟我儿子的年龄相仿。

　　C. 农民生活富裕,精神面貌也有了很大的不同。

　　D. 他原来是个亿万富翁,可是后来赌博成性,家产很快就被浪费一空了。

53. A. 张庆把自己的女朋友形容得像天上的仙女一样漂亮,真是"情人眼里出西施"。

　　B. 这个学期我的汉语学习已经达到目的了。

　　C. 可怕的是,很多人至今还没有意识到环保的重要性。

　　D. 打南到北,他几乎走遍了中国著名的风景地。

54. A. 我的朋友第一次来中国,他的感觉很高兴。

　　B. 每年春节我们都要观看中央电视台的文艺晚会。

　　C. 她是西方作家中第一个把中国人的生活描写为普通人的正常生活的人。

　　D. 敬业精神是指一个人抛开杂务专注于本职工作的精神。


55. A. 他不单自己致力于环保事业,还劝说身边的朋友也来关注环保。

　　B. 纵然领导三番五次来劝我,我仍然不愿意接受这份工作。

　　C. 这位睿智的老人,宁肯过简朴的生活。

　　D. 石林世界地质公园以其无与伦比的天造奇观吸引了海内外无数游客。


56. A. 《晚报》体育版上一度天天出现他的名字。

　　B. 南开大学今年应该毕业的博士研究生中,将有一半延期毕业。

　　C. 对他来说,称心如意的生活就是在家做自己喜欢的事而已。

　　D. 好在你提醒了我,不然我就忘今天要考试了。


57. A. 王林因为病请假,没能出席会议。

　　B. 他怒气上来,不由得连连打了儿子几巴掌。

　　C. 他们穿着朴素,一望而知属于那种生活不太富裕的阶层。

　　D. 他必须尽快赶到医院照料他生病的父亲。


58. A. 在中国几千年的文明史中,人们不但对诚实守信的美德大加赞赏,而且
　　　努力地身体力行。

　　B. 只有抓紧时间,你就能按时完成任务,像你这样三天打鱼,两天晒网的,
　　　工作永远也做不好。

　　C. 凡符合上海市人才政策,办理了上海市居住证,符合上海市人才引进条
　　　件的居民,可以申请办理上海市户籍。

　　D. 在他们看来,引不进优秀的人才是一种失职,而发现不了员工当中的优
　　　秀人才,更是一种严重的渎职。


59. A. 深入研究员工与组织间的心理契约,将是解决问题的一个重要而有效
　　　的途径。

　　B. 楹联是题写在楹柱上的对联,有时也泛指对联,是我国的一种独特的文
　　　学艺术形式。

　　C. 确信没有任何危险后,这才小袋鼠探出头来。

D. 现有的教学评估都是针对全校教学工作展开的,缺乏对专业的针对性。

60. A. 在实际交际过程中,赞扬的度往往很难把握,一个小小的偏差就可能带来完全不一样的效果。

B. 他不但很会跳舞,况且还很会在唱歌。大家都很喜欢他。

C. 每个人都会有机遇,但是只有平时做好了充分准备的人才能把握住机遇,成为令人羡慕的成功者。

D. 街舞最初出现时人们觉得难以接受,可后来渐渐被社会认可了。

## 模拟练习四

**第51—60题:请选出有语病的一项。**

51. A. 孩子是不太注意春天的,但每一个快乐的孩子都是春天的使者。

B. 既然天已经晚了,外面又下着大雨,我们干脆吃了饭再去吧。

C. 昨天晚上一家博物馆价值数千万美元的收藏品被人盗走了。

D. 原先在这栋大厦里的公司都已经搬迁了,整栋大厦显得非常空荡荡的。

52. A. 他轻易地答应朋友的要求,却不时失信于朋友,这常使他非常尴尬。

B. 那个杀人犯在机场登机时使用假身份证,于是他露马脚。

C. 虚伪的人常对人当面恭维。

D. 他离开家到中国后,好像长大了许多,且学习非常用功。

53. A. 你现在不努力学习,竟然是要后悔的。

B. 新人入职,最敏感的是自己是否被新领导和新同事信任和重视。

C. 不要把自己不愿意干的事强加在别人身上。

D. 你不能过分地使用化妆品,那样会伤害你的皮肤。

54. A. 金钱与爱情的关系似乎是个古老而又常说的话题。

B. 关于更换经理的决定,不管人们同意不同意,断然老板已经同意了。

C. 富裕人士对收入的这种乐观态度在某种程度上将使他们增加对旅行的投入。

D. 人类自古便想方设法择水而居,黄河就是中华民族的摇篮。

55. A. 这是我国进行悬棺研究以来在单个洞穴中发现棺木最多的一个。

B. 作弊就是用欺骗的方式做违法乱纪或不合规定的事情。

C. 丽丽去一家新公司上班,凑巧她的同学小田也在为这家公司效力。

D. 节日前的股市突然上涨了这么多,大大超出了人们的预料。

56. A. 新的工作给了小月更大的空间,同时也让她肩负起更大的责任。

B. 不少中国的大学生也对国外毕业生的职业选择和职业期望非常好奇。

C. 很多时候事情不会总是随你的便,所以要学会坚强。

D. 即使一生平平常常,如果行事光明磊落,就算是一个君子。

57. A. 我梦寐以求的计划将要付诸实施。

B. 这次大地震造成无数房屋倒塌,甚至引起了海啸。

C. 由于做工精细,价廉物美,这种产品被卖得很好。

D. 大家就机器故障的解决方法进行了激烈的讨论。

58. A. 来南京不久,我就快习惯了南京的生活,只是中国菜油太多,我越来越胖了。

B. 虽然你这次考试幸运地通过了,但是你基础不扎实,以后仍然会技不如人的。

C. 示范文本重点强化了对商业零售企业进货交易流程的控制,以促进交易活动的公平与公正。

D. 这"三江并流"的景观既是香格里拉在中甸县的有力证据,也是全世界罕见的旅游胜景。

59. A. 王老师一再向学生强调到海岸边去捉螃蟹要注意的几件事。

B. 整天面对被汽车撞得缺胳膊少腿的受害者,司机就会顿生恻隐之心,痛悔自己的违章行为。

C. 老师问的问题小明都知道,可是他举了很多次手老师都没叫他的名字,最后他实在忍不住,不妨自己站了起来。

D. 世界排名第二的餐饮连锁企业汉堡王日前在上海开出了第一家餐厅,企图在快速增长的中国快餐市场分一杯羹。

60. A. 一些广告中的女性穿着过于暴露、俗气,造成了不良的社会效果。

B. 你虽然付出了很大的努力,但是却得不到好的效果,甚至还会受到别人的误解,这又何苦呢?

C. 零部件厂商如今在全球范围内进行逐鹿,他们的制造基地遍布全球所有的重要市场。

D. 为了见女朋友的父母,他去买了一套很新式的西服,结果花了近一个月的工资,心疼得不得了。

## 模拟练习五

**第51—60题:请选出有语病的一项。**

51. A. 两个品牌各自一个合作伙伴的策略,在车型资源分配上得天独厚。

    B. 房间里骤然没有一点儿响声了。

    C. 中国的戏曲在经历了漫长的发展过程之后,到元代形成了"元杂剧"。

    D. 即使是顾客无理,你也得耐心跟他解释。

52. A. 过海关的时候,你要如实申报所携带的物品。

    B. 我从来没有去过那座大山,但是听老一辈的人说,那座大山里有野人。

    C. 别管是谁,都希望拥有高品位、高质量的生活。

    D. 看着绿油油的稻田,我不由得想起香喷喷的米饭来。

53. A. 自古以来,就流传着很多重义轻财的感人故事。

    B. 在科学技术上每天都发生着新变化的今天,需要成千上万的优秀人才。

    C. 干涉中国内政,这是中国政府横竖不能接受的。

    D. 尽管有些让人难以信服,赛场上的大热门德国队还是晋级参加了第二轮比赛。

54. A. 这些天书一样的文字,终究会被语言学家破解的。

    B. 世界上的事物往往都有两面性,"近朱者"也不例外。

    C. 要是他早一点儿想起回家,也许就不会像现在这样永远回不了家了。

    D. 在他的帮助下,使我的汉语听说水平有了极大的提高。

55. A. 这座山的悬崖峭壁上,长着大约数百种左右的草药。

    B. 他们拽着绳子,顺着落差数十米的瀑布徐徐落到下面的湖里。

    C. 这次合作的流产,却引起了当地政府的重视。

    D. 母亲完全没有考虑,就把真相说出来了,让众人大感意外。

56. A. 他一心想帮忙,没想到却受到处罚,真是吃力不讨好。

B. 只是个玩笑,大家姑且一笑,不必当真。

C. 这块大石头乃至四五个小伙子也搬不动。

D. 梁山在中国山东境内,是《水浒传》中农民起义军聚义山寨的所在地。

57. A. 朋友们都来劝我,我自然要给人家一个面子。

B. 他不时不忘自己的妻儿,从不乱花钱,把钱都攒起来寄回家。

C. 靠知识、靠知识品牌、靠软实力,这些是决定企业未来命运的核心。

D. 我们应保持充足的睡眠和良好的精神状态,以增强抗病能力。

58. A. 对于沉溺于权力欲之中的人来说,亲情、友情、爱情自然都无足轻重。

B. 时尚潮流日新月异,追求时尚当然要紧跟潮流不断变化,昨日之新潮今日就淘汰也毫不稀奇。

C. 他们谈话的内容很广,自社会历史、经济、文化,以至于风俗、习惯,无所不包。

D. 画家、书法家和医生一样,越老越大名气。因为他们的作品可能是独一无二的,物以稀为贵。

59. A. 虽然我的朋友都不以为然,但是思前想后,我最后还是专程带着孩子向那位客人赔了不是。

B. 小林前几天了做了胃切除手术,切掉了1/3的胃,经过一段时间的修养,现在会吃饭了。

C. 未来的汽车企业竞争的重点是综合实力的比拼,体系最优化是跨国集团在中国乃至全球范围内整合各种资源的目的所在。

D. 《青年文摘》和李阳疯狂英语的核心使命也是为了帮助成千上万的中国青年实现梦想。

60. A. 我不小心打碎了妈妈心爱的花瓶,我本想为自己辩解的,但妈妈压根儿就没有骂我,弄得我反倒无话可说。

B. 长达15年的官司,使这个女人感到自己除了一颗疲倦的心以外,什么也没有得到。

C. 选基金也是在选基金公司,投资者一定要注意看同一公司基金的整体表现排名。

D. 整部电影镜头干净利落,色调光彩照人,传神的人物、炫目的服装是片中的两大超级亮点。

# 四、模拟练习题参考答案

## 模拟练习一

参考答案：

| | | | | |
|---|---|---|---|---|
| 51. C | 52. B | 53. C | 54. D | 55. A |
| 56. D | 57. B | 58. D | 59. A | 60. C |

## 模拟练习二

参考答案：

| | | | | |
|---|---|---|---|---|
| 51. A | 52. C | 53. B | 54. A | 55. D |
| 56. B | 57. A | 58. D | 59. A | 60. C |

## 模拟练习三

参考答案：

| | | | | |
|---|---|---|---|---|
| 51. B | 52. D | 53. D | 54. A | 55. C |
| 56. D | 57. A | 58. B | 59. C | 60. B |

## 模拟练习四

参考答案：

| | | | | |
|---|---|---|---|---|
| 51. D | 52. B | 53. A | 54. B | 55. D |
| 56. C | 57. C | 58. A | 59. C | 60. D |

## 模拟练习五

参考答案：

| | | | | |
|---|---|---|---|---|
| 51. B | 52. C | 53. C | 54. D | 55. A |
| 56. C | 57. B | 58. D | 59. B | 60. B |

## 一、题型分析

这部分阅读题,共10题。每题提供一小段文字,其中有三到五个空,考生要结合语境,从四个选项中选出最恰当的答案。

这部分考题既考查考生的汉语词汇量,又考查考生的汉语阅读能力。汉语学习者到了高年级基本语法项目都已经学完,这时他们遇到的另一个难题就是辨别汉语的近义词。这就要求考生在平时学习过程中多积累,多体会,领悟汉语中近义词之间微妙的差异。

## 二、答题技巧及例题精解

### (一) 从色彩上区分近义词

在这部分问题中,考生会见到很多近义词,有些近义词之间虽然抽象的反映内容完全一致,但它们在表达色彩上存在着差异,例如:

"爸爸"和"父亲":感情色彩不一致,前者表示亲切的感情,后者无特定感情;

"谈话""说话"和"聊天":态度色彩不同,"谈话"态度郑重,"说话"态度普通,"聊天"态度随便;

"哭鼻子"和"哭":形象色彩不同,前者很形象,会使人产生形象感;

"乌贼"和"墨斗鱼":风格色彩不同,前者是科学的说法,后者是通用的、会话的说法;

"耳语"和"咬耳朵":语体色彩不同,前者为书面语,后者为口语。

再例如:

难道_____一朝当了父母,就会_____地终生沦为"担心"的阶下囚吗?难道这种_____的"担心",就像代代相传的火炬,_____出的是人性的脆弱和畏惧吗?

A. 只有　　无可救药　　永无止息　　表现

B. 只有　　无法避免　　生生不息　　展示

C. 只要　　不可救药　　无休无止　　折射

D. 只要　　不可避免　　永无止境　　反映

第二个空的选项中"不可救药"具有明显的贬义色彩,所以不能选,另外从搭配上,第一个空只能选"只要"才能和后面的"就"搭配。所以正确答案是D。

### (二) 从词的具体意义区分近义词

还有一些近义词抽象的反映内容略有不同,反映同一事物的性质特点不太一样,例如,"引荐"和"推荐",都表示把自己熟识的人向别人介绍,希望任用或接受。但"引荐"侧重于通过引领的方式介绍,而"推荐"则有推举的意思。当然还有很多近义词不但抽象的反映内容不完全一致,而且在表达色彩上也存在着差异,如"解散"和"散伙",不但理性意义上有差别,色彩意义也不相同。

### (三) 从语法功能上区分近义词

很多近义词在意义上很近似,但词性不同,如"突然"和"忽然","突然"是形容词,"忽然"是副词,所以"突然"可以做定语,"忽然"却不可以。还有像"对于"和"关于",这两个词除了意义不同,常出现的位置也不同,他们都常出现在句首,但"对于"也可以出现在句中。还有像"朝"和"向","朝"只能用在动词前,"向"用在动词前后都可以。

### (四) 从搭配上区分近义词

很多近义词,无论是语义、色彩,还是语法功能都差不多,但是它们所习惯出现的语境不同,搭配也不同,如我们可以说"喜欢旅游",也可以说"喜欢旅行",但我们只能说"旅行社""旅游局",不能说"旅游社""旅行局"。再例如:

人们都很尊敬发现真理的人。其实,真理常常就在你的身边,能不能发现它就看你有没有一双_____的眼睛,有没有一个善于_____的头脑,有没有敢于_____真理的勇气。

A. 锐利　　沉思　　理解

B. 灵敏　　考虑　　坚持

C. 敏锐　　思考　　追求

D. 明亮　　联想　　把握

答案是C。因为"敏锐的眼睛""擅于思考的大脑"和"敢于追求真理"这些都是最常用的搭配。再例如:

司马迁的父亲司马谈临死前_____他,希望他能写出一部无愧祖辈的优秀_____来。司马迁_____了父亲的遗志,终于完成了一部_____的历史巨著《史记》。

A. 说服　　作品　　实现　　成功

B. 告诫　　文章　　接受　　大型

C. 叮嘱　　书籍　　担负　　伟大

D. 嘱咐　　著作　　继承　　空前

答案是D。从第二个空开始，首先把C排除，"书籍"是统称，不能指具体的书，不能和"一部"搭配。从第三个空我们可以得出正确答案，和"遗志"搭配的词只能是"继承"。

### (五) 根据上下文选择

这部分问题中虽然有很多近义词，但近义词不是这部分考题考查的全部重点。这部分是阅读的一部分，所以这部分更注重考查考生对语境的理解能力以及对上下文关联词等逻辑关系的把握程度。考生在了解汉语近义词语义、语用和搭配上的差异的同时，关键对整个语篇内容要有很好的把握。所以考生平时多练习，提高自己的阅读理解能力，才是取得好成绩的关键。例如：

中国人到底有没有幽默感？可以说是_____。对这个问题达成_____不大容易，因为权威界的意见都_____。幽默领域的大师级人物鲁迅和林语堂的意见就是针尖对麦芒般的对立。鲁迅说，皇帝不肯笑，奴隶不准笑，_____幽默在中国是不会有的。林语堂则说，幽默本是人生的一部分，"中国人人都有自己的幽默"。

A. 众所周知　　统一　　实事求是　　因此

B. 众说纷纭　　共识　　大相径庭　　可见

C. 五花八门　　结论　　自相矛盾　　所以

D. 七嘴八舌　　一致　　不相上下　　由此

如果大家读懂了这段话，就明白这段话是说"中国人到底有没有幽默感"，这个问题很难回答，连大师级的人物意见都不统一。所以第一个空上肯定不是"众所周知"可以排除A，通过上下文我们知道鲁迅和林语堂对这个问题的意见很不一样，说的是两个人，所以第三个空上不能是"自相矛盾"，两个人的立场正好相反，当然也不能是"不相上下"了，这样C、D也被排除了。剩下的只有B，所以B是正确答案。

这部分考题有时候也会考查关联词，如果读懂了文章，明确了上下文的逻辑关系，关联词当然也就容易选出。例如：

有_____和步骤的目标就像地图，让你明白_____到达自己想去的地方。你必须定期_____地图以确保路径正确。这张地图还能让你知道有哪些别的路同样可以到达目的地，_____你在此路不通时，能有另外的选择。

A. 计划　　如何　　参考　　以便

B. 计算　　怎样　　回忆　　从而

C. 设计　　怎么　　研究　　此外

D. 体会　　多少　　了解　　否则

答案是A。如果读懂了这段话，那么最后一个空，只有"以便"可以填。

### （六）交集选择法

回答这部分问题时，考生要把整段话看作一个整体，有的空是可以有多种选择的，做题时大家不要只在一个空上过多地纠结，而是要结合上下文利用排除法，排除自己认为肯定错误的几项，选出可接受的几项，然后再看下一个空，以此类推。也许每个空的确切答案我们都不知道，但几个空的选项的交集肯定是正确答案。当然，我们在选每个空的答案时要尽量减少可能答案的数量。这样就会大大提高答题的准确率。

例如，假如这道题一共有三个空，第一个空选A、B都可以，第二个空选A、C都可以，这样答案肯定就是A，然后再用第三个空来检验一下就可以了。再例如，第一个空感觉选A、B、C都可以，第二个空选B、C、D都可以，前两个空的交集是B、C，然后第三个空在B、C中选择就可以了。选择不一定要按照前后顺序，可以把认为最难的放在最后选择。例如：

对爱书者来说，旧书摊无疑是块宝地，他们_____自己的兴趣爱好、所学_____或是所研究的课题，在旧书摊上_____自己认为有价值的参考书。

A. 根据　　专业　　选取

B. 依靠　　课程　　挑选

C. 依据　　专题　　钻研

D. 按照　　教材　　认识

做这道题，首先第一个空填"依靠"肯定不合适，先把B排除，这样第一个空的选项是A、C、D，第二个空感觉A、B、C、D都可以，没法选择，那么就跳过去，直接看第三个空，第三个空A、B都可以，但B已经被排除了，只能选A，最后再用第二个空来检验一下，所以正确答案是A。

再看下面的例子：

古时候，"城"和"市"是两个不同的_____。"城"往往是统治者及其军队居住和驻扎的地方，_____筑有城墙。"市"是做_____的地方，这个地方最早是在井边，人们来取水，便带来东西_____，所以有"市井"一词。

A. 概念　　四周　　买卖　　交易

B. 定义　　附近　　商业　　交换

C. 名称　　周围　　生意　　交流

D. 内容　　当地　　贸易　　交通

第一个空感觉A、B、C都可以。接着看第二个空,根据常识我们知道城墙肯定是筑在四周或周围,也就是A、C,然后看第三个空A、C都可以,D勉强,但B肯定不行,没有"做商业"这样的搭配,通过交集选择法,从前三个空我们确信答案在A和C中间。最后看第四个空,从上下文我们知道不论做买卖或做生意都是要"交易"的,所以选A。

## 三、模拟练习题

模拟练习一

**第61—70题:选词填空。**

61. 对发展中国家的科学家来说,_____他们献身于科学的_____是强国的愿望,因为他们都尝过落后挨打的_____。但到今天,在世俗化和消费欲望的共同_____下,这种追求在弱化。

A. 促进　首要　味道　驱动　　　　　B. 推动　首选　结果　促动

C. 促使　首先　滋味　驱使　　　　　D. 鼓动　首次　下场　催促

62. 中国足协与福拉多的谈判进展顺利,很有可能_____这位前南斯拉夫国际足球运动员为国家足球队主教练。中国足协的发言人_____谈判正在进行,但是还没有做最后_____。

A. 使用　确定　结果　　　　　　　　B. 聘用　确认　决定

C. 雇用　确凿　讨论　　　　　　　　D. 聘请　确定　定论

63. 在现代社会,竞争力归根到底_____于人口素质。谁的人口素质高、人力资本_____,谁就占据先机,谁就会走在发展的_____。

A. 决定　丰富　前面　　　　　　　　B. 取决　充足　前锋

C. 抉择　强大　前方　　　　　　　　D. 选择　雄厚　前列

64. 水资源_____不是能够无限_____的,可持续发展的_____应当是建立污水回收系统,循环利用。多数城市的污水处理率还较低,污水处理费仅是自来水水费的一半左右,而仅凭_____我们就能判断,使污水重新进入城市水源循环的费用一定比采集清洁水的费用高得多。

A. 自然　供用　目标　想象　　　　　B. 既然　使用　途径　观察

C. 显然　供给　思路　直觉　　　　　　　D. 当然　利用　基础　常识

65. 中华民族一直以其强烈的责任意识享誉世界，在建立市场经济的新的历史时期，尤其需要_____人们的责任意识，这既是_____社会主义和谐社会的必然_____，也是时代的呼唤。

A. 增强　建设　要求　　　　　　　　　　B. 提高　发展　结果

C. 加强　调节　需要　　　　　　　　　　D. 提升　建造　途径

66. _____真正有成就的科学家而言，太多的财富对他们并没有什么意义。放眼古今中外，_____放弃追求财富的人才能_____追求学问，才可能成为大家。

A. 关于　只有　心心念念　　　　　　　　B. 对于　唯有　全心全意

C. 针对　只是　一心一意　　　　　　　　D. 至于　只能　全力以赴

67. 一个在本国文化的熏陶下长大的人，_____来到异国他乡，往往会遭遇"文化冲击"，有人更_____地称这种现象为"文化休克"。这种不适应所在地文化、怀念故国文化的现象，就是乡愁。为了排遣深深的乡思、尽快适应和融入新的环境，大多数人都采取了_____的态度。

A. 每次　巧妙　事在为人　　　　　　　　B. 只要　形象　兼容并蓄

C. 一旦　生动　入乡随俗　　　　　　　　D. 每当　夸张　顺其自然

68. 他们的努力既_____了人类理性的伟大和人类认识能力的无限性，同时也证明了上帝的伟大，这与文艺复兴以来_____赞美人的能力与人的求知精神是_____的。

A. 证明　高度　一致　　　　　　　　　　B. 印证　高尚　相同

C. 说明　高尚　相反　　　　　　　　　　D. 反映　极度　相对

69. 疯狂扩散的蓝藻起初并没有使人们感到_____。往年正常情况下，它顶多影响太湖的一些景观，不会带来什么骚乱。雨季一来，这些小生物便会被大量的雨水冲刷稀释，人们会渐渐_____它，直到第二年的来临。还有一些农民把它们捞起来当肥料，_____地称之为"海油"。

A. 焦虑　淡忘　亲切　　　　　　　　　　B. 伤心　漠视　形象

C. 淡漠　适应　生动　　　　　　　　　　D. 高兴　习惯　幽默

70. 在为学的道路上，_____来说，并不存在可以_____的"捷径"；但是，我们却_____避免或少走弯路。这就需要有人给初学者_____迷津,告诉他们正确的学习方法和步骤。

A. 一般　一蹴而就　应该　指点　　　B. 目前　一帆风顺　能够　指出

C. 主观　平步青云　尽量　画出　　　D. 客观　唾手可得　必须　指明

## 模拟练习二

**第61—70题：选词填空。**

61. 自信、努力而且_____的人,无论在哪里,_____环境怎样恶劣,最终都可以抵达他们的_____。

A. 专心　　无论　　梦想　　　　　　B. 专注　　因为　　愿望

C. 认真　　尽管　　理想　　　　　　D. 专心　　尽管　　期望

62. 语言_____性格。西班牙语使人更自信、更有主见;英语_____比中文直接,让人更外向;法语表达较随意,多用双关语,让人更幽默;日语的动词往往在句末,让人_____有耐心。

A. 暗示　　说法　　亲近　　　　　　B. 决定　　表达　　亲和

C. 影响　　表达　　温和　　　　　　D. 表明　　说法　　温柔

63. _____旅游对自然生态环境和人类生态环境会有影响,要付出_____的代价,但是做任何事情都要付出代价,如果什么都不开发,_____还是客观存在的。

A. 发展　　一定　　毁坏　　　　　　B. 开发　　相应　　破坏

C. 开放　　一定　　损坏　　　　　　D. 开拓　　相应　　伤害

64. 一定要给挫败事件_____积极意义,_____发挥一下阿Q精神也无所谓。在本子上写下这次失败能够带给你的好处,_____会慢慢收获_____的财富。

A. 找寻　　哪怕　　所以　　失败

B. 发现　　尽管　　或许　　失败

C. 寻找　　即便　　也许　　挫折

D. 找到　　即使　　因为　　挫折

65. 重视教育,尊敬师长,在中国有_____的传统。_____,中华民族都把教育放在十分重要的地位。早在2600多年前,管子就说过,考虑一年的事情,要种好庄稼;筹划十年的_____,要种好树木;_____百年大事,就要培养人才。

    A. 悠久    自古以来    目标    规划

    B. 古老    有史以来    目的    计划

    C. 悠久    从古至今    理想    策划

    D. 悠长    一直以来    愿望    打算

66. 思茅地区已被辟为国家森林保护区,一条美丽的莱阳河,由东向西_____保护区全境,_____出了一片原始神秘的大森林,它与西双版纳的普文镇_____,冬无严寒,夏无酷暑,气候宜人,亦属_____的热带雨林景观。

    A. 贯穿    培育    靠近    典范

    B. 横穿    养育    邻近    特殊

    C. 纵贯    哺育    临近    特别

    D. 横贯    孕育    毗邻    典型

67. 曼德拉深知自己是其他人的_____,他的恐惧会很容易影响到身边人。他的无畏会大大_____他人。他说:"我不能装作自己勇敢非凡、好像能_____全世界的样子。但作为一个领导人,至少,我不能让人们知道我的_____。"

    A. 表率    鼓动    打击    担心

    B. 楷模    鼓励    打倒    恐惧

    C. 榜样    鼓舞    打败    恐惧

    D. 典范    勉励    战胜    担心

68. 绿色是宫崎骏映画馆的基调和_____——关注生命、关注自然、关注人和环境、关注未来和成长。宫崎骏_____笔下的绿色,几乎每一部电影都是用绿色来铺设全篇,用绿色来_____生命。《幽灵公主》更是将宫崎骏对人与自然的关系的深沉_____融入其中。

    A. 主旨    毫不犹豫    反映    沉思

    B. 主题    毫不吝啬    彰显    思考

    C. 主体    毫不在乎    显示    考虑

    D. 宗旨    毫不吝惜    体现    思索

69. 出生顺序影响个性_____。长子多稳重老实,甚至有时承担父母的角色;小儿子_____小受家人宠爱,依赖性强;中间的孩子需付出多倍努力才能得到关注,_____爱好竞争挑战。老大对恋爱的_____最实际,排行居中者表现出更多的嫉妒_____,而老小最浪漫。独生子女有最高的依附之爱。

    A. 发展    自    因此    态度    情绪

    B. 成长    从    然后    看法    感受

    C. 进步    打    从而    观点    感觉

    D. 成熟    在    反而    想法    情感

70. 有了积极的思维_____不能保证事事成功,积极思维肯定会_____一个人的日常生活,但并不能保证他凡事心想事成;_____,相反的态度则必败无疑,拥有_____思维的人并不能成功。

    A. 并    改善    可是    消极

    B. 也    改变    但是    积极

    C. 还    提高    相反    保守

    D. 都    提升    只是    惰性

## 模拟练习三

**第61—70题:选词填空。**

61. 中国人十分_____一些神像,但愿望未能实现时,他们会毫不留情地_____这些神像。可很快又会_____下来,再拜其他神像。

    A. 崇尚    毁坏    安静          B. 看重    砸掉    平定

    C. 崇拜    砸毁    平息          D. 支持    破坏    冷静

62. 这本书也并非完美无缺,_____追求开拓创新,难免会存在着贪大求全的一面,过于追求体例的完美,_____重点章节失_____过多、过全。

    A. 虽然    使得    在          B. 由于    导致    于

    C. 尽管    引起    于          D. 因为    致使    在

63. 车在桥上_____行驶时,使桥梁整体发生震动。_____,桥还受气候变化的侵袭。在狂风暴雨中,桥是要摆动或扭动的;就是在冷暖不均、温度有升降时,桥也要伸缩,_____蠕动。

    A. 高速    此外    形成          B. 飞速    而且    导致

    C. 迅速    不过    成就          D. 快速    可是    造成

64. 我_____的社会领袖力,是一种务虚的能力。拥有这种能力的人_____看到他人看不到的方向，_____提出别人提不出的_____。

    A. 认为     可以     可能     意见

    B. 理解     能够     可以     方案

    C. 知道     能够     可以     想法

    D. 了解     可以     可能     提议

65.《西游记》是一本单身男人的经典_____名著。它_____了古今中外单身汉的四大性格类型，比起《水浒传》或《三国演义》里的那些仇恨女性、血腥暴力、_____的单身汉们来，性格更加鲜明、做人更加直观、也更_____我们的现实生活。

    A. 指示     涵盖     自以为是     附近

    B. 引导     包括     变幻多端     靠近

    C. 手册     总结     变化多端     贴近

    D. 指南     囊括     诡计多端     接近

66. 历史_____，留学生在_____中国发展的过程中起到了非常大的作用。出国学习，_____是读中学、本科还是硕士、博士，就业竞争力是所追求的最低目标；最高目标则是将来成为中国社会各行各业的高级人才和_____人物。

    A. 证明     改变     无论     前沿

    B. 表明     改造     不论     前进

    C. 证实     改换     即使     先进

    D. 显示     变化     哪怕     高级

67. 爱情是一种稀缺资源，并不是每个人都能_____它。爱情很美好，但_____你生命里没有爱情的定数，你怎么努力它都不会_____。你_____只是别人爱情里的观光客。

    A. 见到     假如     开花     生来

    B. 偶遇     万一     发芽     天生

    C. 遇见     如果     萌芽     注定

    D. 见面     假设     结果     永远

68. 专业_____要以人力资源为_____，以学科资源为依托，以财物资源为_____，以校园文化和社会声誉为动力来_____地运转。

    A. 必定     导向     基地     永不停息

    B. 必须     指导     业基     永不止息

C. 当然　　　向导　　　根基　　　分秒必争

D. 必然　　　主导　　　基础　　　生生不息

69. 个体的生命有_____，人类的繁衍发展则无止境。这就是，子子孙孙，世世代代，_____，正是我们_____人类永生主义的全部含义。人类自诞生以来的_____和发展，证实了人类是_____走向永生的。

 A. 中止　　　绵绵无期　　　阐释　　　进化　　　不停

 B. 终结　　　绵绵无绝　　　阐明　　　演化　　　不断

 C. 终止　　　永不隔绝　　　解释　　　演变　　　继续

 D. 尽头　　　永不断绝　　　阐发　　　变化　　　继发

70. 当含蓄的日本人隐讳地与中国合作伙伴进行_____时，直率的韩国人早就将问题挑明；当浪漫的法国人在精心_____个人休假时，敬业的韩国人正加班加点以勤补拙；当严谨的德国人正层层_____等待指示时，高效的韩国人已经做出市场反应；当自信的美国人精心进行战略_____时，务实的韩国人正用行动和结果说明了一切。

 A. 沟通　　　安排　　　汇报　　　规划

 B. 交流　　　计划　　　报告　　　策划

 C. 交换　　　打算　　　报道　　　整顿

 D. 通话　　　设计　　　告示　　　规整

## 模拟练习四

**第61—70题：选词填空。**

61. 冬天是如何_____过去的，我们浑然不觉，只知道春天来的时候，院子里的苹果树又绽出了新芽，迎着风，轻轻地_____，_____了苹果酿的美好气味。

 A. 渐渐　　　摇曳　　　充满　　　　　　B. 慢慢　　　摆动　　　飘满

 C. 逐渐　　　摇摆　　　充实　　　　　　D. 缓缓　　　招摇　　　填满

62. 对品牌有极高依赖度的_____消费品行业正日益重视网络媒体的广告效应，_____，如何借助网络_____消费者对品牌的记忆度和偏好度却是该行业面临的挑战性问题。

 A. 高速　　　然而　　　提高　　　　　　B. 快速　　　但是　　　提升

 C. 迅速　　　不过　　　加强　　　　　　D. 飞速　　　可是　　　增加

63. 流行时尚的魅力_____在于短期多变、多姿多彩,但基金排名短期内的频繁变化,恰恰是投资者应当避免过分在意的。基金投资_____的是长期投资布局,长期的业绩表现才是_____基金业绩的重要依据。

A. 或许　　着重　　估价　　　　　　　　B. 可能　　重视　　评估

C. 或者　　看重　　估计　　　　　　　　D. 也许　　讲究　　评价

64. 绿色经济是一种_____维护人类生存环境、合理保护资源与能源、有益于人体健康为_____的经济,是种平衡式经济。全球"绿色经济"已经_____,而这场金融海啸将加速潘基文提出的"绿色新政"的_____。

A. 为　　体现　　开始　　实行

B. 因　　表现　　开展　　施行

C. 以　　特征　　萌芽　　实施

D. 用　　特点　　萌发　　试行

65. 难道_____一朝当了父母,就会_____地终生沦为"担心"的阶下囚吗?难道这种_____的"担心",就像代代相传的火炬,_____出的是人性的脆弱和畏惧吗?

A. 只有　　无可救药　　永无止息　　表现

B. 只有　　无法避免　　生生不息　　展示

C. 只要　　不可救药　　无休无止　　折射

D. 只要　　不可避免　　永无止境　　反映

66. 作为改革开放后出生的一代,他_____更乐意_____自己作为普通人的逻辑,而_____附加太多的沉重。事实上,这个"80后"的年轻人已经习惯消融_____那些可能夸大自己的色彩。

A. 显然　　展示　　避免　　于

B. 明显　　展现　　避开　　在

C. 显然　　表现　　阻止　　自

D. 明显　　显示　　阻滞　　与

67. _____的乳业市场,营养丰富的产品_____繁多,消费者不禁陷入_____营养好就能身体好的误区,而_____了一个关键因素,即吸收问题。

A. 如今　　种类　　摄入　　忽略

B. 当下　　类型　　吸收　　忽视

C. 当前　　品种　　吸取　　省略

D. 当今　　分类　　吸入　　轻视

68. 帕瓦罗蒂在40多年的歌唱_____中,不仅_____了作为男高音歌唱家和歌剧艺术家的奇迹,_____为古典音乐和歌剧的_____做了杰出的贡献。

A. 生命　　产生　　也　　推广

B. 前途　　改造　　并　　发扬

C. 命运　　出现　　且　　传承

D. 生涯　　创造　　还　　普及

69. 企业可以_____一种较为隐蔽的策略,刻意_____产品的真实属性,把它乔装打扮成另一种产品,以便让多疑的消费者更加容易接受它。当某类产品存在一些不利因素的时候,采用隐匿战略会十分_____,因为它可以巧妙地将产品推入市场,_____消费者所接受。

A. 使用　　掩瞒　　不错　　悠然　　让

B. 利用　　装饰　　妥当　　突然　　使

C. 采用　　掩饰　　稳定　　忽然　　被

D. 采取　　掩盖　　有效　　悄然　　为

70. 冠军看到当时的场面,_____意识到没有人比他更胜任,_____他能潜游到必要的深度,在水下_____方向并_____遇难者。

A. 赶紧　　只有　　分明　　救治

B. 马上　　只要　　分辨　　拯救

C. 立马　　唯有　　辨别　　诊治

D. 立刻　　唯独　　辨明　　营救

## 模拟练习五

**第61—70题:选词填空。**

61. 当你_____潜意识这把开启成功之门的金钥匙,并_____向世界第一学习,你就会_____一个全新的、广阔的世界,与成功的距离就会越来越近。

A. 掌握　　乐观　　开放　　　　　　B. 具有　　认真　　开发

C. 把持　　努力　　扩展　　　　　　D. 拥有　　积极　　拓展

62. 同样的连锁_____，却有不一样的结果。这主要是因为彼此的目标不同，如果有_____的目标，就会_____强烈的动机。

  A. 影响  绝对  引起      B. 反应  肯定  发生

  C. 效果  确切  引发      D. 效应  明确  产生


63. 与音符相伴的日子里，他取得的_____震惊世界、无人可及，他_____自身的天赋和勤奋，再加上音乐大师们的_____，迅速在世界歌坛成名。

  A. 成功  利用  帮助      B. 成就  凭借  提携

  C. 成绩  依据  协助      D. 成果  依靠  提拔


64. 当子女长大成人，能对自己的_____负责任了；当父母能够从子女的世界剥离开来，_____一个旁观者的身份超脱地_____他们的得失，并耸耸肩不在乎地说"这是他们的生活"时，我不知道这对父母来说算不算是一段_____的时光。

  A. 行为  以  看待  美妙

  B. 表现  凭  对待  美好

  C. 行动  借  评论  奇妙

  D. 表达  用  讨论  良好


65. 为什么我们总是做不对？为什么我们总是犯这样幼稚的错误？也许，我们已经太久_____于习惯性思考，习惯于_____、看着办、_____和差不多，我们从没有想到工作就是去做对的事情，做对就是做_____要求的事！

  A. 沉溺  懈怠  模糊不清  契合

  B. 沉迷  怠慢  模棱两可  符合

  C. 沉醉  懒惰  浑浑噩噩  依照

  D. 沉睡  懒散  雾里看花  按照


66. 竹林是生长速度快、再生能力强的可再生资源，竹纤维产品的规模化、产业化_____，对以石油化工原料生产的纤维有一定的_____作用，减少了我国石油等不可再生资源的_____，顺应社会主义生态文明建设和可持续发展的时代_____。

  A. 发展  替代  消耗  要求

  B. 生产  代替  消费  需求

  C. 扩展  取代  耗费  潮流

  D. 成长  代表  耗竭  趋势

67. 他走了，一个歌剧天才走进天堂，一个温暖的声音长留世上，留给我们无数的怀念和_____。让我们在挥手_____天边最后一抹夕阳的时候，_____一下传奇歌王那_____的一生。

  A. 思念  离开  回忆  熠熠生辉

  B. 留念  离别  回味  光彩照人

  C. 铭记  告别  重温  光彩夺目

  D. 纪念  告白  会温  光鲜亮丽

68. 所谓"平常心"，并不是对名利一点儿也不_____。真正的"平常心"，是诚实地_____自己，_____我们在内心深处是爱名利的，那么就大大方方地去爱，_____地去爱。

  A. 动摇  面临  即使  百折不挠

  B. 关心  面对  不管  名副其实

  C. 在意  招待  如果  顺理成章

  D. 动心  对待  既然  名正言顺

69. 寒冷减小了热量对微生物的_____，而冰层里水是_____晶体的形式存在，几乎没有流动的水存在，这就减小了化学物质对生物分子的_____；光，包括紫外线都可以穿过冰层，_____当冰层达到几米厚时，光的能量就已经被减小很多了，在几米厚的冰层下就几乎没有光了，因此微生物被_____在深深的完全黑暗的冰层中。

  A. 毁灭  以  腐蚀  但是  埋藏

  B. 损坏  凭  侵蚀  不过  埋葬

  C. 毁坏  用  腐烂  可是  深藏

  D. 破坏  自  霉烂  然而  埋掉

70. 喜欢一个人，是让人_____成长的_____。你会为他着想，为未来考虑，为幸福打算。现在的我们，没有未来。我_____不说，我_____不起爱这个沉重的字眼儿。

  A. 快速  途径  终究  承受

  B. 迅速  捷径  始终  背负

  C. 飞速  路径  一直  负担

  D. 高速  路途  从来  承担

## 四、模拟练习题参考答案

### 模拟练习一

参考答案：

| | | | | |
|---|---|---|---|---|
| 61. C | 62. B | 63. B | 64. C | 65. A |
| 66. B | 67. C | 68. A | 69. A | 70. A |

### 模拟练习二

参考答案：

| | | | | |
|---|---|---|---|---|
| 61. A | 62. C | 63. B | 64. C | 65. A |
| 66. D | 67. C | 68. B | 69. A | 70. A |

### 模拟练习三

参考答案：

| | | | | |
|---|---|---|---|---|
| 61. C | 62. B | 63. A | 64. B | 65. D |
| 66. A | 67. C | 68. D | 69. B | 70. A |

### 模拟练习四

参考答案：

| | | | | |
|---|---|---|---|---|
| 61. A | 62. B | 63. D | 64. C | 65. C |
| 66. A | 67. A | 68. D | 69. D | 70. D |

### 模拟练习五

参考答案：

| | | | | |
|---|---|---|---|---|
| 61. D | 62. D | 63. B | 64. A | 65. B |
| 66. C | 67. C | 68. D | 69. A | 70. B |

## 一、题型分析

第三部分，共10题。提供两篇文章，每篇文章有五个空，考生要结合语境，从提供的五个选项中选出答案。

这部分题目主要考查考生对文章上下文逻辑连贯性的把握程度，通过选出正确的选项使原文逻辑清楚、语义连贯、表达流畅、结构完整。不但考查考生的阅读理解能力，同时还考查考生的语篇表达能力，所以这部分题目综合性很强。

这部分题目，多数可以根据空前或空后句子的一部分（句子成分或复句的分句）得出答案。如果是单句，考生要弄清楚句子缺少什么成分，如果是复句，考生要弄清楚前后分句的逻辑关系以及关联词的合理搭配。但比较难的是，有的空一定要根据整个上下文全面理解全文才能得出答案。

但是，因为这部分题不是多项选择，而是排序性选择，五个空只有五项选择，所以这部分问题回答起来难度不大。考生首先要通读全文，理解文意，然后试探性地做初次选择，再根据情况做调整，最后使每个空都有一个最佳选项。

## 二、答题技巧及例题精解

上文题型分析时已经提到了这部分考题的特点，所以我们经常用这样一些考试技巧及策略：

### （一）单句注意缺什么成分，复句注意逻辑关系

首先，我们要分析空所出现的位置，如果出现在一个单句中，那我们要分析这个单句缺少什么成分，如果缺少主语或宾语，那么我们就要考虑选择体词性成分；如果缺少的是谓语，那么我们就要考虑选择谓语性成分。如果空出现的位置是一个复句，那么我们就要根据上下文判断复句之间的逻辑关系，根据其逻辑关系选择带有相应关联词的选项。

### （二）抓住文章中心

这部分考题看似完形填空，但其实考查的主要是考生的阅读理解能力。多数情况下，这部分考题至少要有一两个空，我们必须在通读全文，正确把握文章大意后才能正确选择。所以在做这部分题的时候，千万不要只局限在空的周围，而是要通读全文，读懂全文，这才是正确作答的关键。

### （三）第一遍初选，第二遍决定

考生在答题的过程中，首先要第一遍通读全文，大致了解文章的主要意思，在第一遍通读的过程中，就可以同时完成个别空的填写。等到完整地读完一遍之后，我们回过头来再读一遍，读这遍的重点是回答问题，这时在读第一遍时觉得没有把握的问题也会变得很明确了。等全部选完答案之后，考生要再检查一遍，以确保答案准确无误。

根据以上几条策略，下面我们看两个具体的例子。

**例 题**

曹操得到一只大象，很想知道这只大象到底有多重。官员们都纷纷议论，发表自己的意见。有人说，1.＿＿＿＿＿＿。可是怎样才能造出比大象还大的秤呢？有人说，把它砍成小块，然后再称。可是把大象杀了，知道重量又有什么意义呢？大家想了很多办法，可是都行不通。

就在这时，曹操的小儿子曹冲对父亲说："爸爸，我有个办法可以称大象！"2.＿＿＿＿＿＿，曹操一听，连连叫好，立刻安排人准备称象，并且让大家都过去观看。

大家来到河边，看见河里停着一只大船。曹冲叫人把象牵到船上，等船身稳定时，他就在船舷与水面齐平的地方，画了一条线。然后，曹冲再叫人把象牵到岸上来。之后，他让人把大大小小的石头，3.＿＿＿＿＿＿，船身就一点儿一点儿往下沉。等船上的那条线和水面再次齐平的时候，曹冲就叫人停止装石头。官员们都睁大了眼睛，4.＿＿＿＿＿＿。他们连声称赞："好办法！好办法！"这时候，谁都明白，5.＿＿＿＿＿＿，把重量加起来，就知道这只大象有多重了。曹操得意地望着众人，心里想：你们还不如我的这个小儿子聪明呢！

A. 一块一块地往船上装

B. 制造一杆巨大的秤来称

C. 只要把船里的石头都称一下

D. 然后他就把办法告诉了曹操

E. 这才终于弄清了是怎么回事

答案是: 1. B      2. D      3. A      4. E      5. C

 回答这道题, 关键要读懂曹冲到底是怎么称象的, 读懂这些回答问题就很容易了。第一题, 注意空前面的"有人说", 所以所填内容一定是一个主意或建议方面的内容; 第二题, 空前面是曹冲说"有个好办法", 空后面是曹操听了很高兴, 所以这个空一定是能承前启后地告诉曹操办法的内容; 第三题, 空后面船一点点往下沉是"结果", 所以空应该填"原因", 即把石头装上船; 第四题, 注意官员们后面都说"好办法", 说明他们知道了曹冲称象的原理; 第五题, 考查考生对复合句关联词"只要……, 就……"的掌握情况, 弄清前后的逻辑关系, 考生就不难找出答案。

**例 题**

一股红潮从东方卷起, 黎明的东方即刻染成了半天血色。这可不是旭日东升时烧红的彩云, 这是一场人类与动植物的大劫难……

"森林起火啦!起火啦……"听到这样的呼喊, 我用心惊肉跳来形容一点儿也不过分。1._____, 惊慌失措。大火发起狂来, 一夜之间就可使千万棵大树化成灰烬, 谁说不怕那才是说瞎话。"水火无情", 谁敢说个"不"字!

我刚到林场两天, 在睡梦中听到有人喊: "森林起火啦!"我如被烫了一样跳起, 听到森林武警和护林民兵的紧急集合哨在黎明的山林里"嘟嘟"吹响!远处的浓烟笼罩了森林, 近处的大火吞噬着森林。山火奔跑的脚步声, 2._____!

在森林大火迅速燃烧中, 几乎所有的野兽和家畜家禽, 3._____, 在火中丧生。可是, 有一桩奇事让人们吃惊不小。人们看到狼在嚎叫中集结。集结成群后, 一只大红公狼带领大伙儿, 4._____!当时人们误以为, 它们有可能是感到末日来临, 用集体自杀的壮举到火神安排的天国里去。然而, 大火过后人们看到, 5._____, 都在大火中变成了焦尸, 唯有狼群在烈火中逃生。它们只是毛被烧短了, 蹄蹄爪爪烧伤了一些。这时人们才顿悟到狼的智慧。

A. 都是在大火追逐下顺风而逃

B. 火警会使所有的人目瞪口呆

C. 顶风逆火奔向大火燃烧的火场

D. 如同狂风卷大旗呼啦啦地作响

E. 许多野兽家畜和因惊慌而乱跑的人们

**答案是:** 1. B　　2. D　　3. A　　4. C　　5. E

回答这道题,重点要理解狼到底有什么智慧,它们为什么会做出反常的行为,最终谁被烧死了,谁逃生了,这些问题读清楚了,答案也就不难得出了。

第一题,空后面是"惊慌失措",所以考生要考虑是什么"惊慌失措",前面一定要有惊慌失措的主体,因为整段是在泛泛地谈火,所以选B;第二题,一定是对前面半句"山火奔跑的脚步声"的具体描述,只有D符合;第三题和第四题有一定难度,考生只有在读懂狼到底是怎么逃生的,才会知道到底谁"顺风而逃",谁"顶风逆火逃生",如果这两道题选出了答案,那么第五题也就很容易了,顺风而逃的被烧死了,而狼逆风跑虽然受了点伤,但都能成功逃生。所以最后几个空要反复阅读,理解文章主旨后再作答,而不要凭空臆断,草率选择。

## 三、模拟练习题

### 模拟练习一

**第71—80题:选句填空。**

第71—75题

爷爷对孙子们说:"71._____。"他用一块黄金做奖品,测验两个孙儿的"知人之明"。他说:"你们去调查一下邻村的胡麻子是 个好人,还是一个坏人,谁能得出正确的答案,这块黄金就是谁的。"

两个年轻人心里想:这还不容易?他们轻轻松松地出去,高高兴兴地回来。两人望着爷爷放在桌上的金块,都是一副志在必得的样子。

爷爷闭目静听长孙给出的答案。长孙很有把握地说:"胡麻子是坏人,72._____,而地保对本村每个人的行为了如指掌。"

"不对,"爷爷摇头,"那地保是个坏人,坏人口中的坏人,说不定是个好人,因为坏人总是党同伐异,排斥君子。"

次孙听了,信心倍增,立刻接过来说:"爷爷,73._____。我专程去拜访过他们的村长,村长连声说,这个人很好,好人一个。"

爷爷又轻轻摇摇头：“也许，可是未必。那村长一向老实怕事，74._____。他口中的好人，说不定是个坏人。”

两个孙子急了：“到底胡麻子是好人还是坏人呢？”爷爷睁开眼睛，微微一笑，伸手抓起金块，放回箱中。“这要靠你们自己去找答案。75._____，黄金就会在你们手中。”

A. 因为邻村的地保说这人很坏很坏

B. 没有褒贬善恶的勇气

C. 我看胡麻子是个好人

D. 你们什么时候有了这种能力

E. 做人最要紧的学问是分辨好人与坏人

第76—80题

从前有位善良的富翁，他要盖一栋大房子，他特别要求建造房子的师傅，76._____，使贫苦无家的人，能在下面暂时躲避风雪。房子建成了，果然有许多穷人聚集在房檐下，他们甚至摆摊子做起买卖，并生火煮饭。嘈杂的人声与油烟，使富翁不堪其扰。不悦的家人，也常与在房檐下的人争吵。

冬天，有个老人在房檐下冻死了，大家都骂富翁不仁。

夏天，一场飓风，别人的房子都没事，富翁的房子因为房檐太长，居然被掀了顶。77._____。

重修屋顶时，78._____，因为他明白：施人余荫总让受施者有仰人鼻息的自卑感，79._____。

富翁把钱捐给慈善机构，并盖了一间小房子，所能荫庇的范围远比以前的房檐小，但是四面有墙，是栋正式的房子。许多无家可归的人，80._____。

A. 结果自卑变成了敌对

B. 人们都说这是恶有恶报

C. 把房子四周的房檐建得加倍的长

D. 都在其中获得暂时的庇护

E. 富翁要求只建小小的房檐

新汉语水平考试教程（六级）

**第71—80题：选句填空。**

**第71—75题**

我曾仔细观察过蚂蚁这种神奇的小生物，发现它有一套简单、实用的生存哲学。正是这一套哲学让蚂蚁家族永远繁荣昌盛、生生不息。71._____。

第一重：永不放弃。如果我们试图挡住一只蚂蚁的去路，它会立刻寻找另一条路：要么翻过或钻过障碍物，要么绕道而行。总之，不达目的不罢休。

第二重：未雨绸缪。72._____。刚一入夏，蚂蚁就开始储备冬天的食物。这样在万物凋敝的冬季，蚂蚁同样可以丰衣足食。

第三重：满怀期待。整个冬天蚂蚁都憧憬着夏天。在严冬中，蚂蚁们时刻提醒自己严寒就要过去了，73._____。即便是少有的冬日暖阳也会吸引蚂蚁们倾巢而出，在阳光下活动活动筋骨。一旦寒流袭来，它们立刻躲回温暖的巢穴，74._____。

第四重：竭尽所能。一只蚂蚁能在夏天为冬天做多少准备？答案是全力以赴地工作。

75._____：永不放弃、未雨绸缪、满怀期待、竭尽所能才是成功的关键。

A. 整个夏天蚂蚁都在为遥远的冬天做准备

B. 等待下一个艳阳天的召唤

C. 温暖舒适的日子很快就会到来

D. 小小的蚂蚁用实际行动告诉我们

E. 我管这套哲学叫作蚂蚁四重奏

**第76—80题**

我经常埋怨风，埋怨雨，而且理由充分。虽然这不过是很平常的风，很平常的雨，但因为它们给自己的出行带来了不便，甚至在我眼前制造出某种可怕氛围，76._____。

但有一个雨天，我见到一位气象学家，他对我只因为雨天给我带来小小的不便就如此愤懑很不理解。

他问我："你有没有见过台风？"我摇头。77._____，我并没有亲历过。"每个人都在诅咒台风给人类带来的破坏。可是，如果没有台风，你知道这个世界会怎样吗？"我还是摇头。"那好，我告诉你。"气象学家说，"如果没有台风，全世界的水荒会更严重。78._____。如果没有台风，地球上的冷热会更不均衡。日照最多的赤道地区全靠台风来驱散热量，否则，热带会更热，寒带会更冷，而温带将不存在……"

因为无知，因为短视，我只知道风会吹乱我的头发，79._____，却没想到比这暴虐一千倍的台风却是人类生存的必须！

如同世上没有一条路总是一马平川，80._____。尽管台风让人防不胜防，但是，在埋怨之前，一个人只要能够想想"如果没有台风，世界将会怎样？"那么，想过之后，他一定会更心平气和，更接近真理，也更懂得他生活的世界。

A. 只知道雨天出门要多带一把雨伞

B. 我责怨起来总是底气十足、振振有词

C. 世上也没有一个人可以随心所欲

D. 摧枯拉朽的台风

E. 台风可以为人类提供大量的淡水资源

## 模拟练习三

**第71—80题：选句填空。**

第71—75题

从前，有个人种了一棵果树。很快，果树上就长满了绿叶，开出了雪白的小花，71._____。

花谢以后，树上结了几个小果子。小果子好像每天都在长大，那个人每天都非常高兴，每天都要去看几次。

有一天，树叶上出现了一些小虫子，72._____，那些小虫子也越发多起来。

一个邻居经过的时候看见了，赶紧对他说："叶子上生虫子了，好在发现得早，还来得及，你赶紧想办法治治，73._____。"

那个人听了邻居的话很生气，他说："有什么大惊小怪的？不就是几条虫子吗？还用得着治？再说了，我要的是果子，又不是虫子。别人看了都没说什么，74._____，你是不是看我的果子长得好，心里嫉妒呢？"

邻居又尴尬又生气，说道："果树生虫子就结不出好果子，75._____。我只是好心提醒你而已，你不听就算了。"

没过几天，叶子上的虫子更多了。小果子逐渐变黄变干，一个一个都落下来了。

A. 这么浅显的道理你都不懂

B. 而且随着果子的生长

C. 唯独你那么紧张

D. 否则你的果树就不行了

E. 整棵果树看上去分外美丽


第76—80题

数据库营销是要建立全面的客户评价体系,实现客户的差别化定价,增强营销的灵活性,提高市场竞争力。建立健全科学、高效的分级授权体制,76._____,根据客户的综合贡献度、经营状况、资金成本和风险等级等要素,给予客户相适应的利率待遇。利用价格手段,培育核心客户群体,发展优质客户群体,巩固基础客户群体,推动客户结构的优化,77._____。

目前,国内银行对客户的评判只停留在静止、片面、主观水平上,不能对客户做出动态、全面、客观的评价和准确、高效的选择。78._____,由于没有对客户的贡献度的分析,具有最大交易的客户,被视为一般客户来对待,结果造成优秀客户的流失。数据仓库的建立将结束这一尴尬局面,它使现有的分散的无关联的信息变成集中的有关联的信息,通过数据分析和处理,79._____。

数据仓库的建立有利于转变传统经营理念,80._____,不断拓展市场,发展业务。


A. 提高优质客户的忠诚度和满意度

B. 真正做到以客户为中心

C. 例如在银行卡业务方面

D. 依据客户评价体系

E. 可直接用于客户关系管理和市场营销


## 模拟练习四


### 第71—80题:选句填空。

第71—75题

在中国,71._____,后人把这种文字称为“甲骨文”。但乌龟壳和兽骨的数量毕竟有限,故仍不能广泛普及。于是,人们又找到了来源更广泛的竹子或木头,在上面书写,但又遇到了使用不方便的难题。为此,人们又开始在丝织品上写字,这样使用起来就方便多了,但丝织品的价格极其昂贵,72._____。因此,人们迫切需要一种使用起来既方便又廉价的书写材料,于是,纸便被发明了。

蔡伦,中国造纸术的发明者,生于湖南桂阳。

73._____,蔡伦耗尽半生精力,他派人广泛搜集民间流传的造纸方法,然后翻来覆去进行论证和分析,选取其中合理的工艺,合并其中相同的工序,74._____,经过无数次的实验,终于发明了造纸术。

他的方法是将树皮、破布、旧渔网一类的东西加水煮,然后捣烂,再放在水中做成纸浆,最后将纸浆放在细竹帘子上摊成薄片,漏掉其中的水分,晒干后就变成了纸。蔡伦用这种方法做成的纸,既平整,又轻薄,而且成本很低,因此深受人们的欢迎,很快得到推广。75._____,并利用宫廷作坊的财力、物力进行实验,整理确定了整个造纸工艺。

A. 一般老百姓只能望而却步

B. 文字最初是刻在乌龟壳或野兽的骨头上的

C. 为了造出物美价廉的纸张

D. 设计可行的制作方案

E. 蔡伦的最大贡献正是在于他总结了民间造纸的技术

第76—80题

懂得感恩的人,往往具有谦逊的品德,是有敬畏之心的人。对待比自己弱小的人,知道要鞠躬行礼,便是属于前者;76._____,便是属于后者。因此,哪怕是比自己再弱小的人给予自己的哪怕是一点一滴的帮助, 我们也不敢轻视、不能忘记的。跪拜在教堂里的那些人,望着从教堂彩色的玻璃窗中洒进的阳光,是怀着感恩之情的。

恨多于爱的人,77._____。心里被怨愁怨恨胀满的人,就像是被雨水淹没的田园,很难再吸收新的水分,便很难再长出感恩的花朵。

不懂得忏悔的人,一般也容易缺乏感恩之情。道理很简单,这样的人,往往自以为是,一切都是他对,他历来都没有错,对于别人给予他的帮助,特别是指出他的错误、弥补他的过失的帮助,他怎么会在意呢?不仅不会在意,78._____,是当面让他下不来台呢。

财富过大并钻进钱眼里出不来79._____,一般更容易缺乏感恩之情。因为这样的人总觉得他们是施恩于别人的主儿,别人怎么会对他们有恩且需要回报呢?这样的人,目中无人,习惯于昂着头走路,蔑视一切,别说鞠躬或磕头感恩于人了,即使叫他弯下腰、蹲下身来也是不可能的。

虽说大恩不言谢,施恩不图报,80._____,对你需要感谢的人,一定要把感恩之意说出来,把感恩之情表达出来。那不仅是为了表示感谢,更是一种内心的交流。在这样的交流中,我们会感到世界因此而变得格外美好。

A. 而且还可能会觉得这样的帮助是多余的

B. 但是感恩一定不要仅发于心而止于口

C. 感受上苍懂得要抬头仰视

D. 一般容易缺乏感恩之情

E. 和权力过重并沉溺权力欲出不来的人

## 模拟练习五

**第71—80题：选句填空。**

第71—75题

楼兰古城遗址位于新疆罗布泊西岸，西北距库尔勒市350千米，西南距若羌县330千米。

2000多年前，塔里木河与孔雀河由西向东流出沙漠，经过楼兰城注入罗布泊。那时，71._____，田地肥沃，楼兰城成为汉代张骞出使西域开通丝绸之路两条线路的必经之地，汉使、商旅往来频繁，一派"七里十万家"的繁荣景象。然而，到了公元330年前后，这里城郭巍然，而人烟却已断绝。公元400年，高僧法显途经此地，楼兰已经"上无飞鸟，下无走兽，遍及望目，唯以死人枯骨为标识耳"。从此，72._____。

有关楼兰古城消亡原因的探讨有多种研究成果，73._____：由于孔雀河改道，塔里木河断流，其下游的楼兰地区水源枯竭，居民的生计难以维系，纷纷离开故土，古城由此消亡。

2002年，中国国土资源航空物探遥感中心的何宇华、孙永军通过卫星遥感图像对楼兰古城地区古河道分布状况进行环境地质解译，74._____，且存在堰塞湖。

基于这一发现，两位学者推测楼兰古城最终消亡的原因是由于其上游发生滑坡崩塌后堵住了河水，75._____。

A. 发现古城所在地上游有两处滑坡

B. 一种被多数人认同的说法是

C. 致使楼兰古城因断水而被遗弃乃至消亡

D. 这里的河流两岸水草丰美

E. 楼兰古城在历史舞台上悄无声息地消失了

第76—80题

活字印刷术发明之前，我国从唐代开始就已经推广应用的雕版印刷术比起以前的手写传抄手段不知要节省多少人力和时间,76._____,是一个巨大的革命。雕版印刷术到宋代普遍发展,大大地丰富了人们的文化生活,对于继承和发扬中国的学术传统,起了重要的推动作用。

但是,雕版印刷必须一页一版,有了错字难以更正,如果刻一部大书,要花费很多时间和木材,不仅费用浩大,77._____,管理起来也有一定的困难。而在雕版印刷术的基础上发明的活字印刷术则可以解决这些矛盾,进一步提高印刷效率。

活字印刷术就是预先制成单个活字,78._____,捡出所需要的字,排成一版而施行印刷的方法。采用活字印刷,一书印完之后,版可拆散,单字仍可再用来排其他的书版。这个方法直到现在也是生产书籍、报纸、杂志的方法之一。

活字印刷术在今天已经发展到高度机械化的程度,79._____。活字印刷术是在雕版印刷术的基础上出现的,是中国人首先发明的,后来由中国直接或间接地传到世界各地。80._____。

活字印刷术是11世纪中期,由我国的毕昇发明的,是先用木、后以泥为原料制成活字,这是世界上最早的印刷术。

A. 是现代文化的一根主要支柱

B. 而且储存版片要占用很多地方

C. 对于书籍的生产和知识的传播来说

D. 然后按照付印的稿件

E. 拉丁文字的活字印刷术就是在此影响下出现的

# 四、模拟练习题参考答案

## 模拟练习一

**参考答案:**

| | | | | |
|---|---|---|---|---|
| 71. E | 72. A | 73. C | 74. B | 75. D |
| 76. C | 77. B | 78. E | 79. A | 80. D |

## 模拟练习二

**参考答案:**

| | | | | |
|---|---|---|---|---|
| 71. E | 72. A | 73. C | 74. B | 75. D |

| 76. B | 77. D | 78. E | 79. A | 80. C |

## 模拟练习三

参考答案：

| 71. E | 72. B | 73. D | 74. C | 75. A |
| 76. D | 77. A | 78. C | 79. E | 80. B |

## 模拟练习四

参考答案：

| 71. B | 72. A | 73. C | 74. D | 75. E |
| 76. C | 77. D | 78. A | 79. E | 80. B |

## 模拟练习五

参考答案：

| 71. D | 72. E | 73. B | 74. A | 75. C |
| 76. C | 77. B | 78. D | 79. A | 80. E |

## 一、题型分析

阅读的第四部分,共20题。这一部分提供若干篇文字,每篇文字有几个问题,考生要从四个选项中选出答案。

这部分阅读题题量很大,也是整个阅读部分的重点。考生在每读完一段文章后要回答几个问题,问题的类型大致可以分为五种:主旨大意题、细节性问题、态度性问题、词汇性问题、推断性问题,下面我们就简要分析一下这五种题型的特点及解题思路。

### (一) 主旨大意题

顾名思义,主旨大意题就是要求考生找到一篇文章的中心思想,命题形式一般有:直接问文章的中心思想,问段落主题和问文章的写作目的等。抓主题句是概括中心思想的一个最常见的方法。它通常以判断句的形式出现,常出现在文章的第一段首句、末句和全文末句。对于那些没有明显篇章主旨的文章,可以采取综合各段主题句的方法得出文章的主旨。

### (二) 细节题

细节题在阅读理解题中占很大比重,比较简单,是考生容易得分的部分,考生应该争取全部答对这些细节性考题。细节题多涉及人物、地点、原因、数字等具体的内容。此类题的出题形式可以用一个公式来表示:题干+选项=原文中的一句或两句,即题干和选项在意义上等于原文中的某一部分内容,只是用了不同的表达方式。解这类题时,要找出线索词(题干中的重要信息点),然后运用查读的方法找出线索词在文中的位置,以及包含试题所涉及信息的一段文字,最后根据这些句子或短语做出正确选择。

### (三) 词汇题

词汇题主要测试考生对阅读文章中关键词和关键句的理解能力,词汇题会涉及很多超纲词汇。做这类题时，考生需要注意以下两点：1. 要利用上下文的同义关系、反义关系的词语和构词知识，通过寻找字里行间的线索进行分析并大胆猜测，最后确定正确的含义。2. 要特别注意新词汇和短语的引申义。有不少词或短语考生也许见过或认识，但这些词或短语的意义在新的背景或上下文中可能与原意不同，或者有进一步的引申。这就需要考生具有一定的阅读理解能力，才能确定一个词或短语的确切含义。

### （四）态度性问题

这类问题主要考查学生是否了解文章作者或文中某人对某事物所持的观点、态度或情感倾向。回答这种题目要辨别清楚文章的文体：1. 议论文中，文章的主题句处一般暗示作者的态度，考生要琢磨作者所用词汇的含义，弄明白作者的态度是赞成还是反对，是肯定还是否定。2. 说明文，因为其体裁的客观性，作者的态度也往往采取中立。3. 描叙性文章中，文章的观点不直接提出，考生在读这种文章时要注意捕捉暗示情感态度的词或短语。考生应熟悉表示态度性问题的词。表示态度性问题的词可分为褒义词、贬义词和中性词。同学在平时学习的过程中也要注意对汉语词汇感情色彩的把握。

### （五）逻辑推理题

有时根据上下文提供的线索或其他方法，仍不能得到答案，就可以利用语法和逻辑的规则来推断。这类题具有较大的难度。要求考生在理解原文的基础上，根据文章上下文的暗示与线索进行综合分析，然后得出推论。因此，考生必须以原文内容为依据或前提，切忌无根据地随意地猜想或凭空推断，把自己的观点当成作者的。

## 二、答题技巧及例题精解

这部分阅读题由若干篇题材、体裁、长度、难易不同的阅读材料组成。每一篇材料后面都有若干个问题，要求考生能快速阅读，并根据内容选择唯一恰当的答案。

整个阅读部分标准用时45分钟，但要回答50道题。而这部分问题更是题量大，时间短，考生要在最多20分钟以内读完五六篇文章并且要回答每篇文章后相应的题目，所以提高阅读速度，掌握答题技巧很重要。下面我们介绍一下这部分考题的答题技巧。

### （一）解题步骤要合理

阅读理解的解题步骤有两种方法：一是先看文章，再看问题，最后解答；二是先看问题,再看文章,最后解答。一般来说,先读文章,能较好地把握文章主旨和大意。遇到文章较短,问题较多,难度较大的情况时,可以采用先读文章的解题步骤。先读题目,可以更准确有效地回答具体事实细节和词汇类题目。遇到文章较长,问题较少,难度不大的情况时,可以采用先读问题的方法,这样可以节省很多时间。究竟采用哪种方法,要根据个人实际情况确定,做到因人而异,因题而异。

### (二) 文章结构要摸清

作者为了把文章的主题表达清楚,必须遵循基本的写作原则,所以如果考生掌握文章的篇章结构,阅读速度会更快,理解会更深,做题的准确率也会更高。掌握文章的结构特点主要在于掌握以下几个方面:

第一,抓住主题句。一般来说,主题句会出现在文章或段落的开头处、结尾处或是中间,大部分主题句是在文章或段落的开头。

第二,找衬托性细节。细节是用来支持中心思想的,它会以多种形式出现,例如举例子、下定义、做比较、类比、比喻等。

第三,读信号词。阅读时,如果你善于发现并利用文中的信号词,可以更好地理解文章的脉络。常见的信号词有:一,顺承信号词,如"然后""后来""另外""先""再""最后"等,这类信号词通常暗示前后两个部分之间内容连续,相辅相承。二,转折信号词,如"然而""但是""可是""相反""但"等等,这类信号词一般指两个部分之间内容相反。三,总结信号,词,如"总之""最后""可见""综上所述""总体上说""最终"等等,这类词表明后面是作者要总结的话。抓住这些结构词,可以掌握文章的走向。

### (三) 速度、准确两不误

阅读速度是衡量阅读能力的一个指标,但是这并不是说考生只要能一目十行,读得越快就越好。如果只图读得快,却对文章的内容不知所云,这种速度是毫无用处的。对于考生来说,最重要的是要解决速度与准确性之间的矛盾,如何提高阅读速度呢?

首先,考生要克服一些影响阅读速度的不良习惯,如:1. 指读,即用手指、笔指着文章,一个字一个字地读;2. 阅读时头部跟着每行摇动;3. 出声读,即读文章时必须把文字读出来才能理解,而不是直接将文字转化成意思译读。

其次,考生在平时阅读训练时,应该要求自己在规定的时间内完成一定量的任务,不要在某一道题上过多地浪费时间,这样可以培养考生在考试中合理分配时间的习惯。

再者,考生应养成较好的阅读习惯,例如阅读时要把视线集中在句中,避免眼球的左右移动,还要注意按照句群来读,不要一字一字地读,这些习惯有助于提高阅读速度。

### (四)正确识别指称的含义

准确理解代词的指代关系,有助于弄懂文章内容,为做出正确判断打基础。文章为避免重复,经常使用一些具有指称意义的代词,如"他""她""它""这个""那个""之""此"等;另外,还有一些短语,如"刚才提到的""如上所述"等等。我们要弄清这些表示指称意义的词或短语到底指什么。

### (五)不要死抠语法

答题时,注意力应放在对语篇的理解和把握作者的意图上,直接理解原文。在大多数情况下,不必逐字逐句地分析或翻译。如果遇到很长的难句,不必去分析它的语法结构,可以快速读过,通过上下文对其进行理解,然后再做整体考虑。千万不要只为某个较难的句子纠缠不休,无谓地浪费时间。

### (六)遇到难题先跳过

考生遇到很难的棘手的问题或主旨题,可以暂且留下,等其他题做完后再解答。待其他题做完再返回来时,你或许会恍然大悟,这是由于通过解答其他题目,你对文章的整体有了更好的了解,就能比较容易地找出正确答案了。

下面我们通过一些实例来看一下解答这部分阅读题的方法。

**例 1**

阅读后回答第1—4题。

对于普通双排5座轿车而言,应该把哪个座位留给客人才是最有礼貌的做法呢?专家表示,在社交应酬中,如果是主人自驾车陪客人出去游玩,那么副驾驶座就是最有礼貌的座位。(第1题)而在公务接待中,副驾驶座后面的座位是最礼貌的座位。公务接待时,副驾驶座被称为"随员座",一般是翻译、秘书的位置,让客人坐在这里是不礼貌的。

除了礼仪上的考虑,多数人更关心的是,车里哪个座位最安全。其实,坐在哪个位置,安全都是相对的。交通管理部门曾经资助一个专家小组专门研究这个问题。(第2题)研究通过事故调查分析和实车检测后得出结论:坐在后排座正中间的乘客相对最安全。

分析结果显示，出车祸时，车内后排乘客的安全指数比前排乘客高出至少59%；(第3题)如果后排正中间的位置上有乘客，那么车祸时他的安全指数比后排其他座位的乘客高25%。这是因为与其他座位相比，后排正中间的位置与车头和左右两侧的距离最大，撞车时这个位置受到的挤压相对较轻。

如果不喜欢坐在中间位置，那么坐在司机后方也是不错的选择。但是研究人员强调说，保障安全的前提是车上所有人员都要系上安全带，否则再安全的汽车也无济于事。(第4题)

1. 自己驾车时，把哪个座位留给客人是最礼貌的？
   A. 副驾驶座
   B. 驾驶座后座
   C. 后排正中间
   D. 副驾驶座后座
2. 交通管理部门资助的项目，研究：
   A. 怎样降低交通事故发生率
   B. 应该把哪个座位留给客人
   C. 小汽车里哪个位置更安全
   D. 小汽车里哪个位置最舒适
3. 后排座乘客比前排座乘客的安全指数高：
   A. 9%
   B. 25%
   C. 将近40%
   D. 超过50%
4. 根据上文，保障乘车安全最重要的是：
   A. 不疲劳驾驶
   B. 系好安全带
   C. 规定乘车人数
   D. 选择安全座位

答案：1. A　　2. C　　3. D.　　4. B

这篇是关于汽车乘坐礼仪和安全常识方面的文章。大家可以先看题，从题目的问题出发回头去文章中找答案，这样速度会更快。

## 例 2

**阅读后回答第1—4题**

一个年轻人获得了一份销售工作，勤勤恳恳干了大半年，却接连失败。而他的同事，个个都干出了成绩。他实在忍受不了这种痛苦。在总经理办公室，他惭愧地说，可能自己不适合这份工作。"安心工作吧，我会给你足够的时间，直到你成功为止。到那时，你还要走，我不留你。"老总的宽容让年轻人很感动。他想，总该做出一两件像样的事之后再走。

过了一年,年轻人又走进了老总的办公室。这一次他是轻松的,他已经连续7个月在公司销售排行榜中高居榜首。(第1题)原来,这份工作是那么适合他!(第3题)他想知道,当初老总为什么会继续留用自己呢。

"因为,我比你更不甘心。"老总的回答出乎年轻人的预料。老总解释道:"当初招聘时,公司收到100多份应聘材料,我面试了20多个人,最后却只录用了你。如果接受你的辞职申请,我无疑非常失败。我深信,既然你能在应聘时得到我的认可,也一定有能力在工作中得到客户的认可,你缺少的只是机会和时间。与其说我对你仍有信心,不如说我对自己仍有信心。"(第2题)

我就是那个年轻人。从老总那里,我懂得了:给别人以宽容,给自己以信心,就能成就一个全新的局面。(第4题)

1. 一年之后,年轻人:
   A. 当上了总经理　　　　　　　　B. 成为公司的销售骨干
   C. 被调到另一个部门工作　　　　D. 对自己的工作仍然没有信心

2. 老总当初为什么要留这个年轻人?
   A. 公司急需人员　　　　　　　　B. 客户欣赏年轻人
   C. 相信自己没有看错人　　　　　D. 年轻人有丰富的工作经验

3. 关于年轻人,可以知道:
   A. 是作者的朋友　　　　　　　　B. 适合销售工作
   C. 应聘了20多家公司　　　　　　D. 在这个公司工作了3年

4. 上文主要想告诉我们:
   A. 好领导能决定公司成败　　　　B. 成功离不开集体的支持
   C. 工作中要学会为人处事　　　　D. 自信和宽容成就新天地

答案:1. B　　　2. C　　　3. B　　　4. D

这是一篇具有人生哲理意义的文章。回答第1—4题,不但要找到文章中关于问题的事实,还要理解故事的中心思想,这样回答第3—4题就不会有困难。

例 3

阅读后回答第1—4题

1864年,杨全仁从山东到北京做鸡鸭生意,由于他聪明勤快,加之平时省吃俭用,在生意红火的同时,原始积累也越来越多。一天,杨全仁在前门外看到一家叫"德聚全"的干果铺要转让,便毅然将其买了下来。有了自己的铺子,起个什么字号好呢?于是,杨全仁请来一位风水先生商议。那位风水先生看了店铺之后,对杨全仁说:"鉴于以前这间店铺甚为倒运,晦气难除。现在你除非将'德聚全'的旧字号颠倒过来,即改称'全聚德',方可冲其霉运,踏上坦途。"(第1题)

风水先生一席话,说得杨全仁眉开眼笑,(第2题)因为"全聚德"这个字号正中他的下怀。一来他的名字中有一个"全"字,二来"聚德"就是聚拢德行,可以向世人表明自己做生意讲德行。于是,他果断将店铺的字号定为"全聚德"。

杨全仁改"德聚全"为"全聚德",变干果铺为饭庄,主营北京烤鸭,兼营酱卤菜和炒菜。精明的他深知要想生意兴隆,就得有好厨师。当得知专为宫廷做御膳挂炉烤鸭的金华馆内有一位姓孙的老师傅,烤鸭技术十分了得时,他就千方百计与其套近乎、交朋友,经常一起饮酒下棋,相互间的关系越来越密切。后来孙师傅终于被杨全仁说动,在重金礼聘下来到了"全聚德"。

孙师傅来到"全聚德"之后,便把原来的烤炉改为炉身高大、炉膛肚大、一炉可烤十多只鸭子的挂炉,这样还可以一面烤,一面往里面续鸭。(第3题)经他烤出的鸭子,外形美观,丰盈饱满,鲜美酥香,肥而不腻,瘦而不柴,为"全聚德"烤鸭赢得了"京师美馔,莫妙于鸭"的美誉。

中华人民共和国成立后,"全聚德"成为国家外事活动宴请外宾的重要饭店。一次,周恩来总理在"全聚德"宴请外宾时,一位外宾好奇地问起"全聚德"三个字的涵义,周总理解释说:"全而无缺,聚而不散,仁德至上。"这一解释,精辟地概括了百年"全聚德"一贯的经营思想。"全而无缺"意味着"全聚德"在经营烤鸭以外,还广纳鲁、川、淮、粤等菜系,菜品丰富,质量上乘无缺憾;(第4题)"聚而不散"意味着天下宾客在此聚餐聚情,情意深厚;"仁德至上"则集中体现了"全聚德"人以仁德之心真诚为宾客服务、为社会服务的企业理念,这也正是"全聚德"的商魂所在,也是它被誉为"中华第一吃"的根本原因。

1. 风水先生的建议是:

  A. 经营烤鸭     B. 转让店铺

  C. 改变字号     D. 请好的厨师

2. 第2段中"正中他的下怀"的意思是:

  A. 令他很有信心    B. 让他十分犹豫

  C. 非常合他的心意    D. 和他起的名字一样

3. 孙师傅对北京烤鸭做了哪方面的改进？

　　A. 工具　　　　　　　　　　B. 材料

　　C. 种类　　　　　　　　　　D. 经营方式

4. 周恩来总理对"全"的解释是：

　　A. 服务全面　　　　　　　　B. 菜系齐全

　　C. 最受欢迎　　　　　　　　D. 全心全意

答案：1. C　　　2. C　　　3. A　　　4. B

 这是一篇介绍"全聚德"这一中华老字号的文章，属于文化常识类文章。第1题，从原文中不难找到答案；第2题，考查考生对一些习惯用语的掌握程度，如果考生不知道"正中下怀"的意思，也可以通过杨全仁"眉开眼笑"知道是"非常合他的心意"的意思；第3题，考查考生的总结能力，孙师傅所做的都是在改进"工具"；第4题在原文中也能找到答案。

### 例 4

**阅读后回答第1—4题**

海葵勇于充当弱小动物的保护神，它柔弱的身躯里包裹着一颗火热的心。

生活在海洋中的海葵属于无脊椎动物大家族，它利用水流的循环来支持柔软的囊状身体。海葵身躯的上端是圆盘状的口，周围长满柔软的触手。触手有奇异的色彩，犹如海底绽放的菊花。

海葵的体壁和触手上长满了有毒的倒刺，暗藏杀机的倒刺一旦受到刺激，便迅速刺中对方并分泌毒液，致其麻痹。(第1题)海葵就是以这种办法自卫或摄食。

然而，海葵却以少有的宽容大度，收留和保护双锯鱼。双锯鱼因形态酷似马戏团中的小丑，又名小丑鱼。小丑鱼体态娇小、柔弱温顺，缺乏有力的御敌本领，是大海社会中的弱势群体。于是，海葵就利用自身的毒刺充当保护伞，为小丑鱼提供安全保障。

小丑鱼之所以不怕海葵触手的毒，是因为海葵的无私帮助。海葵成百上千的触手一起随波逐流，难免彼此触碰。为避免毒刺误伤友军，海葵的身体表面便分泌一种黏液给刺细胞传达指令：凡遇有这种黏液的都是自己人，不要"开火"。当小丑鱼还是幼鱼时，就凭借嗅觉和视觉找到海葵，海葵则任由小丑鱼吸收自己触手分泌的黏液。小丑鱼等到自己全身都涂满了黏液后，就可以在海葵的保护下自由自在、无忧无虑地生活了。

春潮水暖,暗礁上迎来了小丑鱼生育的季节。海葵和小丑鱼父母一起迎来了新一批宝宝,海葵保护着小丑鱼妈妈产下的成千上万的卵,(第2题)这样无欲无求,一代又一代地辛勤工作着,承担保护刚孵化出来的小丑鱼的责任。

当然,小丑鱼也是知恩图报的客人。当海葵依附在岩礁上时,小丑鱼会在海葵漂亮的触手丛中游动,这自然会引诱其他海洋小生物上钩,为"<u>房东</u>"带来食物。(第3题)平时,小丑鱼会捡食海葵吃剩的食物,担负起清洁打扫的工作,为海葵除去泥土、杂物和寄生虫。当海葵遭遇克星蝶鱼侵犯时,小丑鱼就会挺身而出,对蝶鱼展开猛烈地攻击。虽然二者个头悬殊,但凭着勇敢顽强,小丑鱼往往会将蝶鱼打得落荒而逃。

1. 海葵用什么保护自己?

    A. 毒刺                B. 黏液

    C. 气味                D. 颜色

2. 根据上文,下列哪项正确?

    A. 小丑鱼会分泌黏液         B. 小丑鱼比蝶鱼个头大

    C. 海葵会帮助小丑鱼捕食       D. 海葵保护了小丑鱼的卵

3. 最后一段中画线词语"房东"指的是:

    A. 蝶鱼                B. 海葵

    C. 双锯鱼             D. 小丑鱼

4. 上文主要介绍了:

    A. 小丑鱼的生活习性        B. 海葵和小丑鱼的关系

    C. 小丑鱼是怎样繁殖的      D. 海洋弱小动物的保护神海葵

答案:1. A     2. D     3. B     4. B

这是一篇科普类文章。第1题、第2题都能在原文中找到答案。第3题、第4题要通过对这篇文章的理解才能得出答案。这个题考查了考生综合理解能力和综合表达能力。

例 5

**阅读后回答1-4题**

许多人都有过无法集中注意力的苦恼,一件两三个钟头就能搞定的工作偏偏耗费了一整天时间。那么,怎样才能保持较高的注意力水平呢?科学研究发现,当大脑的前额叶皮层被合适的化学物质刺激时,注意力就会集中。(第1题)尤其是多巴胺这类"愉悦性化学物质"的水平升高,更能促使注意力集中。当多巴胺水平升高时,你的潜意识就会希望获得更多的它带来的美妙感觉,这促使你更专注于正在做的事情。

所有人都会在某些因素影响下出现注意力减退的情况,这包括疲劳、压力、生气等内部因素和电视、电脑等外界诱惑。其中,睡眠不足是最为普遍的因素之一。因为睡眠不足时,人体内的供氧会受到影响,而氧气是制造那些化学物质的必需品。

为了赢回你的注意力,除了关掉闹钟,睡到自然醒以外,科学家们还发现了另外一招儿——吃零食。

如果你正在赶着去参加一个长时间的会议,那么,吃一点苹果、蛋糕之类的食物吧。这些食物会帮助你集中注意力,喝两口浓缩咖啡也是不错的选择。但是当心,过量的咖啡会过度刺激神经,从而分散你的注意力。

然而当注意力减退是由压力或生气引起时,吃零食可能就没那么有效果了。要应对这类注意力分散,最好的办法也许是马上开始有氧运动,(第3题)滑冰或仅仅轻快地走上两圈都行。任何运动都比坐在办公桌前拼命想着集中注意力效果更好,如果不具备运动的条件,那么就推开椅子站起来——这个简单的动作也会告诉你的大脑是时候清醒并警觉一下了。

1. 根据上文,注意力集中的原因是:
   A. 产生饥饿感　　　　　　　B. 受到外界诱惑
   C. 多巴胺水平降低　　　　　D. 大脑被某些化学物质刺激

2. 第3段中"睡到自然醒"的意思主要是指:
   A. 早睡早起　　　　　　　　B. 睡眠充足
   C. 按时起床　　　　　　　　D. 睡前少吃东西

3. 根据上文,对付因压力引起的注意力减退的办法是:
   A. 有氧运动　　　　　　　　B. 保证睡眠
   C. 安静地思考　　　　　　　D. 吃苹果等零食

4. 最适合做上文标题的是:
   A. 消除你的苦恼　　　　　　B. 赢回你的注意力
   C. 培养你的好习惯　　　　　D. 提高你的工作效率

答案:1. D　　　2. B　　　3. A　　　4. B

## 三、模拟练习题

### 模拟练习一

**第81—100题:请选出正确答案。**

第81—84题

从前有个悲惨的少年,他10岁时母亲因病去世,父亲是个长途汽车司机,经常不在家,也无法满足少年正常的需求,因此,少年自母亲过世后,就必须自己学会洗衣服、做饭,并照顾自己。然而,命运并没有特别关照他,当他17岁时,他的父亲在工作中不幸因车祸丧生,从此少年再也没有亲人了。可是,噩梦还没有结束,当少年开始独立养活自己时,却在一次工程事故中摔断了左腿。然而,一连串的意外与不幸,反而让少年养成了坚强的性格,他独立面对随之而来的生活的不便,也学会了使用拐杖,即使不小心跌倒,他也不愿请求别人帮忙。最后,他将所有的积蓄算了算,正好足够开一个养殖场,但命运似乎真的存心与他过不去,一场突如其来的大水,将他最后的希望都夺走了。少年终于忍无可忍了,他怒气冲天地责问上帝:"你为什么对我这样不公平?"上帝听到责骂,满脸平静地反问道:"哦,哪里不公平呢?"少年将他的不幸一五一十地说给上帝听。上帝听了少年的遭遇后说:"原来是这样,你的确很凄惨,那么,你干吗还要活下去呢?"少年听到上帝这么嘲笑他,气得颤抖地说:"我不会死的,我经历了这么多不幸的事,已经没有什么能让我感到害怕,总有一天我会靠我自己的力量,创造自己的奇迹。"上帝这时转身朝向另一个方向,并温和地说:"你看,这个人生前比你幸运得多,他可以说是一路顺风地走到生命的尽头的,不过,他最后一次的遭遇却和你一样,在那场洪水后,他失去了所有的财富,不同的是,他之后便选择了自杀,而你却坚强地活了下来。"

81. 少年在几岁的时候失去了所有的亲人?

    A. 10岁                            B. 17岁

    C. 很小的时候                D. 出生的时候

82. 少年为什么忍无可忍了？

    A. 因为他的父母都去世了        B. 因为他在工程事故中断了左腿

    C. 因为他不小心跌倒了           D. 因为他的养鱼场被洪水冲了

83. 少年面对这么多不幸是怎么做的？

    A. 自暴自弃                  B. 放弃自己

    C. 坚强地活了下来          D. 自杀

84. 少年为什么会有坚强的生命力？

    A. 因为他知道结果是美好的     B. 因为有人一直鼓励他

    C. 因为他的生命经历了磨难     D. 因为他有信念

第85—88题

这天早上，小和尚发现师父得到了6个馒头，大师兄也得到了6个馒头，只有他自己得到了4个馒头。

小和尚觉得太不公平了。师父得6个馒头，他没意见，可大师兄也得6个馒头，不是跟师父平起平坐了吗？不行，不行！

于是小和尚找到师父，也要6个馒头。师父说："你能吃下6个馒头吗？"小和尚大声说："能！我要6个馒头！"

师父看了看小和尚，把自己的馒头分了两个给小和尚。不久，小和尚就将6个馒头吃完了，他吃得很饱很饱。小和尚拍着肚子高兴地对师父说："师父，你看，6个馒头我都吃下去了。我能吃6个馒头，以后每天早上我都像大师兄一样要6个馒头！"师父微笑着看着小和尚，说："你是吃下去了6个馒头，但明天你要不要6个馒头，还是等会儿再说吧！"

一会儿，小和尚觉得肚子胀，口也渴，然后就去喝了半碗水。接着，小和尚的肚子比刚才更胀了，而且有点儿发痛。小和尚开始难受起来，根本没法像平时那样挑水扫地念经。

这时，师父对小和尚说："平时你吃4个馒头，今天你却吃了6个馒头，你多得到了两个，可是你却没有享受到这两个馒头的好处，相反，它们给你带来了痛苦，得到不一定就是享受。不要把眼光盯着别人，不要与人比，不贪不求，自然知足，自然常乐。"

85. 师父为什么给小和尚4个馒头而给大师兄6个馒头呢？

    A. 因为师父偏爱大师兄      B. 因为馒头不够了

    C. 因为师父考虑到了小和尚的食量  D. 因为师父不公平

86. 小和尚多吃的两个馒头给他带来了什么？

A. 快乐 B. 痛苦

C. 满足 D. 好处

87. 这个故事告诉我们，做人要怎样？

A. 要勇于与别人比较 B. 要敢于追求自己想要的东西

C. 要知足常乐 D. 要考虑周全

88. 你认为小和尚以后应该吃几个馒头？

A. 越少越好 B. 越多越好

C. 6个 D. 4个

第89—92题

有一年市射击队到省里参加汇报比赛，所谓的比赛其实就是供省队挑选人才而组织的比赛。当所有选手都比赛完之后，省队主教练将所有的靶纸收集起来，一张张地仔细端详。这时他发现了一张很有意思的靶纸，这张靶成绩并不理想，子弹大多偏离了靶心，但教练注意到一个有趣的细节：几乎所有的子弹都偏向同一个方向——右上方。这说明这位选手的技术动作肯定有大问题，但同时，非常集中的着弹点又说明射手的稳定性非常好，而稳定性对于一个射击选手来说是非常重要的。事后，那位选手出人意料地进入了省队，不久又进入了国家队，并且为中国奥运代表团实现了奥运金牌"零"的突破，他就是许海峰。

每个人都会有自己的缺陷，缺陷有时也有它的价值，发现一个人的缺陷并不难，但要从缺陷中发现他的独特的优势可就太难了。在现实生活中，一个优秀的人往往是优点与缺点一样突出，如果我们只是盯着他的缺陷，人才就会从我们手中溜走。发现人才不仅需要明察秋毫，更要独具慧眼。

89. 教练发现了一张很有意思的靶纸，"有意思"指的是什么？

A. 成绩不理想 B. 子弹大多偏离了方向

C. 子弹很集中 D. 子弹大多集中地偏向右上方

90. 这张有意思的靶纸说明了这位选手有什么特点？

A. 射击的成绩不理想

B. 射击的稳定性不好

C. 射击的技术动作有问题但是稳定性好

D. 射击的技术动作很好

91. 什么对于射击选手来说是非常重要的？

A. 技术动作 B. 稳定性

C. 准确率 D. 成绩

92. 这个故事告诉我们一个什么道理？

    A. 要尽量弥补自己的缺陷        B. 每个人都有自己的缺陷

    C. 要善于发现别人的缺陷        D. 要善于发现缺陷中的优势

第93—96题

    正式的书籍，是在两千多年前春秋战国时代出现的。起先，人们把文字写在竹片或木片上，这些竹片或木片叫作"简"或"牍"。把竹子、木板劈成同样长度和宽度的细条（一般5寸至2尺长），表面削平，在上面用刀子刻字或用漆笔写，每片可以写8到14个字。有的把简牍用麻绳、丝绳或者皮条串编起来，叫作"册"，也写作"策"。这个"册"字，像在几片竹简中间穿上绳索的样子。传说孔子因为勤奋读书，竟把这种穿册的皮条翻断了多次。

    这种笨重的书使用起来当然是极不方便的。据说，秦始皇每天批阅的简牍文书有120斤重。西汉的时候，东方朔给汉武帝写了一篇文章，用了3000片竹简。

    现在的书，不仅品种多，而且有的越来越小。"缩微胶卷"就是其中的一种。它是用照相机把书或者资料缩拍到胶卷上，一般缩到原书大小的1/48，使用的时候，通过阅读器可以放大到原来大小。其实这种缩微技术，早在19世纪普法战争的时候就使用过，当时法国的谍报人员把一份3000多页的情报缩拍在一张几寸长的胶片上，让信鸽带回了巴黎。

    缩微图书保存和使用都很方便，如果把1万种每种15万字的书放在一块，它的总重量大约有5吨，而缩微以后的胶片只有15公斤。

    科技在发展，书也在不断演变，它以越来越丰富的营养，哺育着勤奋学习的人们。

93. 什么是"简"或"牍"？

    A. 竹片                   B. 木片

    C. 写了字的竹片或木片        D. 用麻绳穿起来的竹片

94. "册"像几片竹简中间穿上绳索的样子，由此可以推断"册"是什么字？

    A. 形声字             B. 象形字

    C. 指事字             D. 会意字

95. 我们阅读时，缩微胶卷上的字是多大的？

    A. 原书文字的1/48 大       B. 原书的一半大

    C. 放大到原书大小         D. 比原书大

96. 文中法国间谍人员的情报写在了什么上面？

    A. 信纸上             B. 信鸽上

    C. 胶片上             C. 书上

什么是智力?有人说,智力的涵义包括聪颖、预见、速度,能同时应付很多事件。有人把智力定义为学习、做判断的能力和想象力。在现代文献中,智力常常指的是抽象思维的能力、推理的能力和整理信息的能力。还有人把智力表达得更简洁,说智力是做猜测,是发现一些新的内在秩序的"出色的猜测"。对许多人来说,智力就是你不知怎么办时,无计可施时,惯常的做法不奏效时,所需要的创新能力。

那么,人的智力是否高于其他动物的智力呢?这取决于脑的发达程度,脑只有外面那一层——大脑皮层——明显地与形成"新的联想"有关。而人的大脑皮层甚至比甜橙皮还薄,大约只有2毫米,仅相当于一枚一角硬币的厚度。人的大脑皮层布满了皱褶,但是如果把它剥离下来并将它展开,它的面积大约相当于4张打印纸。黑猩猩的大脑皮层只有1张打印纸那么大;猴子的大脑皮层像明信片那么大;老鼠的大脑皮层只有邮票那么大。因此,人的智力比动物的智力高很多。

97. 文中对"智力"做了几种解释?
 A. 一种
 B. 三种
 C. 四种
 D. 五种

98. 以下哪一项不是现代文献中智力的定义?
 A. 学习判断的能力
 B. 抽象思维能力
 C. 推理的能力
 D. 整理信息的能力

99. 人的大脑皮层有多厚?
 A. 和甜橙皮一样厚
 B. 大于2毫米
 C. 一元硬币的厚度
 D. 一角硬币的厚度

100. 为什么人的智力比动物的智力高?
 A. 因为人的大脑皮层比较薄
 B. 因为人的大脑比较发达
 C. 因为人的大脑皮层有褶皱
 D. 因为人的大脑皮层面积小

## 模拟练习二

**第81—100题:请选出正确答案。**

第81—84题

圆是人类用以表示吉祥好运的最古老的象征符号之一。圆没有起点也没有终点,所以象征着永恒。它是完整、完美和完全的标志。圆的象征意义很可能起源于"天圆地方"的理论,古时候,人们认为太阳围绕地球运转并且按照自东向西的方向运转,因此,我们的祖先很注意顺时针方向移动。至今,很多人相信按顺时针方向转三圈可以摆脱坏运气。

后来,人们开始相信邪恶的幽灵无法穿越一个圆圈,因为圆代表着一种比它们更强大的力量——太阳的力量。这一信念给人们带来了许许多多的吉祥象征物,包括各式各样的环形物和圆形图案,更不用说我们圣诞节期间挂在门上的花环。诸如马蹄铁状的吉祥护身符等也同样源自要把邪恶的幽灵诱捕其中的想法。开口处用作其入口有其重要意义,因为巫婆和其他邪恶的幽灵不能从圆圈中逃脱,自然也不能进入圆圈。

圆圈能抵挡邪恶幽灵的本领也导致产生了涂口红的习俗。古人认为邪恶幽灵会经过嘴进入人体内部,在嘴唇周围画一个红色圆圈就有可能挡住邪恶幽灵侵入人体。环状的耳饰也渐渐成为同样的吉祥护身符,因为它们的圆形能够保护耳朵眼。

81. 圆象征着什么?

    A. 起点和钟点           B. 永恒

    C. 事物的终结          D. 完美和完全

82. 关于圆的象征意义的起源,正确的是:

    A. 起源于"天圆地方"的理论,古人认为太阳围绕地球运转

    B. 来自月球围绕地球运转的轨道

    C. 来自人们对顺时针的关注

    D. 来自古代人们对圆的奇特偏好

83. 哪些不属于吉祥的象征物?

    A. 各种环形物         B. 圣诞节的花环

    C. 各式方形物         D. 马蹄铁状的护身符

84. 根据上文,不正确的是:

    A. 涂口红的习俗与圆的吉祥象征意义有关

    B. 环状的耳环也是吉祥身符

    C. 巫婆和恶魔能够逃脱圆圈的制约

    D. 顺时针方向转三圈有好运

第85—88题

汉语是中国汉族使用的语言。汉语历史悠久,在3000多年前就有了相当成熟的文字。

汉语是使用人数最多的语言之一,除中国大陆、中国台湾和中国香港、中国澳门外,新加坡、马来西亚等国也有相当一部分人使用汉语,分布在世界各地的几千万华侨、华裔,也把汉语的各种方言作为自己的母语。

汉语是中国人使用的主要语言,也是联合国的工作语言之一。汉语的标准语言是"普通话"(在中国台湾被称作"国语"),在新加坡、马来西亚等国被称作"华语"。普通话是现代汉族的共同语,它以北京语音为标准音,以北方话为基础方言,以典范的现代白话文作为语法规范。普通话为中国不同地区、不同民族人们之间的交际提供了方便。

中国地域广阔,人口众多,即使都使用汉语,各地区说的话也不一样,这就是方言。方言俗称地方话,是汉语在不同地域的分支,只通行于一定的地域。汉语目前有七大类方言:北方方言、吴方言、湘方言、赣方言、客家方言、闽方言、粤方言。其中,北方方言是通行地域最广,使用人口最多的方言。客家话、闽语、粤语还在海外的华侨中使用。

汉语方言十分复杂。各方言之间的差异表现在语音、词汇、语法三个方面,其中语音方面的差异最明显。在中国东南沿海地区就有"十里不同音"的说法。如果各地人之间都用方言说话,就会造成交际上的困难。

中国人很早就认识到,社会交际应该使用一种共同语。与"十里不同音"的方言相比,各地人都能听得懂普通话。因为讲普通话有利于各民族、各地区人民之间的文化交流和信息传递,所以中国政府十分重视推广普通话的工作,鼓励大家都学普通话。

85. 关于汉语,正确的是:

   A. 汉语是中国各族人民使用的语言  　B. 汉语的文字并不成熟

   C. 汉语的历史不太长  　D. 使用人数最多的语言之一

86. 下列哪些国家也使用汉语?

   A. 毛里求斯  　B. 东南亚国家

   C. 澳大利亚、新西兰  　D. 新加坡、马来西亚

87. 关于七大方言,正确的是:

   A. 海外华侨还使用吴方言  　B. 北方方言使用人口最多

   C. 滇方言也是七大方言之一  　D. 闽方言通行区域最广

88. 为什么推广普通话?

   A. 普通话最容易学会  　B. 方言之间的差异太小

   C. 有利于文化交流和信息沟通  　D. 东南沿海的经济发达

第89—92题

所谓发烧就是人体温度超过正常范围。人的正常体温在37℃左右浮动。较低的体温一般发生在凌晨,而下午的体温则通常要高一些。

身体不同部位所测得的温度也略有不同。直肠(体内)温度常常比皮肤(表皮)温度要高。口腔和腋窝温度基本上与实际体温相符,也更便于测量。

发烧通常与身体免疫系统受到刺激产生反应相关。发烧可以支持免疫系统战胜感染源,如病毒和细菌。这些物质对温度比较敏感,发烧可以使人体条件不利于病毒和细菌的繁殖。但是感染并非发烧的唯一原因,比如滥用安非他明也可以导致体温升高。环境性发烧也时有发生,如与中暑以及有关疾病相联的发烧。

人在发烧时是否要少吃或者不吃东西呢,就像老话所说的"感冒要吃,发烧要饿"那样?是的。原因有三,首先,发烧时,人体的所有器官都是在加剧的生理性紧张状态下发挥功能。这时,吃东西会在交感神经系统已经活跃的基础上进一步刺激副交感神经系统。其次,人体在发烧时可能将从肠胃吸收的物质误认为是过敏原。最后,在罕见的情况下,高烧会引起痉挛、虚脱和神志错乱,而最后一次饮食会加重病情。

发烧能够帮助人体战胜感染,但是有时体温过高会造成对身体的伤害。比如,如果体内温度超过了约41℃,会使蛋白质和身体脂肪直接受到高温的紧张性刺激,这对适应了正常体温变化和不太高的偶尔发烧的蛋白质合成及功能都是一个威胁。持续的高烧有可能引起细胞紧张、梗塞、坏死以及神经错乱。高烧还限制了下丘脑的感受功能。在下丘脑机能失常的罕见情况下,典型的后果是体温下降,而不是升高。

89. 较低的温度一般发生在什么时候?

    A. 午夜之前                 B. 上午10点左右

    C. 凌晨                          D. 傍晚之后

90. 下列哪些与发烧相关?

    A. 身体免疫系统受到刺激       B. 正确使用安非他明

    C. 口腔的温度升高            D. 发烧有利于病毒的死亡

91. 发烧为什么不能吃东西?

    A. 导致过敏原增多           B. 可能会加重病情

    C. 可能刺激消化系统         D. 不利于食物的消化

92. 下列哪些不属于持续高烧的危害?

    A. 细胞紧张                 B. 神经错乱

    C. 限制下丘脑的功能         D. 引起胃口不佳

第93—96题

当有人打喷嚏时,美国人几乎会条件反射地说出"上帝保佑你"。这一被认为是希望好运的习俗,与欧洲的一个古老的迷信有关。在欧洲的大部分地区,有一个古老的迷信,认为打喷嚏会将人的灵魂驱除人体。因此,"上帝保佑你"这一祝福语便被用作口头护身符,保护打喷嚏的人免于一死。还有一个迷信就是如果某人连打三个喷嚏都没有听到别人说"上帝保佑你",精灵就会赶来将他带走。

但有时候,这句祝福语也不是完全的必要。有一种推论认为,如果两个人同时打喷嚏,那这两个人就都将有非常好的运气。

世界上许多地方的人把打喷嚏视为幸运的预兆。新西兰的毛利人相信打喷嚏是将有创造之举的象征。根据他们的创世纪神话,当伟大的神提基打了一个喷嚏时,第一个人便被赋予了生命。在非洲的一些地区,打喷嚏被认为是身体被好的神灵接收了的标志。大多数印第安部落相信,打喷嚏表明大脑中的恶念被清除了。

这种迷信也可能源于一种侵袭了早期罗马人(大约公元150年)的严重痢疾,该疾病的主要症状就是打喷嚏。这种疾病严重得常常可以使人死掉。罗马人相信患病者得到的祝福越多,就越能减少死亡的可能。

而"上帝保佑你"是当时人们经常使用的祝福语。人们把它视为对身体好的祝福,于是用它来祝福那些打喷嚏的人。中世纪,欧洲蔓延黑死病,打喷嚏也是该流行病的症状之一, 当时人们也对打喷嚏的人表示祝福, 这便使这一习俗得以留传至今。对于希伯来人、希腊人、印度人和中国人来说,呼吸是灵魂存在的实实在在的表现,而失去呼吸,特别是在打喷嚏之时,是非常倒霉的。

93. 美国人在别人打喷嚏时对别人说"上帝保佑你"是为什么?
    A. 希望好运                    B. 让上帝收走那个人的灵魂
    C. 将灵魂驱除人体           D. 只是一个习惯用语而已

94. 两个人同时打喷嚏会怎么样?
    A. 精灵将收走他们的灵魂     B. 上帝会非常同情他们
    C. 可能会带来好运            D. 可能带来噩运

95. 关于打喷嚏,正确的是:
    A. 澳洲人打喷嚏是身体好
    B. 毛利人相信打喷嚏是创造之举的象征
    C. 罗马人喜欢打喷嚏
    D. 很多地方认为打喷嚏会带来噩运

96. 为什么打喷嚏时,人们说"上帝保佑你"?
    A. 上帝会保护打喷嚏的人    B. 是对身体好的祝福语
    C. 是人们对上帝的忠实信仰   D. 是由各地的习俗导致的

大多数所谓的噩梦，只不过是在一些不舒服的梦中产生的极端反应和恐惧。有时候我们会被噩梦惊醒，产生悲伤、生气或者内疚等强烈的情绪，但一般是恐惧和焦虑。

做噩梦可能有几种原因，包括吸食毒品、使用药物、罹患疾病、遭受精神打击，有时也可能没有任何起因。通常人们在白天感到紧张或者生活出现重大变化时会受到噩梦的困扰。

睡梦研究协会指出："摆脱噩梦困扰实际上取决于了解噩梦的起因。如果不是毒品、药物或疾病等因素，建议患者与医生进行交谈。鼓励儿童与他们的父母或其他成人一起讨论他们的噩梦是有益的，但他们通常不需要接受治疗。如果孩子反复受到噩梦的侵扰，或做了非常可怕的噩梦，可能就需要医生的帮助。医生会让孩子将噩梦画出，与梦中出现的恐怖角色交谈，或者对噩梦的情景变化进行一番想象，以帮助孩子树立安全感和减少恐惧感。"

与普通的梦一样，噩梦也给人们提供了机会去研究噩梦在生活中的象征和对生活的再现，从而提高人们的生活质量。在美国的一些学校中，老师给孩子们传授对付噩梦的办法，就是将梦中的魔鬼当作书中的坏蛋。研究人员发现，性格软弱的人，或者敏感、易受他人影响的人比性格坚强的人更容易做噩梦。他们正在教导人们如何对梦加以控制，使梦按照他们的愿望发展而不要成为梦的受害者。

97. 下列哪项不属于噩梦导致的情绪？

    A. 悲伤　　　　　　　　　　B. 恐惧和焦虑

    C. 生气或内疚　　　　　　　D. 兴奋

98. 下列哪项不属于引起噩梦的原因？

    A. 吸食毒品、罹患疾病　　　B. 遭受精神打击

    C. 白天感到紧张　　　　　　D. 睡前吃烧烤食品

99. 如何摆脱噩梦？

    A. 进行有氧运动　　　　　　B. 保证睡眠

    C. 安静地思考　　　　　　　D. 与医生进行交流

100. 下列哪种人更容易做噩梦？

    A. 容易患得患失的人　　　　B. 经常处于放松状态的人

    C. 性格软弱的人　　　　　　D. 对孩子严加管教的父母

**第81—100题：请选出正确答案。**

第81—84题

在动物园里，袋鼠是一种非常受欢迎的动物，常常吸引来很多少年朋友。

袋鼠是一种比较古老的动物种类，大袋鼠只有澳大利亚才有，被澳大利亚人民当作自己国家的象征，它的形象甚至出现在澳大利亚的国徽上。在欧洲人进入澳大利亚大陆之前，那里的大袋鼠处处可见。然而，到了半个世纪以前，澳大利亚野生大袋鼠的数量开始急剧减少，人们甚至担心这种珍贵的动物会灭绝。幸亏澳大利亚政府及早采取保护措施，情况日渐好转，袋鼠的数量逐年回升。据估计，目前澳大利亚各类袋鼠一共有1200万只，这是个很可观的数字。为了保持生态平衡，政府允许每年杀死200万只袋鼠，这样可以使袋鼠的数量不至于增长得太快。

袋鼠生长在澳大利亚大陆，非常适应那里的各种自然条件。有些外来动物，如从欧洲引进的绵羊，虽然在澳大利亚也生活得很好，可在牧场上绵羊仍然竞争不过袋鼠。袋鼠更能适应澳大利亚的气候，抗病能力也比绵羊强。绵羊只挑选可口的草来吃，剩下许多难以消化的带刺的草，这些带刺的草蔓延开来，成为牧场的祸害。而袋鼠却偏偏喜欢吃带刺的草，它们将带刺的草嚼细并消化掉，这样既保护了牧场，袋鼠的数量也开始剧增。据说要使绵羊的数量增加1倍的话，大袋鼠的数量就要增加3倍。这就是为了维持生态平衡。

81. 关于袋鼠，正确的是：

    A. 是一种比较古老的动物    B. 别的大洲也有袋鼠

    C. 正在慢慢灭绝    D. 没有出现在澳大利亚的国徽上

82. 为什么澳大利亚政府允许每年捕杀一定数量的袋鼠？

    A. 为了保护其他动物    B. 因为袋鼠的数量太大了

    C. 为了保持生态平衡    D. 为了让袋鼠更受欢迎

83. 关于绵羊，不正确的是：

    A. 是从欧洲引进的    B. 只挑可口的草吃

    C. 非常适应澳大利亚的气候    D. 抗病能力不如袋鼠强

84. 根据上文，正确的是：

    A. 袋鼠不喜欢吃刺草    B. 人们不喜欢政府捕杀袋鼠的决定

    C. 刺草为牧场带来食料    D. 袋鼠非常适应澳大利亚的自然条件

悬棺葬是我国古代的一种葬俗,在南方的少数民族地区十分普遍。悬棺神秘莫测,距今大都在2000年以上,一直被视为"千古之谜",被称为世界文化史上的一大奇观。

经过多年的考古发现和科学论证,这"千古之谜"正在逐渐被破译。比如,已发现悬棺葬的形式有多种:有的把棺材置于悬崖上的洞内;有的在悬崖上横开石道,把棺材横放在上面;有的在峭壁上凿石打桩,用木桩把棺材托在峭壁外;有的选择悬崖上的大洞穴,将多具棺材放在一起等等。从已经发现的棺材样式来看,既有船形的,又有长方形的;既有独木挖成的,又有用几块厚木板制成的。

湖北省秭归县西南部的磨坪乡有一个悬棺群,经考古专家认定,共有悬棺131具,是国内到目前为止发现的最大悬棺群。悬棺群坐北面南,像英文字母S的形状那样分布在长20米左右、高100多米的峭壁上。

由于风化和河床泥沙抬高等原因,部分洞穴有的悬棺消失了,有的悬棺被埋入河滩底下,所以现在仅能看到五六十具悬棺。县考古队员最终认定有131具悬棺,他们是将峭壁上已经消失的和埋入泥沙下的悬棺都统计在内的。

由于年代久远,加上人为破坏,棺材大都已经腐朽,保存最好的棺材也已经散架,看不出棺材的原样了。这个中国最大的悬棺群已无法找到一具保存完好的棺材了。现在人们所能看到的大都是风化严重的空洞穴。距离河滩较低的洞穴里大都空空如也,最多就是有几根已经腐朽的棺材块和从洞顶脱落下来的几个小石块。在距离河滩约20米高的峭壁上,由于上面的石头风化脱落更严重,便在这里形成了小石堆,几根散架的棺材躺在石堆上,并有随时掉到河滩上的可能。稍高一点儿,大约离河滩30米左右的洞穴里有一些散架的棺材,但已无法找到一具保存完好的棺材。

85. 下列哪项不属于悬棺葬的形式?

    A. 把棺材置于悬崖上的洞内    B. 把棺材横放在悬崖横开的石道上

    C. 把多具棺材放在悬崖的洞穴内    D. 把棺材埋藏于山脚处

86. 最大的悬棺群位于什么地方?

    A. 湖北神农架附近    B. 湖北省秭归县磨平乡

    C. 江西三清山    D. 湖北孝感市

87. 部分洞穴消失的原因是什么?

    A. 风化和河床泥沙抬高    B. 气候的异常变化

    C. 人为破坏土质结构    D. 泥土内部成分的变化

88. 为什么现在无法找到保存完好的棺材?

    A. 年代久远以及人为破坏    B. 气候导致棺木腐化

第四部分 阅读

C. 受到河水冲刷的影响　　　　　　　D. 棺材的木质结构很脆弱

第89—92题

　　食物金字塔是由美国农业部创建的,并于1992年首次公布于众。它向人们推荐了为保持健康每人每天每类食物的食用量。

　　但是最近几年,医生和科学家们通过对食物金字塔的研究,对其实际上的有益性和健康性提出了疑问。实际上,美国农业部也正在对食物金字塔进行重新评定。

　　根据食物金字塔,人们每天应该食用6到11份谷类食品。谷类食品包括面包、意大利面食和加工谷类早餐食品。一份谷类食品相当于一片面包或一杯米饭或一份意大利面食。通过大力推荐低脂谷类食品,美国农业部一直在倡导低脂饮食。

　　但是现在许多专家认为低脂饮食含糖量较高(大多数精加工的谷物,如精制白面粉,都含有不同形态的糖类,如葡萄糖和果糖),实际上导致了肥胖症和心脏疾病的增加。

　　有些医生现在认为,高脂饮食,其脂肪来自坚果、奶酪、某些油类(如橄榄油)、禽肉、鸡蛋和瘦肉,较之高糖低脂饮食,使人身材更加匀称,身体更加健康。

　　那么,你该吃些什么呢?五类食物都该吃——谷物、蔬菜、水果、奶制品(牛奶、酸奶和奶酪)以及油脂类。但是当食用谷类食品时,要尽量避免精制白面粉制成的面包和意大利面食,而要食用全谷类食品,如全麦面包、燕麦片以及全麦意大利面食。这些食品含有更多的天然营养成分,而且纤维含量高。纤维有助于降低胆固醇,而且还可能防止某些癌症。

　　尽量少食红肉,如汉堡包和牛排,多吃鱼、坚果和奶酪。食用大量水果和蔬菜是有益无害的。没有人对它们的营养价值产生怀疑。实际上,人们发现很多蔬菜可以降低罹患癌症的风险,而水果富含多种维生素,如维生素C。

　　虽然大多数垃圾食品味道鲜美,它们却少有或根本没有营养价值。汽水中含有大量的糖,几乎没有任何营养成分。许多汽水中还含有咖啡因。蛋糕和饼干中有许多糖和油脂,缺乏维生素和矿物质。炸土豆片脂肪含量很高,口味也很咸。因此,人们应该选择食用健康零食,如水果、坚果和酸奶。

89. 关于食物金字塔,正确的是:
　　A. 由食物搭建而成的三角形构造　　B. 由中国农业部首先提出
　　C. 于20世纪80年代公布于众　　　　D. 为保持健康每类食物的食用量

90. 下列哪项不属于谷类食品?
　　A. 面包
　　C. 加工谷类早餐食品

　　B. 意大利面
　　D. 牛排等肉制品

91. 根据上文,纤维的作用是什么?

    A. 防止肥胖　　　　　　　　　　B. 降低胆固醇

    C. 提高食欲　　　　　　　　　　D. 促进消化

92. 关于上文,正确的是:

    A. 高脂饮食易导致肥胖　　　　　B. 拒绝吃油脂类食品

    C. 饼干缺乏矿物质　　　　　　　D. 炸土豆片属健康食品

第93—96题

据有关资料统计,全球不少地区都受到了高温的影响。

2003年,欧洲各地气温连续几个月比往年同期平均值高5℃,而且酷热天气扩大到了整个北半球。气象学家米夏埃尔·克诺贝尔斯多夫说,自有记录以来还没有见过欧洲有如此长时间的干旱天气,令人吃惊的是这种极端天气发生的频率如此之高。意大利国家地球物理研究所首席气象学家安东尼奥·纳瓦拉说,地中海地区的平均气温比往年上升了3—4℃。

中国东北地区近年冬天的平均气温比历史常年同期高出了5℃,气温变暖的表象非常明显。加拿大、美国、俄罗斯部分地区,都创下了当地最高气温记录。在印度的某些地区,最高气温甚至高达45—49℃。

气候变化所导致的湖泊水位下降和面积萎缩,已经在很大范围内显现。我国青海湖水位在1908年到1986年间下降了约11米,湖面缩小了676平方千米。

我国海平面近50年呈明显上升趋势。专家预测,到21世纪末我国沿海海平面上升幅度将达到30—70厘米。这将使我国许多海岸地区遭受洪水泛滥的可能性增大,遭受风暴影响的程度和严重性加大。

气候变化的原因在于生态环境的恶化,这已成为大多数科学家的共识。

全球变暖的现实正不断地向世界各国敲响警钟。应对气候变化,关键在行动。随着"全球化"这一概念不断地被赋予新的含义,扭转全球变暖趋势,给人类子孙后代留下一个可供生存和可持续发展的环境,应成为世界各国的共识。

一些国家和组织已采取了新的措施。欧盟委员会制订了新的排放目标。20年来,特别是最近几年,中国已经通过实施可持续发展战略、提高能源效率、开发利用水电和其他可再生资源等措施,为减缓全球温室气体排放取得了巨大的成就。

尽管不少国家采取了不少措施,但仍然存在不和谐的声音。要真正解决气候变暖的问题,我们还有很长的路要走,但我们没有别的选择。

93. 下列哪项属于文中提到的极端天气?

    A. 龙卷风　　　　　　　　　　　B. 欧洲持续的干旱天气

C. 各地频发的海啸      D. 台风

94. 气候变化的原因是什么?

    A. 二氧化碳的排放过量      B. 太阳系发生的变化

    C. 生态环境的恶化      D. 南级的冰川融化

95. 下列哪项并不属于新措施?

    A. 欧盟制订新的排放标准      B. 中国实施可持续发展

    C. 寻找污染责任人      D. 开发利用水电

96. 关于上文,不正确的是:

    A. 气候变化导致了湖泊水位下降      B. 中国海平面有上升趋势

    C. 全球小部分地区受到高温影响      D. 极端天气发生的频率变高

第97—100题

颜色对情绪有深远的影响,不同的颜色可通过视觉影响人的内分泌系统,从而导致人体荷尔蒙增加或减少,使人的情绪发生变化。研究表明,红色可使人的心理活动活跃,黄色可使人振奋,绿色可缓解人的紧张心理,紫色却能使人感到情绪压抑,灰色使人变得消沉,白色使人明快,咖啡色可减轻人的寂寞感,淡蓝色给人一种凉爽的感觉。

人们在习惯上常把红色和黄色称为暖色,而把蓝色和绿色称为冷色,因为这些颜色能使人产生一种暖或冷的感觉。为什么会产生这样的感觉呢?也许是人大脑的联想能力起了作用,例如红色的火焰给人以热的感觉,而蓝色的天空或海水却给人以冷的感觉。暖色看上去似乎在热情地邀请我们,而冷色却让人感到冷冰冰的,难以接近。因此,暖色使我们感到距离似乎拉近了,而冷色则产生距离变远的感觉。这和人们日常生活中的行为也很相似,日常生活中大家总是愿意接近那些对人比较热心的人,而对于一个冷淡的人,别人总是躲避他,不愿靠近他。

英国伦敦有座桥原来是黑色的,每年都有人到这里投河自杀。后来,有关方面把桥的颜色改为黄色,结果来这儿自杀的人数减少了一半,这件事充分证实了颜色的功能。颜色不仅影响着人的情绪,而且对人起着积极或消极的影响,只要人们善于利用颜色,那么五彩缤纷的颜色不仅可以改善我们的情绪,也会使我们的生活变得更加美好。

人们对颜色的描述常常带有浪漫的色彩,所以人们喜爱的颜色也是各式各样的,而且会随着年龄和季节的变化而改变。一般年幼的人喜欢白色,年长的人喜欢绿色,冬季喜欢暖色,如红、黄等,而到了夏季则更喜欢绿、蓝、白等让人感到凉快的颜色。心理学家发现,红色可以刺激人的神经兴奋;橙色能提高人的食欲和情绪;黄色则使人思维变得活跃,但也会造成情绪不稳定;绿色可以让人放松神经,使血流和呼吸变缓;蓝色可帮助人降低血压;紫色对人的运动神经、心脏脉搏有压抑作用,使人看上去安静、温和。几乎所有的美学家或心理学家都一致承认颜色的神奇作用,它对人的状态有极大的影响。

97. 颜色影响人的内分泌系统后,会:

    A. 降低人的免疫力                B. 导致荷尔蒙数量有变化

    C. 改变人的性格                   D. 减弱人的消化功能

98. 颜色能使人产生暖或冷的感觉,因为:

    A. 大脑有联想能力                B. 人体有感觉细胞

    C. 暖色能发出热量                D. 冷色使人感到冷

99. 下面哪句话与文章内容不符?

    A. 颜色能影响人的荷尔蒙          B. 颜色可以改善坏情绪

    C. 任何颜色都有积极作用          D. 颜色有积极或消极的影响

100. 人们对颜色的喜爱并不是一成不变的,正面哪一项表述正确?

    A. 随兴趣的改变而变化          B. 不同节日喜欢不同的颜色

    C. 随着年龄和季节改变          D. 年老时更喜欢漂亮的颜色

## 模拟练习四

**第81—100题:请选出正确答案。**

第81—84题

牛在中华文化中是有着勤恳、诚实等美德的动物,人们常称老实勤恳的人为"老黄牛",心甘情愿为人们服务也被称为"俯首甘为孺子牛"。可这样一种忠厚老实的动物怎么与"吹牛"这个贬义词沾上边的呢?

"吹牛"现在有夸口、说大话等意思,可它最早的意思,却与浮夸无关。史学家顾颉刚先生曾在《史林杂识初编·吹牛、拍马》一文中作过考证:"吹牛"一词最早是西北方言,源于陕甘宁和内蒙古一带。西北河流湍急,难以行舟,本地人遂就地取材,用若干牛皮或羊皮袋吹成气囊,做成皮筏子,扎好口连接成筏,作为渡河的工具。牛皮筏子相连,可以承载数千斤的重物过河。据说,元世祖忽必烈就曾把它用于战争,并获大捷。他曾率军到达金沙江西岸,命令将士杀死牛羊,塞其肛门,"令革囊以济",渡江进入丽江地区,并大败大理守军。现在昆明著名的大观楼长联中提到的"元跨革囊",用的就是这个典故。

关于吹牛,还有一种有趣的说法,认为它与游牧民族的生活有关。游牧民族逐水草而居,最看重的财产就是牛和马。因此,人们聚在一起时总喜欢谈论自己的牛和马,其中就难免有夸大的成分。日久天长,"吹牛"之说流传开来,有了说大话的意思。

有意思的是,在某些地方方言中,"吹牛"还有其他的意思。如在云南方言中,"吹牛"是聊天、聊家常的意思,与说大话完全无关。

81. 牛在中华文化里象征着什么?

    A. 勤恳诚实                B. 胆小老实

    C. 好吃懒做                D. 浮夸自大

82. "元跨革囊"来自哪个典故?

    A. 元代人民使用牛囊过河          B. 元世祖用牛皮筏子渡江并打了胜仗

    C. 元代末期农民起义借用牛囊       D. 元将军用牛做旅行工具

83. 关于"吹牛"的有趣说法是什么?

    A. 来自牧民对牛的极端热爱       B. 来自游牧民族的生活

    C. 来自民间对牛勤恳工作的赞扬   D. 来自帝王对牛的偏好

84. 根据上文,"吹牛"在云南方言里是什么意思?

    A. 说大话                B. 过河

    C. 聊天、拉家常            D. 元世祖来了

第85—88题

英国有超过350万的人打鼾,10个男人中有4个打鼾、10个女人中有3个打鼾。因此,成百万的配偶和邻居晚上睡觉时饱受鼾声的困扰。

当你呼吸时,鼻子和喉咙,尤其是软腭部位产生振动,从而形成了鼾声。晚上睡觉时,促使器官张开的肌肉变得松弛,气管由此变窄并增加了振动的频率,使人更有可能打鼾。

还有一些因素会使打鼾变得更厉害:

喝酒或者服用安眠药,使肌肉更加松弛。

体重超重,加重了气管的压力。

感冒、过敏、鼻腔息肉可以造成鼻腔堵塞,使你不得不靠嘴呼吸。

吸烟。吸烟者打鼾的概率是非吸烟者的两倍,因为他们的气管总是有炎症并发生堵塞。

仰睡。

打鼾会引起许多问题。首先,你会惹来配偶的"拳打脚踢",甚至离婚的威胁,邻居们的抱怨也时有发生。此外,你还可能饱受阻塞性睡眠呼吸暂停的困扰。在这种情况下,松弛的喉头肌会在一个晚上上百次地短暂挡住气管,阻碍你的呼吸,造成你肌体缺氧。短期内它会使你白天感到乏力、易怒和焦躁不安,在驾车时容易出车祸。长远来看,它会引起你的血压升高,促使你爆发心脏病和中风。

治疗打鼾可以在睡觉时带上牙用夹并使用持续正压呼吸辅助器,使气管始终保持畅通。此外,你要尽量避免深夜喝酒,保持理想的体重,将床头抬高,并采取侧睡姿势。为了防止仰睡,你可以在睡衣顶部后面缝一个球,或者在你的后背放一个枕头。你也可以利用加湿器或吸入蒸汽保湿器保持鼻腔通畅。最后一个办法就是动手术取出鼻腔的息肉,矫正弯曲的鼻孔,并切除松软的颚组织。

85. 鼾声是如何形成的？

    A. 睡眠不足　　　　　　　　　　B. 气管变宽

    C. 睡觉时多梦或梦游的人　　　　D. 呼吸时软腭部位产生振动

86. 下列哪项不会导致打鼾变得厉害？

    A. 喝酒或者服用安眠药　　　　　B. 体重超重

    C. 感冒　　　　　　　　　　　　D. 侧睡

87. 打鼾会引起下列哪项问题？

    A. 可能引起血压降低　　　　　　B. 引起配偶的过度关爱

    C. 夜晚睡觉时感到乏力　　　　　D. 可能爆发心脏病和中风

88. 如何治疗打鼾？

    A. 采取侧睡姿势　　　　　　　　B. 增重

    C. 增厚松软的颚组织　　　　　　D. 仰睡

第89—92题

到月亮上去居住，是人类的一个古老的愿望，现在正隐约向我们走来。"阿波罗"载人登月已过去了几十多年,现在关于重返月球的呼声越来越高。原因是随着对月球了解的增多,人们对月球的希望也越来越多。

过去,科学家对月球感兴趣,他们认为月球是进行高能物理研究和天文探测的理想场所;现在他们的兴趣要广泛得多,有的科学家甚至认为月球上可以揭开地球生命起源之谜。美国科学家认为,地球、火星、金星等行星,在亿万年前遭遇碰撞时,曾有一些岩石碎片落到月球上,岩石上所带有的生命遗迹可能在那里保存了下来,因为月球上没有火山活动和大气侵蚀。这使月球成为寻找地球、火星上早期生命的最佳场所。除了月球以外,太阳系的早期生命史不可能保存在其他地方。同时,其他一些人也对月球产生了兴趣,原因是在月球上发现了有水存在的痕迹。1994年1月,美法联合研制的"克莱门汀"探测器首先在月球南极获得这种信息。为此,美国于1998年1月发射了"月球勘探者"探测器,绕月球南北极飞行,进一步证实了月球南极和北极永久背阳的陨石坑中有冰冻水存在的迹象。

有了水就解决了建立密闭生态循环系统的关键问题,因为月球上有丰富的氧化物可提取氧,在月球上阳光是不成问题的,有水、有氧、有阳光,就可种植植物、饲养动物,解决食物供应问题。月球上有丰富的金属元素,用它们冶炼的结构材料和月球土石建造住室可屏蔽来自太阳的辐射。人若能适应月球表面约1/6的地球重力环境,则人生存的基本问题就全部解决了。剩下的能源问题更好解决,因为在月球上可高效利用太阳能。

目前,美国、日本、欧洲航天局等对重返月球和建立月球基地有极高的热情。据信,一些科学家已选定了一个月球基地的地址,它在月球南极沙克尔顿环形山的边缘,那里有较长时间的阳光照射,特别是靠近可能有冰冻水存在的一个陨石坑。商业利益是人们希望开发月球的巨大动力,希尔顿国际公司已提出申请,希望在月球上建造希尔顿饭店,用来接待到月球旅游的游客,其他开发月球的各种商业活动也在进行着。越来越多的人梦想能够到月球上去生活。

89. 科学家对月球感兴趣的原因是:

    A. 适合进行高能物理研究　　　　B. 可以寻找到其他星球的岩石碎片

    C. 可以找到早期生命的遗迹　　　　D. 是进行天文探测的理想场所

90. 1994年1月,美法联合研制的探测器:

    A. 在月球南北极找到了冰冻水　　　　B. 在月球上发现了冰冻水的迹象

    C. 在月球表面找到了大量的水　　　　D. 在月球上发现了有水存在的痕迹

91. 在月球上,人们可以住在哪儿?

    A. 月球土石建造的房屋里　　　　B. 可挡住阳光辐射的房子里

    C. 金属材料制造的房子里　　　　D. 来自地球的航空飞船上

92. 希尔顿国际公司对开发月球有什么计划?

    A. 建立月球基地　　　　B. 建造旅游饭店

    C. 开发月球冰冻水　　　　D. 建造太空船

第93—96题

很多人把糖与蛀牙、肥胖联系在一起,可那并非全部真相。我们为什么爱吃糖?最重要的一点:人类对于糖的好感,源自本能。

这场追逐甜味的旅程,早在我们还在母亲肚子里时就开始了。科学家们发现,味觉形成后,尽管没有机会直接接触外界的味道,胎儿却已经表现出对甜味的偏好,如果维持生命的羊水糖分高,他就会加倍吸入。而当我们降临到这个世界上,得到的第一份礼物——母亲的乳汁,也是甘甜的。出生仅几个小时的婴儿能明确表示对甜味的喜好和对酸味的厌恶。

据研究,口腔中对甜味的感受体,直接连接着大脑中分泌"脑内啡"的区域,脑内啡是一种由脑垂体分泌的类吗啡激素,能起到止痛和产生愉快感的效果。所以,心情不好或者紧张的时候,很多人都用吃糖来缓解。不仅如此,糖还可以马上转化成热量,让你精神起来。学校运动会的耐力项目开始前,我们总会为运动员准备巧克力等糖果。

甜味不仅是人之大欲,同样也是"鬼神"的大欲。甘蔗汁被用于祭祀,古人认为鬼神也喜欢甜味。在中国许多地方都有送灶神的传统年俗,其中必不可少的一样供品就是灶糖,人们认为糖可以糊住灶神的嘴,免得他到玉帝面前说世人的坏话。

甜美的糖果在西方同样盛行。自中世纪以来,甜不仅代表了美味可口,更成为高雅德行的标志。《格列佛游记》的作者、18世纪英国著名小说家乔纳森·斯威夫特曾这样赞美过甘甜的神圣:追求甜和光明,是人类"最高贵的两件事"。

自然界为什么提供了无数天然的甜味食品,很多水果、蔬菜,甚至包括大米、面粉等都具有天然的甜味。甜的食物往往是无毒的,但苦的东西恰好相反。在漫长的进化过程中,人类渐渐对苦涩的味道产生本能的抗拒,因此,婴儿天生就会拒绝具有特殊味道的食物。相对地,爱上甜味也是人类的自然选择。

93. 我们为什么爱吃糖?

    A. 带来幸福感          B. 源自本能

    C. 甜的味道好闻        D. 美丽的需要

94. 根据上文,脑内啡有什么功能?

    A. 消除苦的味道        B. 振作松弛的精神

    C. 止痛和产生愉快感     D. 缓解心理的紧张情绪

95. 为什么把灶糖作为供品之一?

    A. 糖可糊住灶神的嘴,免得他乱说话   B. 可驱除恶魔

    C. 因为糖是厨房的必备品       D. 因为以前糖很昂贵

96. 根据上文,正确是的:

    A. 糖果在西方并不盛行      B. 苦是高雅德行的标志

    C. 苦的东西也是无毒的      D. 人类对苦味有本能的抗拒

第97—100题

你听说过世界十大绿色真相吗?接下来就让我为你介绍一下"世界十大绿色真相"吧。

① 小树无法清洁空气。树木只有在生长20年后才能开始吸收二氧化碳,在此之前释放的二氧化碳比吸收的要多得多。

② 生态奶牛造成的污染更大。联合国环境计划署指出,在产生温室效应的气

体中,地球自身产生的占95%,其余5%中就包括我们温顺的反刍动物朋友奶牛在打嗝时释放的气体。

③ 旧车比混合动力新车更环保。

④ 适当燃烧也有好的一面。研究显示,有21%的树木需要进行适当燃烧以实现再生。一次小火灾能清除丛生的杂草,使整个森林焕然一新。

⑤ 空调对环境的危害小于暖气。数据显示,欧洲二氧化碳排放量的一半都来自暖气,因为暖气运行所使用的能源(天然气、煤和电)比空调能源(只有电)更为污染。

⑥ 核能的二氧化碳排放量低。在工业领域,核能是二氧化碳排放量最低而效率高的一种能源。英国的一项研究表明,核能排放出的碳仅为天然气的2%到6%。

⑦ 亚马孙森林不是地球之肺。亚马孙森林地区集中了地球上30%的生物多样性现象,但却并不是地球之肺。研究表明,海洋才是负责地球呼吸的关键,尤其是海洋中的浮游植物。

⑧ 中国不是气候变化的罪魁祸首。在世界太阳能市场中,中国是利用最多的国家,占全世界的35%。世界风能委员会预测,到2010年,中国拥有的风车产生的能量将占全球风能的一半。

⑨ 有机食物和素食非想象中那么好。一头有机奶牛的产奶量要比普通奶牛少8%,每年要多释放300千克甲烷。人们不得不利用装有冷藏箱的卡车长距离运输有机产品,这会产生更多的二氧化碳。

⑩ 城市比农村更加"绿色"。在西班牙,乡村消耗了75%的水资源,而城市家庭只消耗了15%。

97. 树木生长多长时间才会吸收二氧化碳?

    A. 10年后                B. 小树时期

    C. 被砍伐以后           D. 20年后

98. 负责地球呼吸的关键是:

    A. 海洋                  B. 森林

    C. 土地                  D. 草原

99. 根据上文,正确的是:

    A. 暖气对环境的危害大于空调     B. 混合动力新车比旧车更环保

    C. 核能的二氧化碳排放量很高     D. 多食用有机食物和素食

100. 最适合做上文标题的是:

    A. 你不可能知道的秘密       B. 过来看一下这些事实

    C. 世界十大绿色真相        D. 地球人应该知道的

**第81—100题：请选出正确答案。**

**第81—84题**

有一个年轻人非常想娶农场主漂亮的女儿为妻。于是，他来到农场主家里求婚。

农场主仔细打量了他一番，说道："我们到农场去。我会连续放出三头公牛，如果你能抓住任何一头公牛的尾巴，你就可以迎娶我的女儿。"

于是，他们来到了农场。年轻人站在那里焦急地等待着农场主放出的第一头公牛。不一会儿，牛栏的门被打开了，一头公牛向年轻人直冲过来。这是他所见过的最大而且最丑陋的公牛了。他想，下一头公牛应该比这一头好吧。于是，他放过了这头公牛。

牛栏的大门再次打开，第二头公牛冲了出来。然而，这头公牛不但形体庞大，而且异常凶猛。"哦，这真是太可怕了。无论下一头公牛是什么样子，总会比这头好吧。"于是，他连忙躲到栅栏的后面，放过了这头公牛。

不一会儿，牛栏的门第三次打开了。当年轻人看到这头公牛的时候，脸上绽开了笑容。这头公牛不但形体短小，而且还非常瘦弱，这正是他想要抓住的那头公牛！当这头公牛向他跑来的时候，他看准时机，猛地一跃，正要抓公牛尾巴的时候，发现——这头公牛竟然没有尾巴！

每个人都拥有机会，但是机会稍纵即逝，别让机会从身边溜走。

第四部分 阅读

81. 农场主提出了什么要求？

    A. 年轻人必须带来三头公牛    B. 年轻人能抓住任何一头公牛的尾巴

    C. 不给年轻人任何机会    D. 让年轻人准备必要的钱财

82. 年轻人见到第一头公牛后：

    A. 认为这头公牛非常凶猛    B. 奋力抓住了公牛的尾巴

    C. 认为这头公牛非常帅气    D. 放过了这头公牛

83. 关于第三头公牛，正确的描述是：

    A. 很大很丑陋    B. 非常凶猛

    C. 形体庞大    D. 非常瘦弱

84. 根据上文，正确的是：

    A. 机不可失，失不再来    B. 掌握自己的命运

    C. 勇敢为自己的梦想奋斗    D. 机会垂青有准备的人

欧美发达国家的小吃在价格上基本都达到了发展中国家正餐的水平，毫无疑问，德国是一个在吃上缺少"进取心"的国家，除了品种繁多的香肠以外，似乎很难再有令人眼前一亮的特色小吃，英国似乎也好不到哪儿去。在吃上的所谓"花样"往往是通过数不清的小吃来体现，看来，要想甩掉西餐单调的帽子，靠德国人和英国人肯定是没戏了。德国的邻国法国却是一个对吃非常痴迷的国家，大餐小吃一应俱全，花上一个下午都让你百吃不厌。看看吧，巴黎街头各种叫不上名字的小吃都会让人垂涎三尺。小吃摊上，泡在大瓶子里的橄榄少说也有十几种，也不知是甜的还是咸的。数不清的花色面包和小点心让人眼花缭乱，种类繁多的果酱光看看瓶签也要半个小时。法国的小吃品种在欧洲各国名列榜首，西班牙和意大利次之。

世界各国的餐饮价格差异很大，要知道在丹麦的哥本哈根吃一次麦当劳或在俄罗斯的莫斯科喝一杯热咖啡并不便宜，以这个消费水平，在印度尼西亚的雅加达吃上一顿里面有肉有菜的咖喱饭绝对不成问题，在中国的许多城市，买上十碗酸辣粉都绰绰有余。所以在有的国家，以正餐的价格只能品尝到当地的街头小吃，屋子里的"小吃"可享受不起。而在另一些国家，用点儿零钱已能品尝到当地的大餐，至于物美价廉、种类繁多的街头小吃，只用兜里的零花钱就足以应付。

西方国家的小吃品种虽少但比较卫生，吃着让人放心。发展中国家的小吃品种多、价格低，但在卫生上不怎么讲究。天下事没有两头都合适的。说到口味，绝对是东风压倒西风，西方人的长项通常在于甜食，其他地方的小吃可以说是酸甜苦辣无所不包，印度尼西亚的咖喱饭配料也相当丰富，十几种算少的，多的可达几十种，外来人多数叫不出名字，只能"瞎吃"。西方人的热狗，虽然吃来吃去就是香肠加蔬菜，但他们很会在调酱上下工夫，这多少为西方小吃的名声不佳扳回一局。

85. 关于各国小吃，正确的是：

    A. 德国品种繁多的香肠比较有名　　B. 英国人的小吃在欧洲有点儿名气

    C. 各国的餐饮价格差异不大　　　　D. 西班牙的小吃品种很少

86. 关于法国的小吃，不正确的是：

    A. 大餐小吃一应俱全　　　　　　　B. 光泡在瓶子里的橄榄就很多品种

    C. 有肉有菜的咖喱饭很受欢迎　　　D. 有种类繁多的果酱

87. 关于小吃价格，正确的是：

    A. 欧美国家的小吃价格非常实惠　　B. 丹麦的小吃价格经济到令人咋舌

    C. 酸辣粉的价格很便宜　　　　　　D. 印度尼西亚的咖喱饭非常昂贵

88. 关于小吃口味，正确的是：

    A. 德国的小吃酸甜苦辣无所不包　　B. 西方人的长项在于甜食

C. 口味上,东风未必压倒西风　　　　D. 东方人很会在调酱上下工夫

第89—92题

　　自从"波士顿倾茶事件"之后,茶在美国从来没有像今天这般"风光"过。美国人听说茶对健康大有好处,于是在一年之内就喝掉了五百多亿杯茶。然而,关于茶的抗病功能,研究报告却是语焉不详。是绿茶最好,还是红茶或药草茶最好?茶含不含咖啡因?逐项分析如下。

　　茶的种类是否重要?多数人喜爱红茶甚于绿茶,这是因各人口味不同,尽可各取所好。二者都含有大致等量的黄酮类化合物,这是一种强有力的抗氧化剂,可能有助于防癌。波士顿塔夫茨大学营养学教授杰佛里·布鲁姆伯格博士表示:"很难区别二者哪个更好。实验证明,红茶绿茶都对人体有利。"

　　另外,研究发现,饮茶族罹患胃癌、食道癌、肝癌的风险都较小。波士顿百翰妇女医院的研究员也发现,一天至少一杯红茶能显著地降低心脏病的发病率。其他研究也表明了红茶有助于防止皮肤癌、胰腺癌及动脉粥样硬化症。

　　对绿茶的研究成果同样令人鼓舞。饮用绿茶能降低罹患口腔癌、食道癌、类风湿性关节炎和心脏病的风险。唯一的问题是:许多人不喜欢绿茶的口味。解决之道是把绿茶与果汁或药草茶混合饮用。如此则既容易下咽又不至削弱其抗氧化的功效。

　　而药草茶不含黄酮类化合物,严格说甚至不能算是茶。某些药草茶或许对健康有其独特的益处,但证据尚不够充分。

　　茶的最佳泡法:越浓越好。把茶袋泡在热水中5分钟就能释放出90%的黄酮类化合物。可加入牛奶或糖减少苦味,又不影响黄酮类化合物的吸收。

　　冰茶具有和热茶同样的优点。这对美国人来说是个佳音,因为有85%的美国人饮用的茶是冰茶。但茶加了冰以后就稀释了,可能会减少抗氧效果。那么,市面上卖的瓶装茶呢?化验结果显示瓶装茶不含黄酮类化合物。

　　茶是否含有咖啡因?茶的咖啡因含量只有咖啡的1/3左右。若对咖啡因十分在意,尽可饮用不含咖啡因的茶。虽然脱咖啡因的过程会降低黄酮类化合物的含量,但降低得有限。

　　一天喝多少合适?一杯就管用,但为达到最佳的效果,研究人员建议一天至少喝五杯,因为黄酮类化合物摄取得越多越有利于健康。所以,不论你用何种方式饮茶,都别忘了为你自己的健康"举杯"。

89. 关于红茶和绿茶,正确的是:

　　A. 两者都能降低胰腺癌的发病率　　B. 两者都含有黄酮类化合物

　　C. 两者都有助于防止皮肤癌　　　　D. 两者的味道相同

90. 饮用绿茶的好处有：

  A. 有助于防止皮肤癌     B. 减低动脉粥样硬化症的风险

  C. 减低罹患口腔癌的风险    D. 抗病功能不如红茶好

91. 根据上文，一天喝多少杯茶比较好？

  A. 依个人爱好而定      B. 5杯以上为佳

  C. 5~10杯         D. 1~5杯

92. 关于上文，正确的是：

  A. 泡茶时可加入牛奶或糖减少苦味    B. 冰茶和热茶优点不同

  C. 药草茶比绿茶红茶更健康       D. 瓶装茶含少量黄酮类化合物

第93—96题

  京剧是中国流行最广、影响最大的一个剧种，有近200年的历史。京剧在形成过程中，吸收了许多地方戏的精华，又受到北方方言和风俗习惯的影响。京剧虽然诞生在北京，但不是北京的地方戏，中国各地都有演出京剧的剧团。

  京剧是一种唱、念、做、打并重的艺术。唱，指按照一定的曲调演唱。念，是剧中角色的对话和独白。做，指动作、表情和表演。打，是用舞蹈化的武术表演的搏斗。

  在长期的发展过程中，京剧形成了一套虚拟表演动作。如：一只桨可以代表一艘船；一条马鞭可以代表一匹马；演员不需要任何道具，能表现出上楼、下楼、开门、关门等动作。这些动作虽经过了夸张，但是能给观众既真实又优美的感觉。

  京剧演员分生、旦、净、丑四个行当。"生"所扮演的是男性人物，根据角色年龄、身份的不同，又分为老生、小生和武生。著名演员有马连良、周信芳、叶盛兰、盖叫天、李少春等。"旦"所扮演的都是女性角色，又分青衣、花旦、武旦、老旦。最著名的旦角演员有20世纪20年代出现的四大名旦——梅兰芳、程砚秋、尚小云、荀慧生。"净"扮演的是性格豪爽的男性，特征是要在脸上勾画花脸，所以也叫花脸，著名花脸演员有裘盛戎、袁世海等。"丑"扮演的是幽默机智或阴险狡猾的男性，著名的丑角演员有萧长华、马富禄等。

  京剧的化妆也很有特点。"生""旦"的化妆要"描眉""吊眉""画眼圈"；"净""丑"的化妆要根据京剧的脸谱勾画，比如忠勇的人要画红脸，奸诈的人要画白脸。

  京剧的剧目很多，据说有3800出。目前上演的主要有传统剧、新编历史剧和现代戏三大类。

  京剧作为中国民族戏曲的精华，在国内外都有很大的影响。许多外国人专门到中国来学唱京剧。许多京剧表演艺术家也曾到世界各地访问演出，受到了各国人民的喜爱。

93. 下列哪项不属于京剧的艺术形式？

    A. 演              B. 念              C. 做              D. 打

94. 下列哪项属于旦角？

    A. 老生            B. 花脸          C. 小旦          D. 青衣

95. 根据上文，下列哪项正确？

    A. "旦"所扮演的都是男性角色         B. 梅兰芳是著名小生演员

    C. 奸诈的人要画黑脸                 D. 忠勇的人要画红脸

96. 下列哪项不属于当前的京剧剧目？

    A. 传统剧                    B. 新编历史剧

    C. 家庭剧                    D. 现代戏

第97—100题

我有一个弟弟，一天他在自己的笔记本上写了爸爸、奶奶、舅舅、妈妈的名字，然后在每个名字后面画上横线。

爸爸的横线有5厘米长，舅舅的横线3厘米长，妈妈的横线也有5厘米长，奶奶就与众不同了，奶奶名字后面的横线画到了白纸的尽头，后面还画有虚线。我问弟弟："这是什么意思？"弟弟满脸天真地说："我爱谁多一点儿，谁的名字后面的横线就画长一些。"在一个孩子眼里，爱是多么纯洁、简单啊！在他的眼里，爱就是一条有长度的、能用尺子量出的线。

认真地想想，在生活中，爱的体现又何尝不是这样呢？一些人，他们之间本来就只有5厘米长的爱，可他们通过自己的努力把5厘米长的线延长到了10厘米。爱之深，情之切，这是他们用爱心去创造的。

可有的人，由于不珍惜，把原有的10厘米长的爱缩短到了5厘米。另外的5厘米被他们之间的猜疑、不信任占据了。他们哪里知道爱究竟有多长呢？

有这样一个故事：一位法国妇女，家里十分贫穷，丈夫被迫到遥远的地方赚钱维持生计。一年，家乡洪水泛滥，冲断了丈夫回家的路。这位妇女担心丈夫找不到那条路，于是决定把冲断的路补回来。

妇女就从家门口开始铺一条通向丈夫离开的方向的路。她从天明铺到天黑，从平地铺到山丘，无论刮风下雨，无论严寒酷暑，从未停止过。终于在她80岁的那天，一条长长的石子路铺成了，可那位妇女再也起不来了。太阳照着她那银白的头发，闪闪发光。

那位妇女用了60年的时光铺成了爱的长度。

97. 在弟弟眼里，属于爸爸的爱的长度有多少？

A. 5厘米                        B. 3厘米

C. 10厘米                       D. 白纸的尽头

98. 根据上文,有哪些爱的体现?

A. 关爱年老的人               B. 给予身边的人多一点儿的爱

C. 把5厘米长的爱延长到了10厘米   D. 把10厘米的爱缩短到5厘米

99. 关于这位妇女,正确的是:

A. 她是德国人                 B. 家里非常富有

C. 她的丈夫在遥远的地方赚钱     D. 她丈夫背弃了她

100. 最适合做上文标题的是:

A. 爱之歌                     B. 爱的长度

C. 关于爱的故事               D. 时光和爱

# 四、模拟练习题参考答案

## 模拟练习一

**参考答案:**

| | | | | |
|---|---|---|---|---|
| 81. B | 82. D | 83. C | 84. C | 85. C |
| 86. B | 87. C | 88. D | 89. D | 90. C |
| 91. B | 92. D | 93. C | 94. B | 95. C |
| 96. C | 97. D | 98. A | 99. D | 100. B |

## 模拟练习二

**参考答案:**

| | | | | |
|---|---|---|---|---|
| 81. B | 82. A | 83. C | 84. C | 85. D |
| 86. D | 87. B | 88. C | 89. C | 90. A |
| 91. B | 92. D | 93. A | 94. C | 95. B |
| 96. B | 97. D | 98. D | 99. D | 100. C |

## 模拟练习三

**参考答案:**

| | | | | |
|---|---|---|---|---|
| 81. A | 82. C | 83. C | 84. D | 85. D |

| 86. B | 87. A | 88. A | 89. D | 90. D |
| 91. B | 92. C | 93. B | 94. C | 95. C |
| 96. C | 97. B | 98. A | 99. C | 100. C |

## 模拟练习四

**参考答案：**

| 81. A | 82. B | 83. B | 84. C | 85. D |
| 86. D | 87. D | 88. A | 89. C | 90. D |
| 91. B | 92. B | 93. B | 94. C | 95. A |
| 96. D | 97. D | 98. A | 99. A | 100. C |

## 模拟练习五

**参考答案：**

| 81. B | 82. D | 83. D | 84. A | 85. A |
| 86. C | 87. C | 88. B | 89. B | 90. C |
| 91. B | 92. A | 93. A | 94. D | 95. D |
| 96. C | 97. A | 98. C | 99. C | 100. B |

第四部分 阅读

# 书写部分指南

## 一、题型分析

考生要先阅读一篇1000字左右的叙事文章,时间为10分钟;然后将这篇文章缩写为一篇400字左右的短文,时间为35分钟,标题自拟。考生只需复述文章内容,不需加入自己的观点。

所谓缩写,就是在中心思想和主要内容不变的情况下,按照一定要求,把篇幅较长的文章压缩提炼成较短文章的一种写作训练。缩写既是培养写作能力的一种训练形式,同时也是培养阅读能力、分析能力和概括能力的好方法。新汉语水平考试(六级)的书写部分的缩写和其他缩写略有不同,考生要在10分钟内阅读完一篇文章,然后阅读内容将被监考老师收走,考生要凭借对文章的理解和记忆用简短的语言对原文进行重新叙述。从二语习得角度讲,就是考生先接受一篇标准的目的语的输入,然后用考生自己的中介语输出。通过考生的输出,可以准确评价考生中介语系统的完善程度。

要做好书写部分,首先考生的阅读能力要过关,不但要有较快的阅读速度,还要能在短时间内记住文章的主要细节,理清文章结构,抓住内容要点,把握文章的中心思想。具体地讲,对原文所记事件的起因、发展、结局了如指掌;对人物的性格、言行,在事件中的地位、作用心中有数;对原文的详略安排,段落层次顺序要十分清楚。

然后就是这部分考试的主要部分,对文章进行缩写。

缩写时要注意:一、缩写时要按原文顺序写。二、缩写时要有详有略,重点的部分要详写,次要的部分要略写。三、缩写要保持文章的完整性。

缩写不同于修改文章,去掉多余的部分,也不同于摘录,而是要根据不同的目的和要求,缩写成所需要的文章。具体说来,要忠实于原文的中心思想,不可偏离题旨;要忠实于原文的体裁、结构,保持原文的基本风貌;要抓住重点,去粗取精;要语言精练,文气贯通。

缩写重于记叙和概括,要把具体描写的内容,如人物的对话、心理活动等尽量概括成叙述性的几句话,要保留原文的主要情节和关键词语,对次要内容或删减,或作概括性的叙述。例如,修饰、限制性的语句,过渡性的语句,可以缩写或删去;非重点部分的描写,非主要人物的对话,可以删改或只作简略叙述;略写部分在不影响故事发展和情节交代的情况下,可合并或删除。根据文章所要表现的中心思想,确定哪些内容保留,哪些内容归并和删减。因为删减之后有些地方可能直接连不起来了,这就需要重新考虑前后句段的衔接问题。

缩写一定要做到结构完整,中心明确,语言流畅,特别要使前后衔接得当,逻辑清楚。不能改变原文的体裁,打乱原文的顺序,重新组织材料,更不能随意发挥,添枝加叶。

## 二、答题技巧及试题精解

### (一) 注意作文格式

不同的语言有不同的作文格式,所以来自各个国家的母语各异的汉语学习者要熟悉汉语的作文格式,这样在考试时才不会无谓地丢分。

题目:前面空四格,然后写题目;或者把题目写在中间。

正文:作文要分成几段写,比如开头一段,结尾一段,中心内容若干段,这样显得条理清楚,不要一篇作文只有一大段。每段开头要空两个格。

### (二) 自拟题目要讲究策略

作文要求自拟题目,题目很重要,是文章的窗户和眼睛。所以拟题要做到准确、精炼,能起到画龙点睛的作用。题目可以是全文的中心思想,也可以是贯穿全文的主要内容,还可以是能引起读者注意、带有一定悬念色彩的内容。总之给文章命名形式各异,同学要灵活掌握。

首先,我们在阅读文章的时候,要弄清文章的主要内容,如时间、地点、人物、事件等要素。然后分析文章的中心思想,提炼其主题。最后确定自己文章要写的主要内容,根据自己行文的思路,确定题目。

### (三) 了解文章结构

新汉语水平考试(六级)书写部分,所给的文章都是叙事性的,属于记叙文。所以我们要了解记叙文的常用结构,我们在阅读的时候就会很容易地抓住文章的主要脉络,找出其中心思想,然后按照文章原有的结构写出自己的缩写文章来。

记叙文都是以描写和记叙为主要表达方式的文章。记叙文的结构有多种,有按时间顺序写的,有按空间顺序写的,有按事件发生的过程写的等。叙述的方式有顺叙、倒叙、插叙、补叙等。考生在阅读时要了解作者所使用的叙述方式,然后把自己所要缩写的内容也要按照原文的叙述方式表达出来。

### (四) 缩写要抓住四要素

新汉语水平考试(六级)书写部分,要求考生先读一篇1000字左右的叙事性文章,读的时候不许记录,然后把文章收走,考生根据记忆来把这篇文章缩写成400字左右的作文。这很考验考生的阅读能力和记忆能力。文章那么长,我们不可能记住每一句话,但如果我们把文章的四个要素记住,基本上我们的作文就不会出太大的问题。

这四个要素就是:时间、地点、人物和事件。

时间:就是事情是什么时候发生的,一篇文章可能就一个时间,也可能有几个时间;

地点:就是事情在哪儿发生的,当然一篇文章也可能有几个地点;

人物:就是事件的主人公,有的是一个,有的不止一个,当然有的文章里的主人公也可能不是"人",我们笼统地称为"人物"。人物很重要,我们在缩写时要写得细致具体一些。

事件:是文章最主要的部分,也是我们缩写所要重点记叙的。事件包括事件的起因、经过、结果。考生在阅读时一定要搞清楚。

以上这四个要素考生如果抓住了,那么考生的写作就成功一大半了。

### (五) 句式、词汇的应用要讲究策略

新汉语水平考试(六级)是最高级别的汉语水平考试,所以对考生的要求也非常高。写作部分,考生不仅要把原文的大意缩写出来,也应该做到语句通顺、行文流畅、用词恰当,语法句式准确。我们在写作时要尽量使用原文的词或句子,但有时候又不能全盘照抄,当然也不可能,我们就要尽可能地使用我们学过的词语和句式以达到最佳的表达效果。

当然,我们要尽可能用一些地道、高级的词汇,比如成语、俗语等。句式上我们要根据需要尽量用那些具有汉语特色的句式,如"把字句""被字句""兼语句""连动句""存现句"等等。不过我们在使用高级词汇和汉语句式时要根据表达的需要,万万不可为了应用而应用,那样不但不会为文章添彩,反而会画蛇添足、弄巧成拙。另外,我们对一些词汇或句式的使用没有把握的时候,采用回避的策略也未尝不可,因为我们首先要做到表达清楚,这点最重要。

## （六）书写要工整

汉字之于汉语具有特殊意义，新汉语水平考试(六级)书写部分也是考查考生汉字的书写水平。所以考生缩写时要打草稿，列提纲，在答题卡上答题时，要做到书写准确、字迹清晰、整洁美观。这些对考生最后是否能取得好成绩都至关重要。

下面我们就举例说明缩写的过程。

**例：缩写。**

1. 仔细阅读下面这篇文章，时间为10分钟，阅读时不能抄写、记录。

2. 10分钟后，监考收回阅读材料，请你将这篇文章缩写成一篇短文，时间为35分钟。

3. 标题自拟。只需复述文章内容，不需加入自己的观点。

4. 字数为400字左右。

5. 请把作文直接写在答题卡上。

父亲是个赚钱的高手，儿子是个花钱的高手，父亲一笔生意能赚上百万，儿子一挥手就能用掉近十万。父亲常常劝儿子："学些本事，不要只顾着吃喝玩乐，万一有一天我破产了，你可怎么办？"儿子从来没有把这句话当回事儿，他如此能干的父亲怎么会破产呢？他想：就算他死了，也会给我留下一大笔遗产。

然而造化弄人，父亲真的破产了。儿子的生活一落千丈，曾经的"好朋友"都消失了，儿子受不了这样的打击，呆在房间里准备自杀。这里，父亲破门而入，用力给了儿子一记耳光："没出息，钱是我赚的，也是我赔的，与你不相干，我都没想死，你凭什么死！"

儿子被打醒了，不知所措，问父亲："现在我该怎么办？"

父亲考虑了一会儿说："凭我的面子，也许还能给你找份工作做，就怕你吃不了这份苦。"

"让我试试吧。"儿子说，他下定决心要自立自强。

于是他便到了父亲的朋友林先生的公司做了一个小职员。工作很辛苦，开始他也想过辞职，但一想到自己富贵时的朋友不再理他，有钱时的女友也讥讽他时，他坚持了下来。他要用自己的努力换取别人真正的尊重。

儿子遗传了父亲聪明的头脑和坚韧的性格，再加上自己的刻苦和林先生的指点，他的工作干得有声有色，职位也一步步提升。几年的工夫，他就当上了公司的总经理，并且娶了一位贤惠的太太。看着自己的家因为自己的努力变得越来越美满，他感到前所未有的充实。

然而，幸福与不幸总是联系在一起的。正当儿子的事业如日中天的时候，父亲病倒了，儿子想尽一切办法都无法挽回父亲的生命。临终前，父亲拉着儿子的手，满脸微笑，很满足的样子。

儿子不知道这是为什么，直到有一天，一位律师找到他……

律师将一份文件交给他，那是父亲的遗嘱，上面写着将自己的财产分成两半，一半送给林先生，条件是他必须将自己的儿子培养成有用之才；另一半留给能干的儿子，暂由林先生掌管经营。如果儿子依然花天酒地，一事无成，这一半就捐给慈善机构。

原来父亲并未破产。儿子觉得父亲这样做实在令人难以理解。

律师又将一封信交给他：

亲爱的儿子：

当你看到这封信时，我已经不在人世了，你也知道我并非真的破产。

是的，儿子，我没有破产，我只不过用我的全部家当做了我有生以来最大的一笔生意，我成功了。

看着你一天天成长，我觉得我这笔生意做得很值。如果我将我的财产留给你，也许不用几年就会被你败光，而你也会因为无人管教而成为废物。现在我用我有价的财产换来了一个无价的能干的儿子，这怎么能不让我高兴！

儿子，相信你也能理解父亲的苦心，如果不是这样，你怎么会找到一个真正爱你的妻子和一群真正能够患难与共的朋友呢？

好好干！儿子，我相信你一定能超过我，创造更多的财富和价值。

首先，我们要根据要求在10分钟内快速地阅读这篇文章，读的过程中要尽力记住时间、地点、人物和事件这四个要素：

时间：父亲有钱时；父亲破产后；父亲去世时和父亲去世后。

地点：房间，林先生公司。(这篇文章地点对故事不是很重要)

人物：父亲，儿子(最重要的人物)，林先生，律师。

事件：起因：父亲有钱，儿子挥霍，不学无术，然后父亲破产了；经过：儿子绝望，进入林先生的公司，努力，成功，父亲去世；结果：父亲并未破产，留给儿子一封信。

阅读完毕，基本记住了文章的要素，下面就进入写作阶段。首先，要给自己缩写的文章取题目，取题目可以多种多样。根据中心思想，我们可以取"一笔生意"；也可以取一个具有悬念色彩的题目，如"父亲的一封信"；还可以利用贯穿整个故事的元素作为题目，如"父亲和儿子"等等，都可以。

下一步开始写正文，原来的文章基本上是按照顺序的方式介绍这个故事的，所以我们也按照原文的顺序缩写。正式写在试卷上之前可以选写个提纲，根据时间可以打个简易的草稿，然后再把自己的作文工整地写在试卷上。

**参考答案:**

　　有位父亲很有钱,他的儿子总是花很多钱,不知道怎么样工作。突然有一天,父亲破产了,他家不再有钱了,儿子开始不知所措。

　　父亲说凭我的关系给你找份工作吧,只要你能吃苦。于是儿子在父亲的朋友林先生那里找了份工作。工作很辛苦,但儿子一想有钱时自己的朋友都离开了自己,自己应该通过努力赢回自己的尊严。

　　儿子很能干也很聪明,很快在林先生的公司当上了总经理,并且找到真正爱他的妻子。可是正在他事业上升的时候,他父亲去世了,留给了他一封信和一份遗嘱。原来当初父亲没有破产,父亲就是想通过这种方式来激励他,让他变成一个真正有用的人。父亲把他所有的财产分成两半,一半留给林先生,作为报答他培养自己儿子付出的劳动;另一半,如果儿子成功了就留给他,如果儿子一事无成就捐给慈善机构。

　　父亲给儿子的信上写道:亲爱的儿子,当你看到这封信时,我已经不在人世了。你知道我并没有破产。你是我用一生做的最大的一笔生意,我成功了。我用有价的财产换回了一个无价的儿子。你应该理解我的用心,你好好努力吧,你一定会取得更大的成功。

# 三、模拟练习题

## 模拟练习一

**第101题:缩写。**

1. 仔细阅读下面这篇文章,时间为10分钟,阅读时不能抄写、记录。

2. 10分钟后,监考收回阅读材料,请你将这篇文章缩写成一篇短文,时间为35分钟。

3. 标题自拟。只需复述文章内容,不需加入自己的观点。

4. 字数为400字左右。

5. 请把作文直接写在答题卡上。

　　星期六,我和保罗闲来无事去钓鱼。到了垂钓的水域,我环顾周围的钓鱼者,一对父子引起了我的注意。他们在自己的水域一声不响地钓鱼。他们钓到两条足以让我们欢呼雀跃的大鱼,接着又放走了。儿子大概12岁左右,穿着高筒橡胶防水靴站在寒冷的河水里。两次有鱼咬钩,但又都挣扎着逃脱了。突然,男孩的钓竿猛地一沉,差一点儿把他整个人拖倒,卷线轴飞快地转动,一瞬间鱼线被拉出很远。

看到那条鱼跳出水面时,我吃惊得张大了嘴巴。"他钓到了一条鲑鱼。个头儿不小。"伙伴保罗悄悄对我说:"相当罕见的品种。"

男孩冷静地和鱼进行拉锯战,但是强大的水流加上大鱼有力地挣扎,孩子渐渐地被拉到布满旋涡的下游深水区的边缘。我知道一旦鲑鱼到达深水区就可以轻而易举地逃脱了。孩子的父亲虽然早把自己的钓竿放在一旁,但一言不发,只是站在原地关注着儿子的一举一动。

一次、两次、三次……男孩试着收线,但每次都不行,鲑鱼猛地向下游窜,显然在尽全力向深水区靠拢。15分钟过去了,孩子开始支撑不住了,即使站在远处,我也可以看到他发抖的双臂正使出最后的力气奋力抓紧钓竿。冰冷的河水马上就要漫过高筒防水靴的边缘。鲑鱼离深水区越来越近了,钓竿不停地左右扭动。突然孩子不见了。

一秒钟后,男孩从河里冒出头来,冻得发紫的双手仍然紧紧抓住钓竿不放,他用力甩掉脸上的水,一声不吭又开始收线。保罗抓起渔网向男孩走去。

"不要!"男孩的父亲对保罗说,"不要帮他,如果他需要我们的帮助,他会提出要求的。"

保罗点点头,站在河岸上,手里拿着渔网。

不远的河对岸是一片茂密的灌木丛,树丛的一半没在水中。这时候,鲑鱼突然改变方向,径直窜入那片灌木丛。我们都预备着听到鱼线崩断时刺耳的响声。然而,说时迟那时快,男孩往前一扑,紧追着鲑鱼钻入稠密的灌木丛。

我们三个人都呆住了,男孩的父亲高声叫着儿子的名字,但他的声音被淹没在河水的怒吼声中。保罗涉水到达对岸示意我们鲑鱼被逮住了。他把枯树枝拨向一边,男孩紧抱着来之不易的鲑鱼从树丛里倒退着出来,保持着平衡。

他瘦小的身体由于寒冷和兴奋而战栗不已,双臂和前胸之间紧紧地夹着一条大约14千克重的大鱼。他走几步停一下,掌握平衡后再往回走几步。就这样走走停停,孩子终于缓慢但安全地回到岸边。

男孩的父亲递给儿子一截绳子,等他把鱼绑结实后弯腰把儿子抱上岸。男孩躺在泥地上大口喘着粗气,但目光一刻也没有离开自己的战利品。保罗随身带着便携秤,出于好奇,他问孩子的父亲是否可以让他称称鲑鱼到底有多重。男孩的父亲毫不犹豫地说:"请问我儿子吧,这是他的鱼!"

## 模拟练习二

**第101题:缩写。**

1. 仔细阅读下面这篇文章,时间为10分钟,阅读时不能抄写、记录。

2. 10分钟后,监考收回阅读材料,请你将这篇文章缩写成一篇短文,时间为35分钟。

3. 标题自拟。只需复述文章内容,不需加入自己的观点。

4. 字数为400字左右。

5. 请把作文直接写在答题卡上。

"可我要再摔断了胳膊怎么办?"我5岁的女儿问道,她的下唇颤抖着。我蹲下来扶着她的自行车,直视她的眼睛,我知道她太想学骑车了。很多次她的朋友们骑车从我家经过时,她感到被抛弃了。可自从上次她从自行车上摔下来,胳膊摔断了之后,她对自行车便敬而远之。

"噢,宝贝儿。"我说,"我相信你不会再把胳膊摔断的。"

"但有可能,不是吗?"

"是的。"我承认,同时绞尽脑汁地想接下来该怎么说。每到这时,我多希望能有一个人帮我,帮我找出合适的理由来驱逐我女儿心中的恐惧。可经历过一场可怕的婚姻后,尽管艰辛,我却更倾向于当个单身妈妈,还态度坚决地告诉每个要给我介绍朋友的人说,我已经决定终身不再嫁。

"我不想学了。"她说着,从自行车上下来。

我们走到一边,坐在树下。

"难道你不想和朋友们一起骑车了吗?"我问。

"而且,我还以为你希望明年骑车去上学呢。"我补充道。

"我是希望啊。"她说,声音有点儿颤抖。

"知道吗,宝贝。"我说,"做任何事都可能会有危险的。跳绳也有可能摔断胳膊,做体操也有可能摔断胳膊啊。那你想再也不去体育馆了吗?"

"不想。"她说。然后她毅然站起,同意再试试。我扶着车尾,直到她鼓足勇气说:"出发!"

接下来整个下午,我都在公园里看着一个无比坚强的小女孩是如何克服恐惧的,也恭喜自己成了一个可以独挡一面的单身家长。

回家时,我们推着自行车走在人行道上,她问起昨天晚上我和我妈妈的谈话,那是她无意中听到的。

"昨晚你和姥姥为什么吵架?"

很多人想让我再婚,我母亲就是其中一个。很多次我拒绝去和她为我选择的完美男士约会。她坚持认为史蒂文和我合得来。

"没什么事儿。"我告诉女儿。

她耸耸肩:"姥姥说,她只不过想找个人来爱你。"

"姥姥想再找个人来让我伤心。"我厉声说道,很生气母亲把这件事告诉我女儿。

"可是妈妈……"

"你太小了,不明白。"我对她说。

她沉默了几分钟,然后她抬起头,小声说了句发人深省的话。

"那么我猜爱情和摔断胳膊不是一回事儿了。"

我无言以对,然后我们一路沉默。回到家后,我给母亲打了个电话,责备她不该和我女儿说这件事。接着,我效仿了今天下午我女儿——一个坚强的孩子做的事。我答应和史蒂文见面。

史蒂文是我的合适人选,不到一年我们就结婚了。结果证明,我母亲和女儿是正确的。

## 模拟练习三

**第101题:缩写。**

1. 仔细阅读下面这篇文章,时间为10分钟,阅读时不能抄写、记录。

2. 10分钟后,监考收回阅读材料,请你将这篇文章缩写成一篇短文,时间为35分钟。

3. 标题自拟。只需复述文章内容,不需加入自己的观点。

4. 字数为400字左右。

5. 请把作文直接写在答题卡上。

董事会议结束了,鲍勃站起来时不小心撞到了桌子,把咖啡洒到了笔记本上。"真丢脸,这把年纪了还毛毛糙糙的。"他不好意思地说。

所有人都哈哈大笑起来,然后我们都开始讲述自己经历的最尴尬的时刻。一圈过来,轮到一直默默坐在那儿听别人讲的弗兰克了。有人说:"来吧,弗兰克,给大家讲讲你最难为情的时刻。"

弗兰克讲道:"我是在桑派德罗长大的。我爸爸是渔民,他非常热爱大海。他有自己的小船,但是靠在海上捕鱼为生太艰难了。他辛勤地劳动着,一直待在海上,直到捕到的鱼足以养活全家为止。他不仅要养活我们的小家,还要养活爷爷奶奶以及他那还未成年的弟弟妹妹。"弗兰克看着我们,继续说:"我真希望你们见过我的爸爸,他身材很高大。因为长期拉网捕鱼,与大海搏斗,他十分强壮。走近他时,你能够闻到他身上散发出来的大海的气息。"

弗兰克的声音低了一点儿:"天气不好的时候,爸爸开车送我们去学校。他会把车停在学校正门口,好像每个人都能站在一旁观看。然后,他会弯下身在我的脸上重重地亲上一口,告诉我要做一个好孩子。这让我觉得很难为情。那时我已经12岁了,而爸爸还要俯身给我吻别。"

弗兰克停顿了一下,又继续说道:"我还记得那天,我认为自己已经长大,吻别不再适合我了。我们到了学校停了下来,像往常一样爸爸露出了灿烂的笑容,他开始向我俯下身来,然后我挡住了他:'不,爸爸。'那是我第一次那样对他说话,他十分吃惊。我说道:'爸爸,我已经长大了,不再适合吻别了,也不再适合任何的亲吻了。'爸爸盯着我看了好长时间,潜然泪下。我从来未见他哭过。他转过身子,透过挡风玻璃向外望去:'没错,你已经是一个大男孩……一个男子汉了。我以后再也不这样亲吻你了'。"

讲到这儿,弗兰克脸上露出了奇怪的表情,泪水开始在他的眼眶里打转。"从那之后没多久,爸爸出海后就再没回来了。"

我看着弗兰克,眼泪正顺着他的脸颊流下来。弗兰克又开口了:"伙计们,你们不知道,如果我爸爸能在我脸上亲一下……让我感觉一下他那粗糙的脸……闻一闻他身上海洋的气息……享受他搂着我脖子的感觉,那么我付出什么都愿意。我真希望那时候,我是一个真正的男子汉。如果我是,我绝对不会告诉爸爸我已经长大了,不再适合吻别了。"

所有的人都沉默了,都在想着什么……

## 模拟练习四

**第101题:缩写。**

1. 仔细阅读下面这篇文章,时间为10分钟,阅读时不能抄写、记录。

2. 10分钟后,监考收回阅读材料,请你将这篇文章缩写成一篇短文,时间为35分钟。

3. 标题自拟。只需复述文章内容,不需加入自己的观点。

4. 字数为400字左右。

5. 请把作文直接写在答题卡上。

仔细观察一个小孩儿,随便哪个小孩儿都行,你会发现,他每天都会发现一两件令他快乐的事情,尽管过一会儿他可能会哭哭啼啼。再看看一个大人,我们中间任何人都行。你会发现,一周复一周,一月又一月,他总是以无可奈何的心情迎接新的一天的到来,以温文尔雅、满不在乎的心情忍受这一天的消逝。确实,大多数人都跟罪人一样苦恼、难受,尽管他们太百无聊赖,连罪都不犯——也许他们的冷漠就是他们的罪孽。真的,他们难得一笑。如果他们偶尔笑了,我们会认不出他们的容貌，他们的脸会扭曲走样，不再是我们习以为常的固定不变的面具。即使在笑的时候，大人也不会像小孩儿那样，小孩儿用眼睛表示笑意，大人只用嘴唇。这实际上不是笑，只是咧咧嘴；表示一种心情，但跟快乐无关。然而，人人都能发现，人到了一定地步(但又有谁能解释这是什么地步呢)，成了老人，他又会笑了。

看起来，幸福同纯真的赤子之心有关系，幸福是一种能从最简单的事物里，譬如说，核桃——汲取快乐的能力。

幸福显然同成功毫不相干，因为亨利·斯图亚特爵士当然是个十分成功的人。20年前，他从伦敦来到我们的村子，买了好几座旧房子，他把旧房子推倒后建了一所大房子，他把这所房子当作度假的场所。

我记得，大约10年前，他被任命为王室法律顾问，阿莫斯和我看见他走下从伦敦开来的火车，便上前去表示祝贺。我们高兴地笑着，而他的表情却跟接到判刑通知一样悲惨。他受封当爵士时也是如此，他甚至不屑于在蓝狐狸酒馆请我们大家喝杯酒。他对待成功就像小孩儿吃药一样，任何一项成就都未能使他疲惫的眼睛里露出一丝笑意。

他退休以后也常在花园里随便走走，干些轻松的闲活儿。有一天，我问他一个问题：一个人实现了一切雄心壮志是什么滋味？他低头看着玫瑰花，浇他的水。过了一会儿，他说："实现雄心壮志的唯一价值是你发现他们都不值得追求。"他立刻改变话题讨论有实际意义的事情，我们很快谈论起万无一失的天气问题。这是两年前的事。

我想起这件事情，因为昨天我经过他的家，把我的大车停在他家花园的院墙外边。我从大路上把车开到他家花园外边是为了给一辆公共汽车让路。我坐在车上装烟斗时忽然听见院墙里面传来一声欣喜若狂的欢呼。

我向墙内张望，里面是亨利爵士，他欢蹦乱跳像在跳部落出征的舞蹈，表现出毫无顾忌的真正的快乐。他发现了我在墙头张望的迷惑不解的面孔，他似乎毫不生气，也不感到窘迫，而是大声呼喊叫我爬过墙去。

"快来看，杰。看呀！我终于成功了！我终于成功了！"

他站在那里，手里拿着一小盒土。我发现土里有三棵小芽。

"就只有这三棵！"他眉开眼笑地说。

"三棵什么东西?"我问。

"核桃树。"他回答道："我一直想种核桃树，从小就想，当时我参加晚会后老是把核桃带回家，后来长大成人参加宴会后也这样。我以前常常种核桃树，可是过后就忘了我种在什么地方。现在，我总算成功了。还有，我只有三棵核桃树。你瞧，一棵、两棵、三棵。"他数着说。

亨利爵士跑了起来，叫他的妻子来看他的成功之作——他的单纯又纯朴的成功之作。

## 模拟练习五

**第101题：缩写。**

1. 仔细阅读下面这篇文章，时间为10分钟，阅读时不能抄写、记录。

2. 10分钟后，监考收回阅读材料，请你将这篇文章缩写成一篇短文，时间为35分钟。

3. 标题自拟。只需复述文章内容，不需加入自己的观点。

4. 字数为400字左右。

5. 请把作文直接写在答题卡上。


萨拉跑进来说："看，我找到了什么。"我正在看报，一条长得有点儿支离破碎的东西出现在报纸上，把我吓得跳了起来。那是一条蛇蜕的皮，我们的花园有很多蛇。

"它难道不漂亮吗？"我那7岁的女儿眨着她的大眼睛问道。

我看着那张蛇皮，暗想：它实在算不上漂亮。但我明白决不能对孩子冷淡，抑或感到厌烦。孩子们初次见到的东西对于他们而言是形成美感以及创造力的基础。在接受相关教育之前，他们应当只会看到世上美好的事物。

萨拉问："蛇为什么要蜕皮？"

罗伯特，天真的小淘气说："咱们花园有一条光着身子的蛇。"

我也利用一切机会，教孩子们知道任何事物不单有其表象，更有其深层原因的含义。

我解释说："蛇为了获得新生，所以要蜕皮。"正如我家常常出现的情况，最初的话题会引出其他一个又一个新问题，直到我们谈论的内容与最初的问题毫不沾边为止。

萨拉问："蛇为什么要获得新生？"

罗伯特诙谐地说："因为它们不喜欢自己的样子，想要变成另外的样子。"

萨拉和我没再理会她哥哥。我忽然记起许多年前在报纸上看过上曾有一篇文章，作者表述了她对新生的看法，她用糊在墙壁上的一层层的壁纸来形容我们是如何将真实的自我隐藏起来的，并且说一层一层剥去那些墙纸，我们便会发现藏在下面的纯真。

我告诉全神贯注的小女儿："我们常常要'蜕皮'，换掉身上那些衣服。我们长大了，有些东西不想要了，有些东西不需要了。这条蛇不再需要这张皮了，可能蛇感到这张皮既僵硬又难看,穿在身上不像以前那么漂亮,就像买一套衣服那样。"

当然了,我敢肯定这样的解释不能让真正的生物学家满意,但萨拉听明白了。谈话间,我知道萨拉尽管是朦朦胧胧的,但她理解了新生是成长的一部分,理解了我们需要好好审视自我、房间、功课、创造力以及灵性,想想需要留下什么,摒弃什么。我用心地解释这是自然过程,并非强迫着去做的。

我解释说:"蛇喜欢它的皮的时候,就不会蜕皮。随着它们的生长,蜕皮是自然的过程。"

萨拉说:"爸爸,我懂了。"说完,她从我腿上跳下去,拿着蛇皮跑了。

我希望她能记住这一次。为了寻找年复一年为社会和环境所掩盖的真正的自我,我们需要检查这些"壁纸",一旦认识到它们毫无价值,不再需要或者有缺陷,需要轻轻剥去一些,最好是将那些摒弃的东西尘封在记忆中,激励我们更有活力、更有精神地前进。

## 四、模拟练习参考答案(略)

# 新汉语水平考试 HSK(六级)
# 模拟试卷(一)

# 一、听力

第1—15题：请选出与所听内容一致的一项。

1. A. 吉米的爸爸不是好人
   B. 吉米向别人索取的少
   C. 吉米的爸爸没有座右铭
   D. 吉米的爸爸是拳击手

2. A. 佩戴饰品不会引发疾病
   B. 饰品不含有对人体有害的元素
   C. 价格低廉的首饰成分复杂
   D. 选购饰品不用很认真

3. A. 春游宜去野外等场所
   B. 春游会增加疲劳
   C. 春游最好独自攀登山林
   D. 春游应多摄取阳离子

4. A. 患者不害怕做手术
   B. 患者不紧张
   C. 大夫初次做手术
   D. 大夫不紧张

5. A. 鱼是有智慧的
   B. 鱼只有三十秒钟的记忆力
   C. 鱼的智力没有哺乳动物的好
   D. 鱼记不起五个月前的事情

6. A. 送礼最好送死不掉的东西
   B. 吃不掉的东西不适合送礼
   C. 收礼的人往往会忘了你送的礼物
   D. 合适的礼物让人难以忘怀

7. A. 导游会给予游客各种帮助
   B. 导游很难解决旅游中出现的问题

C. 我国的导游不用经过资格考试
D. 导游不是引导游览

8. A. 将升温
   B. 将有阵雨天气
   C. 预计降雨将出现在白天
   D. 市民外出可不用带伞

9. A. 人生不需要压力
   B. 减压是为了增强生命的耐力
   C. 过分的安逸有利于减压
   D. 放松心情可减压

10. A. 妻子厨艺不好
    B. 丈夫过得很好
    C. 丈夫在家里可以喝酒
    D. 家里伙食很好

11. A. 他从不涉足电影行业
    B. 他开创音乐的"中国风"
    C. 他是"美洲流行天王"
    D. 他是外语流行歌手

12. A. 实现目标不需要决心
    B. 拦路虎常常出现
    C. 我们要有决心和毅力
    D. 我们不应该持之以恒

13. A. 他们追求物质
    B. 他们喜欢打的
    C. 他们落实自己的精神信仰
    D. 他们乘电梯

新汉语水平考试教程（六级）

## 14.
A. 电脑对环境影响不大

B. 电脑在废弃后不会成为污染源

C. 填埋电脑对土壤会有影响

D. 电脑对人类很重要

## 15.
A. 桉树也是树

B. 桉树种类不多

C. 桉树没有经济用途

D. 桉树大多在澳洲及其附近

# 第二部分

第16—30题：请选出正确答案。

16. A. 网站页面设计

B. 搜索引擎

C. 网站流量

D. 网站点击率

17. A. 积极向上的团队精神

B. 足够的自信心

C. 提升网站知名度

D. 持之以恒，完善自我

18. A. 依赖谷歌搜索引擎

B. 靠亲朋点击提升流量

C. 依赖百度搜索引擎

D. 靠广告进行宣传

19. A. 参与展会展示自己的产品

B. 利用展会宣传自己

C. 混进展会派发名片或举牌

D. 在展会门口举牌

20. A. 设计宣传广告

B. 利用搜索引擎

C. 参加行业展会

D. 网站设计突出行业特点

21. A. 做技工

B. 做美工

C. 做后台

D. 做网站

22. A. 利用优势解决IT人员就业问题

B. 做国内领先的电脑杂志网

C. 成为资讯类行业的精英

D. 做业内领先的电脑资讯网站

23. A. 完善内容

B. 增加点击量

C. 建立传播渠道

D. 加强宣传

24. A. 正处于计划中

B. 已有初步结果

C. 已有详细的预算计划

D. 不便公布具体数字

25. A. 大力进行广告宣传

B. 跟先辈进行合作

C. 一是内容，二是人气

D. 主要完善网站内容建设

26. A. 职业技术类

B. 汉语言文学类和外语类

C. 通信类和工商管理类

D. 国际教育类和思政类

27. A. 工商管理

B. 会计学

C. 市场营销

D. 信息工程

28. A. 重庆市　　　　　　　　　C. 定期开展口语培训
　　B. 上海市　　　　　　　　　D. 定期进行实践培训
　　C. 成都市　　　　　　30. A. 优秀学生证书
　　D. 武汉市　　　　　　　　　B. 本科毕业证书
29. A. 由外籍教师讲授　　　　　C. 硕士学位证书
　　B. 由本国优秀教师讲授　　　D. 研究生毕业证书

## 第三部分

**第31—50题：请选出正确答案。**

31. A. 0.000127
　　B. 0.000121
　　C. 0.000027
　　D. 0.000124

32. A. 他是澳洲人
　　B. 他研究蝴蝶
　　C. 他提出"蝴蝶效应"
　　D. 他输错了数据

33. A. 要注意生活中的细节
　　B. 蝴蝶拍一下翅膀能引起龙卷风
　　C. 每个人的成长都是一个奇迹
　　D. 初期的小差异能引起惊人结果

34. A. 老师让我们学习那幅人体图
　　B. 黑板上的人体图被擦掉了
　　C. 黑板上多了一幅人体图
　　D. 考试的题目很多

35. A. 老师认真地批改我们的试卷
　　B. 老师很生气，发火了
　　C. 老师让我们画人体图
　　D. 老师把试卷撕掉了

36. A. 学习只是别人教给你的东西
　　B. 学习要注意用功
　　C. 学习不只是别人教给你的东西
　　D. 学习要有明确的目标

37. A. 很多野兔
　　B. 草原野火
　　C. 很多猎人
　　D. 草原很大

38. A. 躺在地上
　　B. 想办法把火扑灭
　　C. 快速逃跑
　　D. 把两人周围的干草和灌木点着

39. A. 猎人和朋友遭遇了沙尘暴
　　B. 猎人巧用火保护了自己和朋友
　　C. 猎人和朋友找到了水源
　　D. 猎人抛弃了朋友

40. A. 夏至前后
　　B. 立春前后
　　C. 立夏前后
　　D. 小暑前后

41. A. 判断鱼群的种类
　　B. 判断鱼群大小
　　C. 判断鱼群的密集程度
　　D. 判断鱼群的深浅

42. A. 大黄鱼经济价值很高
　　B. 大黄鱼药用价值不高
　　C. 大黄鱼的产量越来越高
　　D. 人工养殖大黄鱼的基地还没有

43. A. 大学附近形成高科技产业群

　　B. 大学形成了硅谷

　　C. 大学附近有很多学校

　　D. 大学周围有很多书店

44. A. 人民大学

　　B. 大学学院区

　　C. 北京大学

　　D. 海淀学院区

45. A. 有项目经理

　　B. 很多书店

　　C. 有很多娱乐设施

　　D. 有很多大学

46. A. 人们追求高学历

　　B. 大家经常阅读书刊

　　C. 人们上班时着装随意

　　D. 大家相互聚会寻找热闹

47. A. 五颜六色

　　B. 黑白分明

　　C. 乌黑

　　D. 雪白

48. A. 她主要是牧牛的

　　B. 她有三个妹妹

　　C. 她打败了老虎

　　D. 她舞跳得很好

49. A. 身披黑纱

　　B. 戴着黑帽子

　　C. 戴着黑袖章

　　D. 永远身着黑白

50. A. 四姑娘山

　　B. 熊猫为什么身着黑白衣服

　　C. 熊猫为什么会遭到袭击

　　D. 熊猫保护神

## 二、阅读

**第51—60题：请选出有语病的一项。**

51. A. 他的忽然到来让我们感觉很意外。

B. 沈从文的童年生活，是他创作一系列湘西作品的源泉。

C. 对别人的意见不能一概否定。

D. 我对于中国现代文学很感兴趣。

52. A. 他看起来大约60岁左右。

B. 不管是严寒酷暑，还是刮风下雨，他都会坚持去体校练习游泳。

C. 只有言之无物的文章，才会没有读者。

D. 你这样做不但不能解决问题，反而会影响大家的情绪。

53. A. 一转眼，他已经从书架上拿下来一本书。

B. 在大家的帮助下，使我认识到了问题的严重性。

C. 尽管事发突然，我们还是在第一时间赶到了事发现场。

D. 九寨沟那充满诗情画意的风景让我深深地陶醉了。

54. A. 生活是你采取行动或者不采取行动的结果。

B. 论身高，王杰只比我稍微高一点儿。

C. 只问耕耘不问收获，是做第一份工作时最重要的心态。

D. 我们失败的原因是大家不够团结。

55. A. 倘若说女人是水做的，那么男人应该是血做的。

B. 昨晚的事，我确定我看得很清楚。

C. 我们单位在这个季度的效益有所提高。

D. 思维灵活、办事主动是这位男青年的优点。

56. A. 昆明四季如春，所以又有"春城"之称。

B. 每年我们都相约在这一天重逢。

C. 他很高高兴兴地去参加朋友的生日聚会了。

D. 对于一次不可抗拒的空难,我是迟到的搜救者。

57. A. 我国是世界上竹类资源最丰富的国家。

   B. 三个学校的老师和领导参加了这次的学术研讨会。

   C. 农民工子女的教育问题,是每个城市都要碰到的问题。

   D. 本刊数量有限,请抓紧时间订购,售完为止。

58. A. 在电影首映式上,他发言了五分钟。但就是这短短的五分钟,却博得了
   全场观众的热烈掌声。

   B. 沙尘暴作为我国目前严重的气象和环境灾害之一,往往为人们所深恶
   痛绝。

   C. 足疗这门行业将中医学和当下最火的服务行业相结合,是中医现代化
   的一种突破。

   D. 矿业循环是循环经济理念应用于矿业系统,是它在矿业系统中的推广
   和应用。

59. A. 当前很多专家开始重视对安乐死的讨论并研究,但一直都未得出令人
   满意的结论。

   B. 动物界是一面镜子,反照出人类本性的一面,因此我反而会原谅人类内
   心的缺陷。

   C. 为了着手新一代产品的研发以及推广,与多核技术相关的研发人才就成
   了重金招募的对象。

   D. 印度作为软件业大国,近些年来其地位早已不容忽视,在美国高等学府
   计算机相关专业随处可见的印度人身影可为佐证。

60. A. 狼的情绪只有在狼的眼神中才能流露出来,狼的血液也只有在狼的身
   体内才能汹涌澎湃。

   B. 南京湿气特别重,在盛夏整座城市仿佛一个蒸笼,甚至连空气都流着粘
   稠的汗液。

   C. 这是一个地处美国最荒凉的北部、完全与世隔绝的小镇,傍依着一座深
   幽而绵长的大峡谷,四周全是重峦叠嶂的秃山。

   D. 中国经济的发展越来越很迅速,因此学习汉语的人越来越多,到中国留
   学的人成倍增长,也促进了中国经济的发展。

## 第二部分

第61—70题：选词填空。

61. "晕轮效应"是一种_____存在的心理现象，即对一个人进行_____时，往往会因对他的某一品质特征的强烈、清晰的感知，而_____了他其他方面的品质，甚至是弱点。

A. 普通　　　评估　　　忽视　　　　　B. 广泛　　　估价　　　形态

C. 普遍　　　评价　　　掩盖　　　　　D. 到处　　　思考　　　忽略

62. 首先，学风体现在_____行为规范上。其次，良好学风还需要_____到教学的各个环节之中。学风作为一种关于学习的_____与习惯，习惯成自然，习惯了，也就蔚然成风了。

A. 平常　　　贯彻　　　风俗　　　　　B. 通常　　　行动　　　氛围

C. 平时　　　实施　　　气氛　　　　　D. 日常　　　落实　　　风气

63. 朋友之间的_____是不需约定的。_____是朋友，就要彼此信任，互相关心。这是不需要多说的了。_____朋友，就是破坏约定。

A. 真诚　　　既然　　　出卖　　　　　B. 真心　　　即使　　　叛卖

C. 诚实　　　尽管　　　背叛　　　　　D. 诚挚　　　哪怕　　　出售

64. 冰川融化，微生物从冰川中_____出来，这将是一个非常_____的过程。而这其中，能够有多少_____环境的变化存活，这些微生物中又有多少病毒，有多少能发挥_____，这些都还是未知数。

A. 解冻　　　复杂　　　适应　　　作用

B. 具有　　　庞杂　　　合适　　　效用

C. 具备　　　杂乱　　　应变　　　功能

D. 享有　　　繁复　　　适合　　　效果

65. 手机现在成为都市人_____的"新生器官"，而"手机幻听症"则逐渐成为一种普遍现象。手机幻听的_____症状有：担心手机会响，每半小时看一次手机，手机无来电，却能"听"到手机铃声。无论手机放在哪里，都觉得手机在响铃或_____。"特别忙的人"和"特别闲的人"最_____出现手机幻听。

A. 如影相随　　特殊　　震惊　　常常
B. 形影不离　　典型　　振动　　容易
C. 形影相吊　　特别　　震动　　可能
D. 形单影只　　特点　　响动　　简单

66. 我们需要_____有关生命、心灵等_____人本身最重要问题的智慧,作为知识和生活的明灯。一个人,_____没有太多的知识,但是由于把握了人生的智慧,往往也能有值得_____的地方。

A. 聚合　　指示　　然而　　欣慰
B. 集中　　指引　　无论　　骄傲
C. 聚集　　引导　　不管　　自傲
D. 聚焦　　指导　　即使　　自豪

67. 门墩儿艺术是中国_____艺术发展到高峰_____形成的石雕艺术,_____,门墩儿上的石雕制作精美、雕工不俗、题材广泛、比例协调,石料_____,是北京门楼文化中的一朵奇葩。

A. 民间　　时期　　一般来说　　考究
B. 人文　　时段　　总的来说　　讲究
C. 流行　　时间　　总体而言　　精致
D. 民俗　　阶段　　一般而言　　考证

68. 中国文化_____,形成了以儒学为_____的整体多元的华夏文明。儒家文化作为一种文化的_____、社会意识的潜流,它的许多合理性内容,具有其独特的魅力,它们渗入社会心理的深层,根植_____社会生活的土壤之中,影响着人们的生活方式、思维模式、价值观念、道德情操、处世态度和风俗习惯。

A. 源远流长　　主题　　沉淀　　到
B. 历史悠久　　中心　　积累　　在
C. 源远流长　　主体　　积淀　　于
D. 滔滔不绝　　观点　　沉积　　与

69. 希腊人把童年当作一个特别的年龄分类,却很少给它_____。希腊人_____下来的塑像中没有一尊是儿童的,对杀害婴儿的行为也没有任何道德或法律上的_____。他们_____各种各样的学校,但在如何_____未成年人方面并不具备现代人认为是正常的同情心和理解。

A. 关心　　留传　　限制　　修建　　对待
B. 注意　　留传　　控制　　建立　　教育
C. 重视　　流传　　束缚　　建造　　管理
D. 关注　　流传　　约束　　建立　　管教

70. 个性化消费时代的_____，催生了一批新人类，他们普遍追求个体的独特性、心理自主和消费过程的自主，_____企业组织为他们提供独特产品与个性化服务，这恰是私人化_____中"个性经济"发展的_____条件。

A. 降临　　盼望　　想法　　需要
B. 来临　　期望　　观点　　必须
C. 到来　　渴望　　概念　　必要
D. 到达　　渴求　　观念　　必然

## 第三部分

**第71—80题：选句填空。**

第71—75题

中国各地的古典园林，风景优美，建筑奇特，71._____。

中国古典园林的最大特点是讲究自然天成。古代的园林设计家在建园时，72._____，使人能从中欣赏到大自然的奇峰、异石、流水、湖面、名花、芳草，感觉就像在画中游览。

中国古典园林在布局上还有含蓄、变化、曲折的特点，比如园路要"曲径通幽"，讲究景中有景，一步一景；园中的建筑要与自然景物交融在一起，形状式样变化多样；花草树木要高低相间，四季争艳……

中国古典园林的另一个特点，73._____。如园林建筑上的匾额、楹联、画栋、雕梁等，形成了中国古典园林艺术的独特风格。

74._____。北方的皇家园林往往利用真山真水，并且集中了各地建筑中的精华。黄色的琉璃瓦，朱红的廊柱、洁白的玉石雕栏，精美的雕梁画栋，色彩华美，富丽堂皇。保存到现在的著名皇家园林有北京颐和园、北海公园、承德避暑山庄等。75._____，如苏州的拙政园、留园，无锡的寄畅园，扬州的个园等。私家园林一般面积不大，但经过建筑家的巧妙安排，园中有山有水，景物多变，自然而宁静。

A. 巧妙地将大自然的美景融合在人造的园林中

B. 南方的私家园林大多建在苏州、南京、杭州和扬州一带

C. 是中外游人向往的游览胜地

D. 中国的古典园林大致可以分为北方皇家园林和南方私家园林两类

E. 是巧妙地将诗画艺术和园林融于一体

第76—80题

美国有一个感恩节。那一天要吃火鸡,无论天南地北,再远的孩子也要赶回家。

总有一种遗憾,我们国家的节日很多,唯独缺少一个感恩节。我们可以像他们一样吃火鸡,我们也可以千里万里赶回家,但那一切并不是为了感恩,76.＿＿＿＿＿＿。

没有阳光,就没有日子的温暖;没有雨露,77.＿＿＿＿＿＿;没有水,就没有生命的源泉;没有父母,就没有我们自己;没有亲情、友情和爱情,世界将会是一片孤寂和黑暗。这些都是浅显的道理,没有人会不懂,但是,78.＿＿＿＿＿＿。

"谁言寸草心,报得三春晖。"这是我们小时候就熟悉的诗句,还有中国流传了多少年的古训,像"滴水之恩,涌泉相报"、"衔环结草,以报恩德",简而言之,讲的就是要感恩。但是,79.＿＿＿＿＿＿。有时候,我们常常忘记了无论生活还是生命,都需要感恩。

蜜蜂从花丛中采集完蜜,还知道"嗡嗡"地唱着道谢;树叶被清风吹得凉爽舒适,还知道"沙沙"地响着道谢。有时候,80.＿＿＿＿＿＿。难道我们还不如蜜蜂和树叶?

A. 这样的古训并没有渗进我们的血液

B. 团聚的热闹总是多于感恩

C. 我们却往往容易忘记了需要感恩

D. 就没有收获的喜悦

E. 我们常常缺少一种感恩的思想和心理

## 第四部分

**第81—100题:请选出正确答案。**

第81—84题

奥地利心理学家阿德勒是一名钓鱼爱好者。一次,他发现了一个有趣的现象:鱼儿在咬钩之后,通常因为刺痛而疯狂地挣扎,越挣扎,鱼钩陷得越紧,越难以挣

脱。就算咬钩的鱼成功逃脱,那枚鱼钩也不会从鱼嘴里掉出来,因此钓到有两个鱼钩的鱼也不奇怪。在我们嘲笑鱼儿很笨的同时,阿德勒却提出了一个相似的心理概念,叫作"吞钩现象"。

每个人都有一些过失和错误,这些过失和错误有的时候就像人生中的鱼钩,让我们不小心咬上,深深地陷入之后,我们不断地负痛挣扎,却很难摆脱这枚"鱼钩"。也许今后我们又被同样的过失和错误绊倒,而心里面还残留着以前"鱼钩"的遗骸。这样的心理就是"吞钩现象"。

"吞钩现象"使人不能正确而积极地处理失误、自责和企图掩盖失误,从而对人造成难以磨灭和不可避免的重复的伤痕。我们都有过"吞钩现象",只不过我们自己不愿意承认罢了。

"吞钩现象"是神经高度紧张、情节反复厮磨的结果。每当个人对生活有适应不良的心理困扰时,就会把埋藏在潜意识深层的阴影激活,制造过失。阴影总是通过过失表现出来的,无论出现什么偶然的、突发的过失,从心理学角度讲,都有它的必然性、自发性。

过失、屈辱和失落,对我们来说没办法百分之百地避免,但是我们应该避免这些事情破坏和改变人性,这也是避免心理疾病出现的目的。

81. 关于阿德勒,下列说法不正确的是:

    A. 他是奥地利人        B. 他是一名心理学家

    C. 他提出了"吞钩现象"的心理概念    D. 他讨厌钓鱼

82. "吞钩现象"可能造成的后果有:

    A. 使我们不能积极处理失误和过失    B. 使我们更加积极地对待生活

    C. 我们会变得更加坚强        D. 我们的神经会高度紧张

83. 关于上文,下列说法不正确的是:

    A. 每个人都有自己的过失和错误    B. 我们可能会被同样的错误绊倒

    C. "吞钩现象"不可避免        D. 阴影常常通过过失表现出来

84. 根据上文,下列关于"吞钩现象"说法正确的是:

    A. 不是每个人都会遇到"吞钩现象"的,这只是一种偶然

    B. 我们每个人都会承认自己遇到的"吞钩现象"以及由此带来的心理阴影

    C. 我们要竭力避免发生让自己感到失落的事情

    D. "吞钩现象"使我们不能正确积极地处理失误,从而对我们造成一定的伤害

第85—88题

不是所有的人都喜欢他人赞扬的。赞扬的最好对象是那些颇有几分自负、生来就喜欢把别人的恭维当成客观评价的人，而那些自卑的人则容易把最真诚的赞扬当成挖苦、讽刺。

虽然别人赞扬的话会不时地让我们感到愉快，可是如果我们分不清是真诚的赞美还是别有用心的恭维就高兴过头，糊里糊涂地随便答应给对方好处，日后岂不会给自己带来麻烦？因此，知道了赞扬与恭维的区别之后，本着既不让自己被恭维话迷惑、又不让赞扬自己的人感到尴尬的原则，我们可以用这样一句话把恭维挡回去："您太抬举我了！"这句话能够让恭维你的人明白，你完全清楚他是在恭维你，而不是真心地赞美你。而对方听到这句话也不会生气，至多以后在你面前少说点儿恭维话罢了。还有一种方法可以使我们既能享受别人的赞扬带来的愉快，又不会被恭维所迷惑而给自己带来麻烦，这就是采用间接对话的方式进行交际。这种方法能避免你听到恭维话后一时高兴随便答应对方的要求。比如，对于一个有名的教授来说，他可以更多地采用书面作业而不是当面对话的形式与学生进行交流，这样不但学生对他说的话是真诚的赞美，而且可以避免学生的赞美给他带来消极的影响，使其至多变成一种简单、愉快而对自己没有任何害处的情感表达。

总之，对别人的赞扬如果恰到好处，不光能使对方感到愉快，而且也能够让自己的生活充满欢乐。

模拟试卷（一）

85. 关于赞扬的最好对象，下列选项正确的是：

    A. 对自己感到自卑的人     B. 对赞扬有正确认识的人

    C. 有几分自负的人     D. 认为赞扬是挖苦讽刺的人

86. 别人赞扬你时，你觉得：

    A. 是需要得到你的帮助     B. 真诚地恭维你

    C. 可能是真诚的赞美     D. 嫉妒你的一切而已

87. 最好用哪种方式进行交际不会带来赞扬的困扰？

    A. 直接进行面对面的交流     B. 采用书信往来的方式

    C. 用间接对话的方式     D. 通过网络进行交际

88. 关于上文，正确的是：

    A. 所有人都喜欢被赞扬     B. 我们应尽可能答应别人的要求

    C. 我们要正确认识赞扬和恭维     D. 我们要避免给自己带来麻烦

第89—92题

青松、翠竹和冬梅这三种植物历来被中国人所喜爱，原因就在于它们即使在寒冷的冬天也显示出生机勃勃的活力,像三位志同道合的朋友一样迎接春天的来临,所以它们被人们誉为"岁寒三友",象征着中国人所敬慕和追求的高尚情操。

在中国,"岁寒三友"的图案很常见,不管是在器皿、衣料上,还是在建筑上都留下了它们的影子。仁人志士向往它们傲霜斗雪、铮铮铁骨的高尚品格,而老百姓则看重它们长青不老、经冬不凋的旺盛生命力。

松树是一种生命力极强的常青树,即使天寒地冻,它也依然葱茏茂盛。所以人们赋予它意志刚强、坚贞不屈的品格,在中国民间,人们更喜欢它的常青不老,将它作为长寿的代表。

每当寒露降临,很多植物便会逐渐枯萎,而竹子却能凌霜而不凋,坚强地屹立在风雪之中。竹节中空、挺拔,所以被人们赋予坚贞和虚心的品格,有着"君子"的美誉。在中国的民间传统中有用放爆竹来除旧迎新、除邪恶报平安的习俗,所以竹子在中国的装饰画上也被作为平安吉祥的象征。

梅花是中国的传统名花,它清香幽雅、冰肌玉骨,梅花以它的高洁、坚强、谦虚的品格,激励着人们洁身自好、不断奋发向上,所以中国历代文人志士喜欢梅花、歌颂梅花的极多。梅花还常常被民间作为传春报喜的吉祥象征。有关梅花的传说故事、梅的美好寓意在中国流传深远,应用很广。

除了松、竹、梅这"岁寒三友"之外,中国还有很多植物,如菊花、兰花和莲花等,也被人们寄寓了美好的品格,成为中国人所追求的人格操守的象征。

89. 下列哪项不属于"岁寒三友"?

    A. 雪松                         B. 翠竹

    C. 青松                         D. 冬梅

90. "岁寒三友"有哪些品质?

    A. 傲霜斗雪、长青不老          B. 经得起时间的考验

    C. 经久不衰、久经沙场          D. 冰清玉洁、坚强不屈

91. 下列哪项不属于梅的品格?

    A. 高洁                          B. 自傲

    C. 坚强                          D. 谦虚

92. 关于上文,不正确的是:

    A. 梅花是中国的传统名花      B. 竹子可作为平安吉祥的象征

    C. 梅花是传春报喜的吉祥象征    D. 竹子是长寿的象征

第93—96题

位于可可西里腹地的卓乃湖,是中国藏羚羊的主要产仔地,被称作"天然大产房"。

因为怀孕和到达时间的不同,许多临产的藏羚羊都集中在湖边,而其他还未临产的藏羚羊则主动在外围保卫,因为尾随而来的还有狼、鹰、秃鹫、棕熊等天敌。湖畔的妈妈们一旦喜得贵子,就赶紧领着孩子向外移动,再让其他的准妈妈们安全生产。如此循环,相互照应,直到最后一位妈妈完成大任。因为身处绝对的高原,加上天敌虎视眈眈,藏羚羊整个产仔过程非常短暂。有时在悠闲的漫步中,一个不屈不挠的生命就轻松坠地了,没有一声呻吟。

产床大多是高坡上的沙石地。我有幸目睹了一个高原生命的降临。一只刚刚出生的小藏羚羊,浑身还湿漉漉的,小家伙一动不动地趴在地上,头和脖子死死地贴在地上。它身体的肤色和地面极为相近,只有两只玻璃球一样的大眼睛闪着黑亮的光。看没有危险了,它才开始站立挣扎!它先伸展脖子,让头抬起来;而后开始试着蹬腿,四肢劈开支撑身体;两分钟后它突然用力,两只前腿便跪了起来;三分钟后,小藏羚羊竟然完全站起来了!五分钟后,站起的小藏羚羊已经能蹒跚学步了。

在小藏羚羊落地的瞬间,藏羚羊妈妈便要立刻用舌头不停地舔舐,以舔干净孩子身上的胎液,使其免遭冰冻之苦,也让唾液滋润自己孩子的生命,刺激其新陈代谢。在孩子站立的过程中,妈妈要用嘴巴不停地拱柔弱的孩子,好让它快点儿站立起来,瞬间坚强起来!一旦遇到天敌,藏羚羊母亲就只能先把孩子藏好,而后拖着疲惫不堪的身体朝着相反的方向"仓皇逃跑",以诱惑劲敌。这样舍己救子的致命举动让很多藏羚羊母亲再也没能回来。而藏起来的小藏羚羊则利用短暂的时间差,依靠自己身体的天然保护色躲过了生命最初的劫难。尽管如此,小藏羚羊的成活率也只有百分之五十。

一个渺小的生命,一个脆弱的生命,一个必须面对艰险和磨难的生命,就这样在离天最近的地方站立起来了!

93. 下列哪项不是藏羚羊的天敌?
   A. 狼 　　　　　　　　　　　　B. 鹰
   C. 秃鹫 　　　　　　　　　　　D. 黑熊

94. 为什么藏羚羊的产仔过程很短暂?
   A. 幼仔的存活率很低 　　　　　B. 身处高原和天敌的存在
   C. 高原气候不利于幼仔的生存 　D. 很多藏羚羊等待生产

95. 藏羚羊妈妈为什么牺牲自己?
   A. 给孩子寻找食物 　　　　　　B. 让小藏羚羊快速成长
   C. 诱惑敌人,保护孩子 　　　　D. 由于生产过程中的疲惫而致死

96. 上文主要介绍了:
   A. 小藏羚羊的出生 　　　　　　B. 天敌是如何捕获藏羚羊的

C. 藏羚羊妈妈如何保护孩子　　　　　D. 藏羚羊的生存地

第97—100题

　　在当今的社会中,肺癌和乳腺癌成为全球范围内死亡的主要原因,因此,早一点儿发现疾病成为众望所归。在最近的一项科学研究中,研究人员提供了令人震惊的新证据,表明人类最好的朋友——狗,或许能为早期癌症的检测做出贡献。

　　狗的超常嗅觉能够区分健康人与早、晚期肺癌和乳腺癌患者,研究人员向人们展示了这方面的科学依据。狗能够识别出被稀释得低至兆分之几的化学成分,这一点已被其他科学研究所证明。研究人员是从一个病例报告中第一次认识到狗的嗅觉在临床诊断上的作用——一条狗总是嗅主人身上的皮肤损伤处,从而使主人警觉自己患了黑素瘤。随后发表在一些主要医学期刊上的研究成果也证明,经过训练的狗能够发现黑素瘤和膀胱癌。最新的这项研究是对狗能否仅靠癌症患者呼出的气息发现癌症所进行的第一次测试。

　　在这项研究中,五条家犬在短短的三个星期内接受了训练,通过嗅癌症患者呼出的气息来发现肺癌或乳腺癌。试验由86名癌症患者(其中55人患有肺癌,31人患有乳腺癌)和83名作为对照的健康人组成。所有的癌症患者都是刚刚通过传统的活组织切片检测方法而确诊为癌症的,但尚未接受化疗。研究人员将癌症患者和对照者呼出的气息样本收集在一个特殊的管子里,让狗去嗅。狗受训在识别出癌症患者的气息后坐在或者趴在装有癌症者气息样本的测试台前, 而对对照组的气息样本不做任何反应。

　　研究结果显示,狗能发现88%至97%的乳腺癌和肺癌。另外,该研究还证实,经过训练的狗能够发现早期肺癌和乳腺癌。研究人员由此推断,气息分析可能会成为诊断癌症的一个方法。

97. 为什么要早点儿发现疾病?

　　A. 人类意识到生命的可贵　　　　　B. 身体健康是众望所归

　　C. 狗能觉察到癌症　　　　　　　　D. 癌症已成为死亡的主要原因

98. 狗能嗅出癌症的科学依据是:

　　A. 狗天生的超常嗅觉　　　　　　　B. 能识别被稀释的物理成分

　　C. 已经经过临床试验　　　　　　　D. 能仅靠人呼出的气息发现癌症

99. 下列哪项属于研究结果?

　　A. 经过训练的狗能发现早期肺癌和乳腺癌

　　B. 狗能发现所有早期癌症

　　C. 癌症患者可以得到及时的治疗

D. 狗对对照组没有反应

100. 最适合做上文标题的是：

A. 治疗癌症之路         B. 狗能嗅出癌症？

C. 发现你的癌症         D. 健康路漫漫，狗来帮你忙

# 三、书写

**第101题：缩写。**

1. 仔细阅读下面这篇文章，时间为10分钟，阅读时不能抄写、记录。

2. 10分钟后，监考收回阅读材料，请你将这篇文章缩写成一篇短文，时间为35分钟。

3. 标题自拟。只需复述文章内容，不需加入自己的观点。

4. 字数为400字左右。

5. 请把作文直接写在答题卡上。

在繁华的纽约市，曾发生过这样一件让人称奇的事情。

星期五的晚上，一个贫穷的年轻艺人像往常一样站在地铁站口，专心致志地拉着小提琴。伴随着优美动听的琴声，人们步履匆匆，踏上周末回家的路，但还是有很多人情不自禁地放慢了脚步，往年轻艺人跟前的帽子里放些钱。

第二天，年轻的艺人又来到地铁口，很优雅地把帽子摘下来放在地上。与昨天不同的是，他拿出一张大纸，郑重地铺在地上，用石块压上。然后，他调试好小提琴，开始演奏，声音似乎比以往更动听、更悠扬。

一会儿，年轻的小提琴手周围围满了人，人们都被铺在地上的那张纸吸引了，上面写着："昨晚，有一位叫乔治·桑的先生错将一份很重要的东西放在我的礼帽里，请您速来认领。"

见此情形，人群中一阵骚动，人们纷纷猜想那究竟会是什么东西。大约半个小时，一位中年男子匆匆赶来，他拨开人群直奔小提琴手，一把抱住小提琴手的肩膀语无伦次地说："啊！是您呀，您真的来了，我就知道您是个老实人，您一定会来的。"

年轻的小提琴手冷静地问："您是乔治·桑先生吗？"

那人连忙点头。小提琴手又问："您丢了什么东西吗？"

那位先生说："彩票，彩票。"

小提琴手掏出一张彩票，上面醒目地写着乔治·桑，小提琴手拿着彩票问："是这个吗？"

乔治·桑迅速地点点头，抢过彩票吻了一下，然后高兴地抱着小提琴手手舞足

蹈起来。

　　事情是这样的。乔治·桑是一家公司的小职员，前些日子买了一张银行发行的彩票，昨天开奖后，他居然中了50万美元。下班回家的路上，他心情大好，听到琴声也顿觉美妙异常，于是掏出50美元放进小提琴手的帽子里，可是不小心把彩票也带了进去。小提琴手是艺术学院的学生，本来打算去维也纳深造，机票也已经定好了，时间就在那天上午。可是，他整理东西时看到了这张彩票，想到失主会回来寻找，他便取消了行程，又准时来到这里。

　　后来，有人问小提琴手："你当时正需要一笔钱来支付学费，才不得不每天到地铁站拉提琴，那为什么你不自己去兑奖呢?"

　　小提琴手说："虽然我并不富裕，但我很快乐；可是如果没了诚实，我永远也不会快乐。"

　　在人的一生中，我们会得到许多，也会失去许多，但诚实应始终伴随着我们。如果以虚伪、不诚实的方式为人处世，也许能获得暂时的"成功"，但从长远来看，我们到最后还是输家。这种人就像山巅之水，刚开始的时候高高在上，但慢慢会一点点地走下坡路，再没有上升的机会。

新汉语水平考试教程（六级）

# 新汉语水平考试 HSK(六级)

# 模拟试卷(一)

# 听力文本

新汉语水平考试新汉语水平考试HSK(六级)听力材料(音乐,30秒)

男:大家好!欢迎参加新汉语水平考试HSK(六级)考试。

女:大家好!欢迎参加新汉语水平考试HSK(六级)考试。

男:大家好!欢迎参加新汉语水平考试HSK(六级)考试。

女:新汉语水平考试HSK(六级)听力考试分三部分,共50题。

女:请大家注意,听力考试现在开始。

## 第一部分

女:第1—15题,请选出与所听内容一致的一项。现在开始第1—15题:

男:1. 老师对同学们说:"记住,一个人如果给予别人的多,而向别人索取的少,他才算是好人呢!"吉米马上说道:"是的,先生,我父亲一辈子都把这句话当作座右铭。"老师说:"哦,你父亲真是一个好人。那么,他是干什么工作的?"吉米回答道:"他是个拳击手。"

女:2. 佩戴饰品不当,可能引发各种首饰病。一些价格低廉的金属合金制品,成分非常复杂,加工工艺水平低下,常含有一些对人体有害的元素,长期佩戴可能会引发皮肤病。因此,人们在选购饰品时,一定要谨慎。

男:3. 春游宜在田野、湖畔、公园、林区、山区等场所,以摄取较多的"空气维生素"——负离子,起到健脑驱劳、振奋精神的作用。春游时,人们应尽量避免走陡峻的小路,不要独自攀登山林石壁。

4. 一位躺在手术台上的患者,看到手术前的各种准备,心里非常不安,就说:"大夫,对不起,这是我初次动手术,所以非常紧张。"大夫拍拍他的肩膀,安慰道:"我也是一样。"

男:5. 一般人认为鱼没有什么智慧,还有一种说法很流行,认为鱼只有三秒钟记忆力,但科学家指出,其实鱼的智力足以媲美哺乳动物,研究更显示,它们可记起五个月以前的事情。

女:6. 送礼最好是送"四不掉"的东西,即:吃不掉、用不掉、送不掉、扔不掉。这样的礼物最适合表达心意,也最容易让收礼的人产生愉悦之感,从而对你的感激之情倍增并久久难以忘怀。

男:7. 导游即引导游览的人,他们让游客感受山水之美,并且在这个过程中给予游客食、宿、行等各方面的帮助,并解决旅游途中可能出现的问题。在我国,导游人员必须经过全国导游人员资格考试以后才能够从业。

女:8. 今天,北京市的天气依然不错,气象台预报气温为31℃。但3日起,本市气温有所回落。受空中西南暖湿气流和地面低气压天气系统的影响,下午晚些时候,本市将出现阵雨天气。不过,预计主要降雨出现在夜间,提醒市民外出要注意防雨,并注意交通安全。

男:9. 人要懂得自我减压,懂得放松心情,以养足精力更好地工作和学习。减压是为了蓄足生命的张力。人也要懂得自我加压,过分的安逸会让人变得懈怠,经不起生活的打击。加压是为了增强生命的耐力。

10. 妻子到监狱探望丈夫,妻子温柔地对丈夫说:"你在这里过得怎么样?受苦了吧?"丈夫回答道:"和在家里差不多,不让出门,不让喝酒,伙食也很差!"

男:11. 他是中国台湾华语流行歌手、著名音乐人、音乐创作家、作曲家、作词人、制作人、导演。他有"亚洲流行天王"之称。他可以说是开创华语流行音乐"中国风"的先声,为亚洲流行乐坛翻开了新的一页。近年来,他还涉足电影行业。他就是周杰伦!

女:12. "破釜沉舟"这个词语的意思是下定决心、不顾一切地干到底。毫无疑问,只要我们下定决心,就没有什么会成为我们实现目标的拦路虎,我们需要的是对目标持之以恒的决心和毅力。

男:13. 酷抠族是指这样的一些人,他们不打的不血拼,不下馆子不剩饭,家务坚持自己干,上班记得爬楼梯。他们没有把对物质的追求上升到精神信仰的高度,反而把精神信仰落实到物质生活中。

女:14. 为了维持全球电脑运行,人类每年会向大气层多排放大约3500万吨废气,电脑对环境的影响不亚于飞机。除使用过程外,电脑在报废后也会成为污染源。

目前,废弃电脑一般作为垃圾填埋,而填埋处的土壤可能会遭到镉和汞的污染。

男:15. 桉树不是一种树,而是桉树全部种类的统称。桉树种类繁多,约有808个种类以及137个亚种或变种,共计945个种类,其中具有重要经济用途的树种有100多种,绝大多数桉树都分布于澳大利亚及邻近岛屿。

## 第二部分

女:第16—30题,请选出正确答案。现在开始第16—20题:

**男:第16—20题是根据下面一段采访:**

女:大家好!欢迎收看本期节目,我们为大家邀请到了著名招聘网站站长董力先生。董先生,晚上好!

男:主持人、各位观众,你们好!

女:你们的网站成功了,是否意味着其他类似招聘的垂直行业都有机会呢?您能不能给其他也想从事类似方向的网站站长一些建议呢?

男:有机会啊。第一是选择对行业,比如有规模的细分行业。当然这个可能一下子不太好找了,毕竟很多网站都被人做了。所以第二是得看竞争对手强不强。这点主要通过搜索引擎看,比如你准备进入的行业的竞争对手网站的百度收录页面多不多,主要关键字排名如何。如果这个垂直行业的某个最好的网站,百度收录页面数在10万以内,说明它的流量不怎么样,你就上吧!第三是要学习行业知识。忘掉互联网吧,想方设法去融入你所在的传统行业,去找客户需求,用你的团队去帮助他们。第四其实也是最重要的,关系到你的网站、你的公司将来能走多远,就是持之以恒地不断完善自我。

女:你们网站在创办初期的推广方法主要有哪些?

男:创办初期我们是没钱的,所以就是依赖百度搜索引擎,每天关注关键词,关注流量提升的轨迹。从推广方法上说也没什么特别的,有几点跟大家分享吧:一是搜索引擎,二是参加行业展会。我们没钱参展,所以就发明了一个词,叫"蹭展"。就是混进展会现场去派发名片,举举牌。有一定的名气后,就跟展位主办方交换广告。再后来,配合主办单位做展位的专题。把我们的专题做得比展会的官方网站更像官方网站。这时候展会都会主动跟我们交换资源了。三是在网站设计上,要突出行业特点,让人对你的网站过目不忘,有亲和力,同时内容上让人觉得没来错地方,而且下次还愿意来。像我们站这个标识,就是以既有行业特点,又让人过目不忘为原则设计的。另外一些推广方法,像邮件、短信、礼品等,我们一直坚持在做。所以,总结来看,推广上也没什么特别的,只在于坚持。

女:16. 董先生认为竞争对手强不强从哪里入手?

男:17. 建设网站最重要的是什么?

女:18. 董先生的网站在初期的推广方法是什么?

男:19. "蹭展"是什么意思?

女:20. 关于这段话中所说的网站的推广方法,下列说法哪项不正确?

**女:第21—25题是根据下面一段采访:**

女:大家好,游游今天非常荣幸地邀请到现在非常有名的毛豆。欢迎毛豆!毛豆,您好!

毛豆:您好!

女:首先,我发现一个现象,您并不是做技术的,也不是做美工的。那您怎么解决做网站的瓶颈呢?您也知道,不懂这些,运营网站会遇到不少技术问题。

毛豆:主要是自己一边学,一边利用现成的技术吧,有句话说得好:站在巨人的肩膀上,成长更快。

女:我发现您也善于利用IT(Information Techndogy,即信息科学和产业)的经验来赚钱,比如写稿子这类。好了,言归正传。谈谈您对电脑杂志网的期待吧。您希望电脑杂志网未来实现什么样的目标呢?

毛豆:我期望它能成为业内领先的电脑资讯网站,并成为给从事IT行业的人员提供最新参考信息的资讯类门户。也就是说,希望它能够为IT人员解决实质问题和给IT从业人员提供最新的技术资讯。

女:那么您打算怎么运营呢?如何保持资讯的即时性呢?

毛豆:分三步走:1. 完善内容,让它成为可信任的IT资讯门户网站,在业内进行口碑宣传。2. 建设传播渠道以及内容合作,包括邀请知名IT评论员入驻等。3. 进一步加强宣传,包括建立每周一期的电子期刊和会员管理制度。维持100到150之间的更新速度,提高原创率。

女:都靠您自己吗?您有没有打算未来组建团队来运营网站呢?

毛豆:正在筹备,包括原创团队的筹备。

女:您的资金预算是多少呢?

毛豆:目前还处于计划过程中,包括人员的联络,都正在进一步加强。

女:据说有投资人想投资您的网站,能谈谈具体情况吗?

毛豆：目前有几家媒体也联系了我们，愿意以内容合作方式加入，但都被我们拒绝了。

女：您的网站打算怎么进行推广呢？

毛豆：主要是从两方面着手，一方面是内容，一方面是人气。在内容上，我们正打算跟国内知名的内容提供商展开这方面的合作，包括传统媒体。至于提高人气，我们更倾向于以内容制胜。

女：21. 毛豆是做什么的？

男：22. 毛豆的期待是什么？

女：23. 下列关于毛豆的运营方式，不正确的是哪一项？

男：24. 毛豆的资金预算是多少？

女：25. 毛豆打算如何进行网站推广？

女：**第26—30题是根据下面一段采访：**

主持人：各位新浪网友大家好，欢迎大家来到今天的新浪嘉宾聊天室，您现在关注的是2010年全国普通高等学校招生系列访谈节目，今天的节目我们和大家关注的学校是重庆邮电大学，为大家邀请到的是重庆邮电大学招生就业处处长黄永宜老师。黄老师先跟各位网友打个招呼吧。

黄永宜：各位新浪网友、学生家长和同学们，大家好！

主持人：请您为大家简单介绍一下2010年重庆邮电大学招生政策有哪些变化吧。

黄永宜：今年我校在招生培养方面有几个重大举措：

一是今年我校将在部分专业实行大类招生，包括通信类和工商管理类。新生入学时不分专业，按大类培养，前两年采用相同的培养方案教学，学生修满规定学分后，遵循一定的程序选定专业；后两年按学生选定专业的培养方案教学。通信类含通信工程、电子信息工程、信息工程、广播电视工程四个本科专业，工商管理类含工商管理、会计学、市场营销三个本科专业。请广大考生填报志愿时务必注意。

二是今年将开展"IT精英培养资助计划"，旨在吸纳优秀学子进行专门培养、实施英才教育，培养当今信息通信领域的杰出人才，这也是我校在校庆60周年之际为回馈社会推出的一项重要举措。这项计划今年将在重庆市试点运行，因此对象是今年第一志愿报考我校并被录取的重庆新生，计划招收100名。我们欢迎有志于信息产业发展的莘莘学子踊跃报名。

三是为了适应国际化软件人才队伍建设的需求,我校今年将在所招收的软件工程专业新生中,选拔部分优质生源实施"外语+软件"专业人才的培养计划。进入该计划的软件工程专业新生,入学后采用两段式培养模式。前两年,学生进入我校国际学院的中外合作办学项目学习,选用国内外优质教材资源,进行英语语言的强化学习,英语语言学习的主要课程由外籍教师讲授,同时进行其他基础课程及软件工程专业基础课学习;两年后,学生进入我校软件学院进行软件工程专业课程学习。修满规定学分并达到相应要求者,将获得重庆邮电大学本科毕业证书和学士学位证书。

女:26. 实行大类招生的专业是哪些专业?

男:27. 下列专业中,哪些属于通信类专业?

女:28. "IT精英培养资助计划"将在哪个城市先进行试点?

男:29. 下列关于英语语言学习,正确的是哪一项?

女:30. "外语+软件"专业的学生毕业后可获得什么证书?

## 第三部分

女:第31—50题,请选出正确答案。现在开始第31—33题:

**女:第31—33题是根据下面一段话:**

　　女:20世纪60年代初,美国著名气象学家爱德华·洛伦兹,在两次计算气象仿真的数据时,因为第二次输入的数据差了0.000127,竟然意外得到一个完全不一样的结果,他因而提交了一篇论文,名叫《一只蝴蝶拍一下翅膀,会不会在德州引起龙卷风》,在论文中,他将系统中因为初期条件的细微差距引起的巨大变化,称为"蝴蝶效应"。它是指一件事情因为初期微小的差异,就会造成后续的连锁反应,呈现始料不及的惊人结果。生命亦是如此,每个人的成长过程,就是一场不可思议的蝴蝶效应。所遇到的每一个人、发生的每一件事、每一次的成功、每一次的失败、每一次的痛苦、每一次的快乐,交织成其独特的自我,及今日成功或者失败的结果。

男:31. 第二次输入的数据相差了多少?

男:32. 关于爱德华·洛伦兹,下列说法正确的是哪一项?

男:33. 这段话主要想告诉我们什么?

**男：第34—36题是根据下面一段话：**

男：自从升入九年级开始上健康课以后，我们教室里的一块黑板上就一直画着一幅人体图。图上标示着人体主要骨骼和肌肉的名称和位置。

在那个学期里，虽然这幅图一直画在黑板上，但老师从来没有提到过它。期末考试的时候，我们发现那块黑板被擦干净了，而试卷上只有一道考题，就是"写下并标示出人体的每一块骨骼和肌肉的名称和位置。"

全班同学一致提出抗议："我们从来没有学过！"

"那不是理由，"老师说。"那些内容在黑板上存在了几个月。"

我们在苦苦煎熬中做着试题。过了一会儿，老师将我们的试卷收了上去，撕碎了。"记住，"他告诉我们，"学习不只是别人教给你的东西。"

我当时就被这句话深深地震撼了。它是我接受的最有意义的一次教育，也是让我至今受用无穷的教育。

女：34. 期末考试的时候，发生了什么？

女：35. 老师把我们的试卷收回去之后又发生了什么？

女：36. 我得到了什么？

**女：第37—39题是根据下面一段话：**

女：一个猎人与朋友到草原上打野兔。其间，猎人突然发现远处的地平线在冒烟，很快他和朋友听到"噼啪噼啪"的声音，他意识到自己遭遇了草原野火。火势在蔓延，火迅速向他们身边推进，根本来不及逃脱。猎人马上从口袋里掏出了火柴，把两人周围的干草和灌木点着。于是，他们就站在一块被烧焦的光秃秃的地上了。大火逼近了，他们用毛巾捂住嘴，紧紧抱在一起。随后，火从四周一掠而过，他们却毫发无损——因为站在烈火烧过的地方不必再惧怕烈火。

男：37. 猎人和朋友发现了什么？

男：38. 猎人用什么方法保护了自己？

男：39. 关于这段话，下列选项中正确的是哪一项？

**男：第40—42题是根据下面一段话：**

男：每年立夏前后，大黄鱼在集群产卵时会发出叫声。雌鱼的叫声较低，同点煤气灯时发出的"咔咔"声相似；雄鱼的叫声较高，像夏夜池塘里的蛙鸣。在大黄鱼生产时，渔民都把耳朵贴在船板上聆听叫声，判断鱼群的大小和密集程度，以及鱼群的深浅，然后进行捕捞。

大黄鱼肉质鲜嫩,营养丰富,有很高的经济价值。可红烧、清炖、生炒、盐渍等,烹调几十种风味各异的菜肴。咸菜大黄鱼是舟山人待客的家常菜。大黄鱼还有很高的药用价值,其耳石有清热去瘀、通淋利尿的作用,鳔有润肺健脾、补气止血等作用,胆有清热解毒的功能。

近年来,由于捕捞强度过大,大黄鱼资源越来越少,产量也随之减少。目前,舟山已建起人工养殖大黄鱼的基地。

女:40. 大黄鱼什么时候集群产卵?

女:41. 渔民为什么把耳朵贴在船板上听叫声,下列选项中不正确的是哪一项?

女:42. 关于大黄鱼,下列选项中正确的是哪一项?

**女:第43—46题是根据下面一段话:**

女:剑桥大学周围形成了高科技产业群,这一现象被称为"剑桥现象";斯坦福大学成就了举世闻名的硅谷;美国哈佛大学和麻省理工学院两大"巨人"毗邻而居。如果说中国也有这样的地方,那就是海淀学院区了。

这里密密匝匝挤满了大学。多年的浸润,读书的孩子对这片土地产生了感情,许多人毕了业也在周边找工作,租房买房。再加上大学中永不缺少的新鲜血液,渐渐地,这里成了声名赫赫的中国硅谷,也是高学历人群最密集的地方。

在海淀区一带满大街跑的,是月薪上万的小年轻,还有刚毕业没几年的项目经理。他们和学生没什么两样,大多戴着眼镜,穿件松松垮垮的T恤就去上班,周末照旧回大学打球聚餐。母校近在眼前,柔软、随意、自由而快乐的大学生活在他们的生活理念中从未断绝,他们从不觉得自己赚了钱就豪气万丈。而与生活的波西米亚风格相比,学院区的精神生活永远都不缺少精英的品质。这里多的是北京首屈一指的书店,在书店里常见书痴抱书寻觅一处角落席地而坐,一直读到店家打烊。

男:43. "剑桥现象"是指什么?

男:44. 中国的硅谷在哪里?

男:45. 关于中国的硅谷,下列选项中不正确的是哪一项?

男:46. 关于学院区的精神生活,下列说法中正确的是哪一项?

**男:第47—50题是根据下面一段话:**

男:很久很久以前,熊猫浑身雪白,半点黑色也没有,如白熊一般。一个名叫洛桑的姑娘在山上牧羊,她甜美的声音使熊猫们如痴如醉,熊猫们都来围绕着她且歌且舞。洛桑姑娘手持羊鞭,保护着羊群,也保护着熊猫。一天,熊猫突然遭到豹子的袭击。洛桑姑娘挺身而出,舞动羊鞭朝豹子抽去。熊猫们得救了,但洛桑姑娘却倒在血泊之中。当她的三个妹妹闻讯赶来时,洛桑已经与世长辞了。

熊猫们身披黑纱,戴着黑袖章,一起向洛桑姑娘致哀,泪水汪汪。它们用黑袖章擦眼睛,眼圈被抹黑了……因为悲痛之声惊天动地,它们用黑纱来捂住耳朵,耳朵也被染黑了……突然,天空中闪现出万道霞光,洛桑姑娘出现在云端,笑容可掬地对三个妹妹说:"我将要屹立山中,永远保护熊猫!"三个妹妹向她奔去……刹那间,洛桑姑娘和她的三个妹妹一起化为四座巍嵯峨高耸的山峰。

迄今,在卧龙自然保护区西北边缘,有四座海拔6000米以上的高峰日日夜夜在俯视着群山,保护着熊猫。这四座山就叫"四姑娘山",是熊猫保护神的象征。熊猫们深深铭记着四位姑娘的恩情,永远地以身着黑白衣服表示由衷的悼念。


女:47. 很久以前熊猫身上是什么颜色?

女:48. 关于洛桑姑娘,下列选项中正确的说法是哪一项?

女:49. 下列熊猫悼念洛桑姑娘的方式中,不正确的是哪一项?

女:50. 这段话中没有提到的是哪一项?


女:听力考试现在结束。

# 新汉语水平考试 HSK(六级)

# 模拟试卷(一)

# 一、听力

第一部分

| | | | | |
|---|---|---|---|---|
| 1. D | 2. C | 3. A | 4. C | 5. A |
| 6. D | 7. A | 8. B | 9. D | 10. A |
| 11. B | 12. C | 13. C | 14. C | 15. D |

### 第二部分

| | | | | |
|---|---|---|---|---|
| 16. B | 17. D | 18. C | 19. C | 20. A |
| 21. D | 22. D | 23. B | 24. A | 25. C |
| 26. C | 27. D | 28. A | 29. A | 30. B |

### 第三部分

| | | | | |
|---|---|---|---|---|
| 31. A | 32. C | 33. D | 34. B | 35. D |
| 36. C | 37. B | 38. D | 39. B | 40. C |
| 41. A | 42. A | 43. A | 44. D | 45. C |
| 46. B | 47. D | 48. B | 49. B | 50. C |

# 二、阅读

### 第一部分

| | | | | |
|---|---|---|---|---|
| 51. A | 52. A | 53. B | 54. D | 55. B |
| 56. C | 57. B | 58. A | 59. A | 60. D |

### 第二部分

| | | | | |
|---|---|---|---|---|
| 61. C | 62. D | 63. A | 64. A | 65. B |
| 66. D | 67. A | 68. C | 69. D | 70. C |

## 第三部分

| | | | | |
|---|---|---|---|---|
| 71. C | 72. A | 73. E | 74. D | 75. B |
| 76. B | 77. D | 78. E | 79. A | 80. C |

## 第四部分

| | | | | |
|---|---|---|---|---|
| 81. D | 82. A | 83. C | 84. D | 85. C |
| 86. C | 87. C | 88. C | 89. A | 90. A |
| 91. B | 92. D | 93. D | 94. B | 95. C |
| 96. A | 97. D | 98. D | 99. A | 100. B |

## 三、书写

101.（略）

# 新汉语水平考试 HSK(六级)

# 模拟试卷(二)

# 一、听力

第一部分

**第1—15题:请选出与所听内容一致的一项。**

1. A. 小张认真工作
   B. 经理不让小张工作了
   C. 小张以后不再打瞌睡了
   D. 小张还是打瞌睡

2. A. "萍水相逢"指朋友相遇
   B. "萍"生长在大海里
   C. "萍水相逢"指陌生人相遇
   D. "萍"是一种动物

3. A. 湿地并不重要
   B. 湿地创造了不可再生资源
   C. 湿地的功能不多
   D. 全球湿地在不断减少

4. A. 朋友是相互利用的
   B. 最好不要交朋友
   C. 真诚的朋友间是不图回报的
   D. 说甜言蜜语的都不是好朋友

5. A. 人生可以没有目标
   B. 不断仰望,人生会更平凡
   C. 我们喜欢平凡
   D. 人生要不断地追求

6. A. 幸福是记住美好,遗忘丑恶
   B. 幸福是很难追求的
   C. 多数人是不幸的
   D. 没人知道幸福是什么

7. A. 鲸类自杀可能是因为噪音
   B. 鲸类经常自杀

C. 鲸类嘴部出血
D. 鲸类自杀的原因不明

8. A. "灰狗"车上没有厕所
   B. 乘"灰狗"车很贵
   C. 乘"灰狗"车的多是穷人
   D. 乘"灰狗"车的多是白人

9. A. 水是新西兰最重要的资源
   B. 新西兰土地十分肥沃
   C. 新西兰牛羊总数少于5000万头
   D. 新西兰没有出口产品

10. A. 莫斯科污染严重
    B. 莫斯科绿地面积很小
    C. 莫斯科周边有17个森林公园
    D. 森林公园宽度都有28千米

11. A. 居里夫人发现了铝元素
    B. 居里夫人是文学家
    C. 居里夫人拥有镭的专利
    D. 居里夫人发现了镭元素

12. A. 奋斗一辈子就会成功
    B. 失败可以换来宝贵的教训
    C. 后人都是成功的
    D. 发明创造是一代人就能完成的

13. A. 植物不需要空气
    B. 空气不重要
    C. 鱼也需要空气
    D. 动物不需要空气

14. A. 好孩子也有矛盾

B. 好孩子没有青春

C. 好孩子是天生的

D. 好孩子很少

15. A. 该如何对待生命，每个人的回答都一样

B. 我们要努力完成自己的使命和理想

C. 人活在世上没有意义

D. 吃饭睡觉是我们的使命

## 第二部分

第16—30题：请选出正确答案。

16. A. 非常感动

B. 很伤心

C. 很高兴

D. 没有感觉

17. A. 子女孝顺

B. 子女有出息

C. 子女聪明

D. 子女会感恩

18. A. 几乎没有代沟

B. 代沟很小

C. 代沟可以填平

D. 一定有代沟,而且不能填平

19. A. 他觉得自己是个好父亲

B. 他觉得自己因为迷恋写作而没有扮演好丈夫、父亲等角色

C. 他觉得自己很完美

D. 他觉得自己是个好孙子

20. A. 严格要求

B. 溺爱孩子

C. 从不溺爱

D. 从不关心

21. A. 张平在天水出生

B. 张平的父亲在天水教过书

C. 张平的母亲是天水人

D. 张平在天水教过书

22. A. 母亲

B. 姐姐

C. 父亲

D. 叔叔

23. A. 使他讨厌写作

B. 使他放弃写作

C. 使他开始对作文用心,努力写作

D. 使他开始喜欢文学

24. A. 拥护和支持

B. 爱戴和理解

C. 讨厌和排斥

D. 制约和规范

25. A. 为百姓

B. 为自己

C. 为国家

D. 为世界

26. A. 两三年

B. 五六年

C. 三四年

D. 七八年

27. A. 认真肯干的精神

B. 积极进取的心态

C. 微笑面对一切的生活态度

D. 执着钻研的精神

新汉语水平考试教程（六级）

28. A. 不退缩
    B. 选择放弃
    C. 惧怕困难
    D. 他没遇到过困难

29. A. 自己的兴趣
    B. 父母介绍的
    C. 自己找到的
    D. 同学介绍的

30. A. 多说话
    B. 少做事
    C. 不懂装懂
    D. 虚心好学

## 第三部分

**第31—50题：请选出正确答案。**

31. A. 会减少犯错的机会
    B. 会犯更多错
    C. 会使孕育新创见的机会大大减少
    D. 不会犯错

32. A. 会错过许多学习机会
    B. 会使我们更成功
    C. 会不停地犯错
    D. 会害怕成功

33. A. 错误可能会毁了你
    B. 犯错并不完全是坏事，它使你有学习的机会
    C. 我们要追求"正确答案"
    D. 我们不能一直犯错

34. A. 从书中寻找精神导师
    B. 学习新知识
    C. 打发时间，消遣
    D. 开拓视野

35. A. 看电影、电视
    B. 读书
    C. 看报
    D. 写作

36. A. 影视更直接，但文本描写更广泛
    B. 文本更有冲击性
    C. 影视更能表现社会人生的广阔
    D. 两者没有区别

37. A. 无数种
    B. 两种
    C. 三种
    D. 四种

38. A. 给自己留许多后路的人
    B. 小心试探的人
    C. 破釜沉舟的人
    D. 全身投入的人

39. A. 畏惧困难的人
    B. 小心试探的人
    C. 顾虑很多的人
    D. 破釜沉舟、全身投入的人

40. A. 因为它不喜欢驴
    B. 因为它自己驮了很多东西
    C. 因为它乐得轻松
    D. 因为它太累了

41. A. 因为它觉得自己害死了驴
    B. 因为驴死了，所有的货物都要马驮了

C. 因为它不想再驮东西了

D. 因为主人对它不好

42. A. 不要自以为是

B. 不要太高傲

C. 帮助他人也是在帮助自己

D. 要看清形势

43. A. 因为经理不雇佣他

B. 因为经理不提升他

C. 因为小张不提升他

D. 因为经理不提升小张

44. A. 经理让他们去市场上买土豆

B. 经理让他们去市场上买西红柿

C. 经理让他们去市场上看看有什么卖的

D. 经理让他们去找一个农民

45. A. 一次

B. 两次

C. 三次

D. 四次

46. A. 做事要听领导的安排

B. 做事要灵活、变通

C. 做事要越快越好

D. 做事不要着急

47. A. 因为老板对他不好

B. 他想与妻子共享天伦之乐

C. 他觉得工作太累了

D. 他不想再造房子了

48. A. 他非常用心地建造

B. 他比以前更用心地建造

C. 他的心思不在造房子上，出的是粗活

D. 他有时候用心,有时候马虎

49. A. 老板自己

B. 老木匠

C. 别的工人

D. 老板的儿子

50. A. 干活的时候不能偷懒

B. 造房子要花心思

C. 做事要考虑后果

D. 生活是自己创造的

# 二、阅读

**第51—60题：请选出有语病的一项。**

51. A. 许多伟大的人都因为节制自己,集中力量在特定的事物上,而取得了杰出的成就。

    B. 中国正在不断地加快高等教育发展的速度和规模。

    C. 在他失去视力以后,他的室友每天都会为他读教科书上的内容。

    D. 社会心理学认为所有的爱情体验都是有激情、亲密和承诺三大要素所构成的。

52. A. 这个厂两次获省级大奖,三次被授予优质产品称号。

    B. 中国虽然每年都有大量大学生毕业,但白领仍然严重缺乏。

    C. 日本人节能的意识和智慧,还体现在房舍楼宇的建设和管理方面。

    D. 政府安排他们参观了当地的学校并和老师、学生进行了互动交流。

53. A. 我会以油画展现在教堂里看到的这一幕令人震撼的情景。

    B. 青藏高原的荒野上盛开着野花。

    C. 能否做好救灾工作,关键是干部作风要好。

    D. 研究人员的研究结果也将及时得到开发和利用。

54. A. 如果连生命都不能做到坦诚相待,那还能坦诚地对待其他的事物吗?

    B. 中国的全面开放会给国内经济发展带来很多实质性的好处。

    C. 同学们以敬佩的目光注视着和倾听着这位老师的报告。

    D. 茶农较之于中原及北方地区种庄稼的农民,其收入毫无疑问是有了极大提高。

55. A. 李想恳求妈妈给他买一台电脑,但遭到妈妈的拒绝。

    B. 珠心算不仅是一种计算方法,更是开启儿童智力的一把钥匙。

    C. 从个人前途上看,无债一身轻比花钱买个名牌要有利得多。

    D. 通过大家批评教育,使我明白了这个道理。

模拟试卷(二)

56. A. 我们要采取措施防止交通事故不再发生。

B. 人类对自然环境的破坏是这次灾害的罪魁祸首。

C. 美国人从事体育运动是在培养竞争的才能和领袖素质。

D. 好工作要自己去找,不要等着天上掉馅饼。

57. A. 在生活中,既要当好演员,也要当好观众。

B. 智商既是先天因素,也是后天开发与培养的结果。

C. 没有什么比一颗感恩的心更值得尊敬。

D.《消费者权益保护法》深受消费者所欢迎。

58. A. 她是一个非常有野心的女人。

B. 有时候,生活中的失败能够极大地激励人。

C. 难道我们不应该不向雷锋同志学习吗?

D. 如果旅行社故意或因过失不履行合同,就应对旅客承担赔偿责任。

59. A. 他这个人有不少值得表扬。

B. 我喜欢看书和听音乐,运动却非我所好。

C. 这对你来说的确很棘手,但你做好了就能为自己赢得荣誉。

D. 团圆饭显示了家庭在华人文化里的重要地位。

60. A. 许多在几个月前还很陌生的词,现在就耳熟能详了。

B. 希望大家都能保持健康的心态,开心地投入到每一天的工作中去。

C. 医生还提醒人们要注意改正饭后饮茶和饭后散步的错误习惯。

D. 这朴素的话语多么深刻地蕴含着人生哲理啊!

## 第二部分

第61—70题:选词填空。

61. 某著名经济学家说,市场经济是一种_____经济,中国肯百折不回地争取入世,从_____上讲是国内市场化改革_____的必然抉择。中国许多问题的解决都得靠外力的推动。从更深广的_____来看,世界贸易组织 (World Trade Orgahtxatun,简称WTO)是中国加入的最后一个重要国际组织,这是中国自立于世界民族之林的最后一次重大外交行动,也是中国全面重返国际舞台的显著标志和强烈信号。

A. 封闭　基本　使然　角度　　　　B. 开放　根本　导致　层面

C. 放开　基础　引起　现象　　　　D. 放大　本质　引导　状态

62. 今天许多航空公司_____的最大危险也许并不是持枪的恐怖分子,而是公务舱中_____笔记本电脑的乘客。在过去15年里,驾驶员已经_____了100多万起可能有电磁干扰_____的事故。

A. 面对　偕同　汇报　引起　　　　B. 应对　带着　记录　引发

C. 考虑　购买　知道　涉及　　　　D. 面临　携带　报告　造成

63. 由于古人视彗星出现为不祥,_____对其非常重视,_____每一次出现都有比较_____的记录。

A. 因此　几近　隐晦　　　　B. 加之　几乎　准确

C. 故而　几乎　详细　　　　D. 反而　进而　迷信

64. 英国科学家指出,在南极上空,大气层中的散逸层顶在_____40年中下降了大约8千米。在欧洲上空,也得出了_____的观察结论。科学家认为,由于温室效应,大气层可能会_____收缩。

A. 过去　类似　继续　　　　B. 未来　相反　不再

C. 以前　相同　一再　　　　D. 以后　一样　一直

65. 孔子学院已成为世界学习汉语言文化、了解当代中国的主要_____,_____海外汉语教学,扩大汉语教学的_____和阵地是孔子学院的重要工作。

A. 平台　推动　规模　　　　B. 舞台　推翻　规范

C. 阵地　鼓动　规则　　　　C. 媒介　推向　模式

66. 企业_____适不适合开展连锁经营?能不能开展连锁经营?面对这两个问题,一些企业往往_____,_____发展时机。

A. 到底　无所适从　贻误　　　　B. 非但　一筹莫展　痛失

C. 终究　举棋不定　耽误　　　　D. 是否　优柔寡断　错过

67. 中国古代数学家对"一次同余论"的研究有_____的独创性和继承性,"大衍求一术"在世界数学史上的_____地位是不容_____的。

A. 完全　高尚　否定　　　　B. 明确　高明　忽视

C. 绝对　高雅　动摇　　　　D. 明显　崇高　怀疑

68. _____广播电视和报纸等大众传媒进入千家万户,覆盖城乡,其对社会舆论的影响力_____扩大,越来越成为广大群众的主要信息来源,在很大程度上_____社会舆论。

  A. 随着 日益 影响     B. 跟着 逐步 控制

  C. 随同 渐渐 干扰     D. 跟随 不断 引领

69. 关于大师们的精神是否能够_____下去的问题,并不是_____,而是一个全球性的问题,就连美国也开始_____发愁。

  A. 延长 忧国忧民 为此    B. 继续 怨天尤人 因此

  C. 继承 七上八下 因为    D. 延续 杞人忧天 为之

70. 近现代西方科学与人文两种文化经历了融合、冲突和消解三个时期,_____到教育理念上也相应地经历了科学教育与人文教育的相互_____、越走越远和共同反思三个阶段。考察这一历史发展阶段表明,过分强调科学文化和科学教育,必然导致对人文的_____;而过分强调人文文化和人文教育,也会带来对科学技术的压抑。

  A. 反响 渗透 排挤     B. 体现 结合 无视

  C. 反映 渗透 轻视     D. 表现 结合 限制

## 第三部分

**第71—80题:选句填空。**

第71—75题

日本近代有位一流的剑客,叫宫本。一位叫柳生的年轻人一心想成为一流的剑客,71._____。他说:"师父,根据我的资质,要练多久才能成为一流的剑客呢?"

宫本答道:"最少也要10年。"

柳生说:"哇!10年太久了,72._____,多久可以成为一流的剑客呢?"

宫本答道:"那就要20年了。"

柳生不解地问:"师父,为什么我越努力练剑,成为一流剑客的时间反而越长呢?"

宫本答道:"要当一流剑客的先决条件,就是必须永远保持一只眼睛注视自己,不断地反省。73._____,哪里还有眼睛注视自己呢?"

柳生听了,顿时开悟,以此为道,74._____。

人生的成功之道就是不能两眼都紧盯着"成功"的招牌,75._____,注视脚下的路。

A. 假如我加倍地苦练

B. 就慕名前来拜宫本为师学艺

C. 你必须保留一只眼睛注视自己

D. 现在你两只眼睛都看着剑客的招牌

E. 终成一代名剑客

第76—80题

英国著名小说家约翰·克里西年轻时有志于文学创作,但他没有大学文凭,也没有得力的亲戚可攀。他向英国所有的出版社和文学报刊投稿,得到的却是743张退稿条。尽管如此,76._____。他曾对朋友说:"不错,我正承受人们难以相信的大量失败的考验,如果我就此罢休,77._____。但我一旦获得成功,每一张退稿条的价值都要重新计算。"

后来,他的作品终于问世了,78._____,不可遏止。到他1973年75岁逝世时,79._____,总计4000多万字。他本人身高1.78米,而他写的书堆叠起来却超过了两米。

成功不是一件轻而易举的事情。要想获得成功,80._____,要不断向前,千万不可半途而废。

A. 就必须做一个不畏不馁的长跑者

B. 所有的退稿条都将变的毫无意义

C. 他潜在的创作才能如大江奔涌

D. 43年间他一共写了564本书

E. 他仍然坚持不懈地进行创作

## 第四部分

**第81—100题:请选出正确答案。**

第81—84题

从前,有一老一小两个相依为命的盲人,他们每日里靠弹琴卖艺维持生活。一天老盲人终于支撑不住,病倒了,他自知不久将离开人世,便把小盲人叫到床头,紧紧拉着小盲人的手,吃力地说:"孩子,我这里有个秘方,这个秘方可以使你重见光明。我把它藏在琴里面了,但你千万记住,你必须在弹断第1000根琴弦的时候才能把它取出来,否则,你是不会看见光明的。"小盲人流着眼泪答应了师父。老盲人含笑离去。

一天又一天,一年又一年,小盲人用心记着师父的遗嘱,不停地弹啊弹,将一根根弹断的琴弦收藏着,铭记在心。当他弹断第1000根琴弦的时候,当年那个弱不禁风的少年小盲人已到垂暮之年,变成一位饱经沧桑的老者。他按捺不住内心的喜悦,双手颤抖着,慢慢地打开琴盒,取出秘方。

然而,别人告诉他,那是一张白纸,上面什么都没有。泪水滴落在纸上,他笑了。老盲人为什么骗了小盲人?

这位过去的小盲人如今的老盲人,拿着一张什么都没有的白纸,为什么反倒笑了?

就在拿出"秘方"的那一瞬间,他突然明白了师父的用心,虽然是一张白纸,但却是一个没有写字的秘方,一个难以窃取的秘方。只有他,从小到老弹断1000根琴弦后,才能领悟这无字秘方的真谛。

那秘方是希望之光,是在漫漫无边的黑暗摸索与苦难煎熬中,师父为他点燃的一盏希望的灯。倘若没有它,他或许早就会被黑暗吞没,或许早就在苦难中倒下。就是因为有这么一盏希望的灯的支撑,他才坚持弹断了1000根琴弦。他渴望见到光明,并坚定不移地相信,黑暗不是永远的,只要永不放弃努力,黑暗过去,就会是无限光明……

81. 老盲人和小盲人是以什么为生的?

    A. 算命                    B. 修琴

    C. 弹琴卖艺            D. 说书

82. 老盲人在临死前把秘方放在了哪里?

    A. 琴弦上              B. 琴里

    C. 床头                 D. 抽屉里

83. 老盲人让小盲人什么时候取出秘方?

    A. 老了的时候         B. 死的时候

    C. 弹断第1000根琴弦的时候    D. 弹琴的时候

84. 为什么老盲人要给小盲人这样一个"秘方"?

    A. 老盲人讨厌小盲人

    B. 老盲人为了给小盲人活下去的希望

    C. 这张白纸真的能使小盲人重见光明

    D. 没有原因

中国台湾有一位著名的企业家,很小的时候他就明白,一个人的名声是永远的财富。而对一个生意人而言,最好的形象,当然是诚信。

一次,他向某银行借了500元,他其实并不需要这笔钱,他之所以借钱,是为了树立声誉。

那500元钱,他实际上从未动用过,等催款的通知一来,他就立刻前往银行还钱。

他说:"我并不需要借钱,但我却需要声誉。"

从那以后,银行对他十分信任,再大笔的贷款,他都可以拿到。

另有一位成功的推销商,他有一种独特的推销策略。每次登门拜访客户的时候,他总是开门见山地先声明:我只耽误你一分钟时间,他按下手表,计时开始,他拿着一份精心设计的文案,口若悬河地讲一分钟。时间到了,他主动停住,留下材料,然后离去,绝不耽误客户的时间。

说用一分钟,就用一分钟,一秒不差。

而这带给客户的印象就是"他说到做到",即"有信誉"。

3天后,这位推销员再度来电,在电话中自我介绍,客户一定还记得他,记住那个只讲一分钟的人。而他留下的书面资料呢?大部分客户都会看的。有没有进一步的商机呢?大部分都会有。

85. 企业家为什么要向银行借500元钱?

    A. 因为他的企业缺钱        B. 因为他急需用钱

    C. 为了树立声誉           D. 为了还债

86. 企业家借了500元钱之后按时还了钱,这起到了什么作用?

    A. 银行以后不再借钱给他了    B. 取得了银行的信任,方便以后贷款

    C. 可以借很多钱而不用还      D. 借钱可以迟些还

87. 下列与文中"口若悬河"意思差不多的成语是哪一项?

    A. 滔滔不绝            B. 胡说八道

    C. 结结巴巴            D. 天花乱坠

88. 客户为什么会记得这位推销员?

    A. 因为他说了很多话       B. 因为他有信誉

    C. 因为他说了一分钟      D. 因为他很执着

第89—92题

一个农夫进城卖驴和山羊。山羊的脖子上系着一个小铃铛。三个小偷看见了,

一个小偷说:"我去偷羊,叫农夫发现不了。"另一个小偷说:"我要从农夫手里把驴偷走。"第三个小偷说:"这都不难,我能把农夫身上的衣服全部偷来。"

第一个小偷悄悄地走近山羊,把铃铛解了下来,拴到了驴尾巴上,然后把羊牵走了。农夫在拐弯处四处环顾了一下,发现山羊不见了,就开始寻找。

这时第二个小偷走到农夫面前,问他在找什么,农夫说他丢了一只山羊。小偷说:"我见到你的山羊了,刚才有一个人牵着一只山羊向这片树林里走去了,现在还能抓住他。"农夫恳求小偷帮他牵着驴,自己去追山羊。第二个小偷趁机把驴牵走了。

农夫从树林里回来一看,驴子也不见了,就在路上一边走一边哭。走着走着,他看见池塘边坐着一个人,也在哭。农夫问他发生了什么事。

那人说:"人家让我把一口袋金子送到城里去,我实在是太累了,在池塘边坐着休息,睡着了,睡梦中把那个口袋推到水里去了。"农夫问他为什么不下去把口袋捞上来。那人说:"我怕水,因为我不会游泳,谁要把这一口袋金子捞上来,我就送他20锭金子。"

农夫大喜,心想:"正因为别人偷走了我的山羊和驴子,上帝才赐给我幸福。"于是,他脱下衣服,潜到水里,可是他无论如何也找不到那一口袋金子。当他从水里爬上来时,发现衣服不见了。原来是第三个小偷把他的衣服偷走了。

89. 三个小偷要偷的东西哪个难度最大?

    A. 山羊                 B. 驴

    C. 农夫身上的衣服        D. 金子

90. 第一个小偷偷走了山羊,这说明农夫怎么样?

    A. 善良                 B. 大意

    C. 大方                 D. 谨慎

91. 第二个小偷能偷走农夫的驴,说明农夫怎么样?

    A. 仔细                 B. 诚信

    C. 轻信                 D. 聪明

92. 第三个小偷偷走了农夫身上的衣服,说明农夫的性格怎么样?

    A. 乐观                 B. 贪婪

    C. 积极                 D. 勤劳

第93—96题

人类能在地球上生活多久?这既涉及可持续发展战略,涉及地球为人类的生存和发展所提供的资源,也涉及地球的外在环境究竟能在多少年内维持不变。

太阳是决定地球外在环境最重要的因素。根据近代天文学家的理论,太阳将持续而稳定地向地球提供光和热,地球绕太阳旋转的平均半径,将长期维持不变,至多只有极小的摆动,这一过程至少还将持续40亿年。过了40亿年后,太阳将逐渐膨胀而演化为红巨星,最后将地球完全吞吃到它的"肚子"里。

太阳对地球的影响实在是太大了,太阳为地球持续提供长达4000万年的光和热是没有问题的,因为在4000万年的时间里,所消耗的能量还不到太阳总量的1%!所以,研究人类在地球上持续生存和发展的问题,至少要以人类能在地球上持续生存4000万年为奋斗目标!

但是人类面临的真正威胁,却是来自人类自身。如果人们认为400年前伽利略是近代科学之父的话,那么这400年来科学、技术以及工业、农业的发展,就远远超过自有人类历史以来的400万年间的成就。与此同时,近400年来所消耗的地球上的资源,也大大超过了在400万年间人类所消耗的资源总量!如果按照现在消耗不断增长的趋势发展下去,试问4000年后乃至4000万年后的地球将是什么样的面貌?

地球上的资源可分为两类:一类是可再生资源,另一类是不可再生资源。虽然人类可以用消耗可再生资源的办法补充一些不可再生资源,但这在数量上毕竟是有限度的。所以,人类的生存和发展问题,归根结底将取决于地球上的资源能在多少年内按照某些资源的消耗标准维持人类的正常生活。

其实,4000万年只是一个保守的说法,太阳的光和热,完全可能持续更长一些时间,即使太阳系内出现某些反常事件,如小行星撞击地球,但也不太可能在4000万年内发生,而且人们完全能发射有超强破坏力的导弹,使小行星改变航道;所以,地球上的居民,至少在相当长的一个时期内,是大可不必"杞人无事忧天倾"的!

但是,真正值得忧虑的,是人能否控制人类自身!

93. 人类能在地球上生活多久是与以下哪个条件无关的?
    A. 可持续发展战略　　　　　　B. 人类自身素质
    C. 地球提供的资源　　　　　　D. 地球的外在环境

94. 如果只考虑地球的外在环境,人类至少还能在地球上生活多久?
    A. 40亿年　　　　　　　　　　B. 4000万年
    C. 400年　　　　　　　　　　D. 400万年

95. 以下哪种说法是正确的?
    A. 近400年来的成就超过人类有历史以来400万年间的成就
    B. 近400年来消耗的资源少于人类有历史以来400万年间的成就
    C. 4000万年后地球上的资源将被消耗光
    D. 4000万年后地球上还是会有丰富的资源

96. 人类能在地球上生活多久，最重要的决定因素是什么？
    A. 太阳能的多少　　　　　　　　B. 科技的发展速度
    C. 不可再生资源　　　　　　　　D. 地球上的资源

第97—100题

　　沙源、强冷空气、冷暖空气的相互作用是沙尘暴形成的基本条件。沙源来自于沙漠、乱垦滥伐、过度放牧所致退化的草地，没有任何植被的秃地以及一些违规操作的施工场地。冷暖空气相互作用产生一种垂直的上升运动，把沙尘吹扬了起来，形成沙尘暴。如果没有沙源这个条件，后两个因素只能造成大风或降水等天气现象。专家通过对河西走廊沙尘暴的"策源地"武威、金昌等地的实地考察发现，强劲持久的大风是形成沙尘暴的驱动力，人为破坏的植被和风化的松散地表、干燥土层等沙源是造成沙尘暴的"罪魁祸首"，沙尘暴是伴随人类活动造成的生态平衡的破坏而产生的。

　　近几十年来，我国由于人口急剧增长，不少地方便以超垦、过牧和滥伐获取必要的生活资料。大片的树林、草原被开垦成了农田。结果粮食没打多少，反而造成了土壤盐碱化和荒废了更多的土地，草原牧场不断地被过度放牧，又不进行补偿性保护种植，大大加重了草场退化。于是导致去年一场场席卷而来的沙尘暴频频袭击了我国北方大部分地区，短短3个月间我国就发生了12次沙尘暴，波及大半个中国，不仅袭击了西北地区、华北部分地区，就连长江以南省份也受到不同程度的影响。

　　事实表明，人们无节制地垦荒开地，无限度地向大自然索取甚至掠夺，而不给其"休养生息"的机会，不断破坏自然生态的平衡，最终一次又一次地招致大自然无情的惩罚。痛定思痛，历史的教训不能忘记，人类应真正行动起来，认真研究如何防治沙尘暴，努力改善地球生态环境，让绿色和生命永存。

97. 以下哪一项不是造成沙尘暴的基本条件？
    A. 沙源　　　　　　　　　　　　B. 强冷空气
    C. 冷暖空气相互作用　　　　　　D. 乱垦滥伐
98. 沙尘暴和大风、降水天气的主要区别在于什么？
    A. 强冷空气　　　　　　　　　　B. 沙源
    C. 冷暖空气相互作用　　　　　　D. 上升的气流
99. 造成沙尘暴的驱动力是什么？
    A. 强劲持久的大风　　　　　　　B. 人为破坏的植被
    C. 风化的松散地表　　　　　　　C. 干燥土层

100. 我们要怎样防止沙尘暴？

    A. 消灭沙源             B. 抑制强冷空气

    C. 从人类自身出发,保护环境    D. 防止冷暖空气对流

# 三、书写

**第101题:缩写。**

1. 仔细阅读下面这篇文章,时间为10分钟,阅读时不能抄写、记录。

2. 10分钟后,监考收回阅读材料,请你将这篇文章缩写成一篇短文,时间为35分钟。

3. 标题自拟。只需复述文章内容,不需加入自己的观点。

4. 字数为400字左右。

5. 请把作文直接写在答题卡上。

小时候,我是一个顽劣而又调皮捣蛋的坏小子。时时和那群小伙伴在村里横冲直撞,四处搞恶作剧,开着一些令大人们头痛却又无可奈何的玩笑。

村口有一位老人陈大爷,是个盲人,常常成为我们戏谑的对象。我惟妙惟肖地学着他用竹竿点地的模样,甚至偷偷往他炒菜的锅里多丢一把盐……一次次引来伙伴们恶意的欢乐。在这种无形的鼓励中,我越发恣意妄为。直到有一天……

那天晚上,我在同学家玩了许久,独自回家。刚走到一半路程,手电灯泡突地坏了。夜风森森从身旁刮过,呼啸着吹动一丛丛黑影,在黑暗中宛如狰狞的魔鬼张开了利爪。树叶在风中哗哗作响,就如同无数正在讥笑的幽灵。天色黑得连手指都看不见,恐惧从四面八方紧紧包围了我。自以为胆大的我,其实竟是如此的脆弱。

忽地我发现前方不远处有一盏灯火正摇曳着移动。我惊喜地大声叫着,带着哭音喊着:"等等我……"高一脚低一脚地向那火光跑去。

影像渐渐清晰起来,手中提着一盏马灯的人却是曾让我捉弄过无数次的盲人陈大爷。他侧着脸,细细地聆听着松涛风声中我渐渐跑近的足音。待我跑近,他轻轻咳嗽了一声,竹竿向前一探,佝偻着腰,继续向前一步一步走去。

夜色中,风声一阵紧似一阵,我耳中却清晰地听见竹竿"嗒嗒"敲打在地上的脆鸣和脚步细细踩过石粒的轻音。进村口时,陈大爷停了下来:"娃,到村口了,估摸着路也能看清了,早点儿回去,别让家里人太担心。"

"陈大爷!"我惭愧地低下了头,"我对不起您,那天是我往您锅里丢盐的,还有……"

"傻孩子,我不怪你。"陈大爷摸索着抚摸我的头。

"可是,大爷,我知道您是盲人,盲人根本不用点灯的,盲人一定是为了别人吧?"

"不,孩子,我点灯可是为了我自己呀。"陈大爷长长地吐了一口气。

"您骗我,那,那不成了盲人点灯白费蜡。"说了这句话,我倒把自己给逗笑了。

"孩子,你还小,太多道理你还不懂。在黑暗中,所有的人都是盲人,我能点上一盏灯,虽然自己无法看清路,但可以去照亮别人,不至于让别人在黑暗中碰撞到我。我何尝不是为了自己而点灯呀!如果你想为自己照亮一条长路,其实有时也需要去照亮别人;当你洒香水予他人时,你自己指缝间也一定会留下一缕清香。太多的人其实都是需要点上这一盏灯呀!"

说完后,陈大爷仍佝偻着腰,竹竿向前探着,"嗒嗒"向自己家中走去。很快融进了无尽夜色之中。

那一幕,已在我心中烙成了永恒。

无法忘记曾经走在一个漆黑的夜里,一位盲人为我照亮了生命中的一段长路。无法忘怀静夜里远去的那一缕光明,那"嗒嗒"敲破黑暗的清鸣。心中点亮一盏不灭的心灯,为了别人也是为了自己……

# 新汉语水平考试 HSK(六级)

## 模拟试卷(二)

新汉语水平考试HSK(六级)听力材料(音乐,30秒)

女:大家好!欢迎参加新汉语水平考试HSK(六级)考试。

男:大家好!欢迎参加新汉语水平考试HSK(六级)考试。

女:大家好!欢迎参加新汉语水平考试HSK(六级)考试。

男:新汉语水平考试HSK(六级)听力考试分三部分,共50题。

男:请大家注意,听力考试现在开始。

## 男:第一部分

男:第1—15题,请选出与所听内容一致的一项。现在开始第1—15题:

女:1. 小张在服装柜台工作,他整天都是一副睡不醒的样子,经理给他换了三个岗位了,他还是照样打瞌睡。最后,经理想了一个办法,让他去睡衣柜台,在柜台旁立一块广告牌,上面写着:优质睡衣,当场示范。

男:2. "萍水相逢"这个成语是比喻不相识的人偶然相遇。"萍"是一种在水面上浮生的蕨类植物,随水漂泊,聚散无定。能在茫茫人海中萍水相逢是一种缘分。

女:3. 21世纪湿地的多种功能被进一步发现:湿地,是生命淡水的主要来源,是可再生资源的主要创造者, 是生态环境的忠诚卫士,也是人们休闲娱乐的理想空间。然而,由于种种原因,全球的湿地正不断减少。

男:4. 小人之间的交往往往是饱暖之际,是为了某种利害关系互相吹捧,彼此利用,甜言蜜语,因而看起来是舒服的、甜蜜的。而真诚的朋友间的交往是真心实意的,不图任何回报,互相勉励,共同进步。

女:5. 仰望,让人有所敬畏,让人不甘于一般意义上的"平凡"。人生没有追求,那就跟菜肴中没有加盐一样;没有了目标,就没有了人生的道路。我们活着,就是为了不断地仰望,不停地追求。

男:6. 什么是幸福?答案是丰富多彩的。幸福是那些快乐的片段。幸福是发自内心的微笑。遗忘生活中丑恶的东西,而把美好的东西永远保留在记忆中,这也是一

新汉语水平考试教程(六级)

种幸福。

女：7. 2002年，生物学家对一批冲上海滩集体自杀的鲸类尸体进行了细致的检验，结果发现它们大脑和耳部出血，肝脏和肾脏也受到损伤。这种症状过去在海洋哺乳动物身上从未发生过，于是人们开始怀疑是附近活动的海军舰艇发出噪音造成的。

男：8. 在美国的交通工具中，长途客运主要有飞机、火车、"灰狗"车三种。"灰狗"车实际上就是一种大巴，不过车上有厕所、空调，座椅可以调至半躺式，以便睡觉。"灰狗"车最经济，乘这种车的黑人、白人几乎各占一半，大多是"穷人"。

女：9. 土地是新西兰最重要的资源，大部分土壤由火山灰堆积而成，十分肥沃，适宜农作物生长。此外，畜牧业非常发达，是新西兰经济的支柱产业之一，牛羊总数至少在5000万头以上。新西兰的乳制品和羊毛产品是重要的出口产品。

男：10. 莫斯科是世界上最绿的城市之一，也是世界上空气最新鲜的都市之一，绿地总面积达35100公顷。莫斯科周边有17座森林公园，这些森林公园被誉为"绿色项链"，森林公园的宽度都在10至15千米之间，在莫斯科北部则达到28千米。

女：11. 居里夫人是伟大的科学家，她一生中最伟大的科学功绩是她对镭元素的发现。这个发现大大推动了现代科学的重大变革。但是，居里夫人却放弃镭的专利，把它无偿贡献给世界。

男：12. 也许有人奋斗了一辈子，贡献了毕生精力，所得到的只是一连串的失败。这也不奇怪，因为有许多发明创造并非一两代人所能完成。有人用自己的失败换来宝贵的教训，使后人少走弯路，他们的精神、他们的贡献都是可贵的。

女：13. 一切动物，从眼睛不容易看见的小虫一直到能够创造的伟大人类，都一样。他们的生活条件，第一是空气。就是那些住在水里的鱼，也必须遵守这条规律，它们只能住在含有空气的水里。

男：14. 好孩子也有青春，好孩子的青春也会绝望。好孩子也有矛盾，好孩子也需要安慰。好孩子不是天生的，默默忍受所有痛苦才能成为好孩子。

女：15. 该如何对待生命的短暂和空虚？每个人都有不同的回答。每个人活在世上都有自己的使命和意义，我们除了正常的吃饭睡觉，还要努力完成自己的使命和理想，不给生命留下遗憾和叹息。

## 第二部分

男：第16—30题，请选出正确答案。现在开始第16—20题：

**男：第16—20题是根据下面一段采访：**

记　者：你女儿在日记中说："你们都不小了，要学会为自己操心。"这句话一般是父母说给孩子听的，而这次却相反。当你看到这句话时是什么感受？

叶兆言：呵呵，做父母的总是自我感觉良好，即便自己已经老糊涂了，也觉得自己比孩子聪明。我刚看到的时候并没有觉得非常感动，但是很高兴，这也是做父母糊涂的地方。做父母的的确比孩子自以为是，其实这也很正常，我父母对我也一样。所以有时候想想，可能我们已经和我们的父母一样糊涂了。

记　者：你觉得做父母的，最大的成功是什么？

叶兆言：没有什么成功啊，做父母的还能有什么成功呢？天下的父母都希望自己的子女有出息，但并不意味着子女有出息，父母就成功了。

记　者：可能很多时候父母的成功体现在与子女的融洽相处上，因为很多父母和子女之间都有代沟，他们很少交流。

叶兆言：很多事情，我的孩子也不会告诉我，但她高兴时可能会告诉我。代沟一定是有的，我觉得要填平它其实是不可能的。我们可能对孩子有更多的宽容和忍让，所以她觉得告诉我们这些老家伙也没有什么问题。但这并不意味着没有代沟。

记　者：可以感觉到，您是一个好父亲。有人曾评价说，您是一个乖巧的孙子、孝顺的儿子、称职的丈夫、慈爱的父亲，就是说您把在家庭中担当的每个角色都扮演的很好。

叶兆言：这很难说。举个例子，因为我太迷恋写作了，所以我整天都处于工作状态。有时候做作家的妻子是很无聊的，因为他老是在走神。我没有休息日，我脑子里整天都在想那些东西，你说我很称职吗？做父亲也是，我很溺爱孩子，一个严格的父亲应该会拒绝她的一些要求，但最后我都让步了。我让步不是说我是一个好父亲，而是不负责。

女：16. 男的看到女儿日记中的那句话有什么感觉？

男：17. 做父母的最希望子女怎样？

女：18. 男的是怎么看待父母与子女间的代沟的？

男：19. 男的是怎么评价自己的？

女：20. 男的是怎样对待孩子的？

**男：第21—25题是根据下面一段采访：**

记　者：张平先生，听说您与天水还有一点儿渊源。您能说一说吗？

张　平：是呀，我跟天水还真有渊源。我父亲以前在天水教过书。他大学毕业后就分配到天水了，在他的印象中，天水是个很美的地方。在天水工作的三四年，生活条件也不错，这是父亲记忆中最温馨的一段日子。父亲去世前就一直想回到天水来，但是这个愿望没有达成。我这次来，也算是了却了父亲以及我多年的夙愿。

记　者：您写了那么多的作品，是一个很受读者欢迎的作家，您最初是怎么走上这条写作之路的呢？

张　平：我喜欢文学还是有点儿受父亲的影响的。小时候，父亲给我们讲故事，上小学三年级时，我写的第一篇作文就成了范文，老师当堂宣读，还贴在了教室里。实际上那篇范文并不是我写的，是我姐姐的一篇作文，我模仿了一遍，当作自己的作文交了上去。但这篇范文让我一下子就"轰动"了整个年级和学校，老师对我另眼相看，同学们也都把我的作文看了又看，背了又背。从那以后，我对作文也特别上心，每一次作文我都会付出最大的努力，而且几乎我的每一篇作文都成了范文，同时这也促使我在学习上更加努力。

记　者：您认为一部好的作品、一位受人民欢迎的作家主要得益于什么呢？

张　平：这些年的创作经历告诉我，一是首先要尊重读者。当自己的读者群越来越大时，他们就开始在无形中制约你、规范你。二是要关注普通百姓、关注生活、关注现实，为大众写作，为平民写作。三是要注重传统写作方法，尊重读者的阅读兴趣、爱好，把握读者的审美能力。还要尊重自己的真情实感，一个作家，一定要放下架子，心甘情愿为老百姓写作。

女：21. 张平先生与天水有什么渊源？

男：22. 张平喜欢文学是受了谁的影响？

男：23. 张平的第一篇作文就成了范文，这给了他怎样的影响？

男：24. 读者对作家起到什么样的作用？

男：25. 作家要为谁写作？

**男：第26—30题是根据下面一段采访：**

大学生：您在帅康公司工作几年了？您能为我们介绍一下您在帅康的奋斗历程吗？

G先生：五六年了吧。我刚来帅康时，在国美长风店工作，三年前被调到了3C店，负责3C店的工作。

大学生：我非常仰慕您所获得的成就，今天想通过这次采访来了解一下您的奋斗历程和个人生活态度，以此来增强我们对未来方向的把握，学习您成功的经验，少走弯路。您经历过的事情比我们多，我们大学生在学校里同社会的接触太少了，很多事情还得请教您啊。您觉得在工作中最需要的是什么呢？

G先生：我觉得是一种生活态度，每天微笑着面对一切。生活就好像是一面镜子，你对它怎么样，它就对你怎么样！与其愁容满面地生活，不如给自己一个微笑，快乐地生活，一个好的心情会让你在困境面前更加有拼搏的斗志，看见希望，绝处也可以逢生的。

大学生：您说的很对，好的生活态度可以改变一个人的命运。相信您在过去也遇到过好多难以想象的困难，您也是依靠着这种乐观的生活态度去面对挫折、战胜挫折的吧？

G先生：是的。不管做什么事情，都会遇到许多困难的，这就要看你怎么面对它了。面对困难时我也想到过退缩，但最终没退缩，毕竟自己已经努力到了这种程度，很不容易。

大学生：您当初为什么从事这个行业呢？

G先生：我从事这个行业也是源自一个非常偶然的机会。我在找工作时遇到了我的一个同学，他把我介绍给这家公司，我从公司最低的小职员做起。想想当初，重要的是当时面临着生计的问题啊。如果没有我当初那位同学的引荐，我不知道我还要走多少的弯路，所以，我非常感谢他！

大学生：您也是在经历了重重碰壁之后才找到了一个成功的起点，人生真的是难以想象哪！可见，机会对于一个人来说是多么的重要啊！那除了机会之外，肯定还有您自身的努力，克服了种种困难，不断地努力拼搏和奋斗才有了今天。那您还有别的建议给我们大学生吗？

G先生：虚心好学是我所要强调的。不懂就要问，要学会放下身段，多向人请教。少说话，多做事。踏实做人，精明干事。

新汉语水平考试教程（六级）

女:26. 男的来帅康公司几年了?

男:27. 男的认为在工作中最需要的是什么?

男:28. 男的是怎么对待困难的?

男:29. 男的当初为什么从事这个行业?

男:30. 除了机遇,还有什么是很重要的?

## 男第三部分

男:第31—50题,请选出正确答案。现在开始第31—33题:

**男:第31—33题是根据下面一段话:**

男:错误并不都一样,虽然有些可能毁了你,但大多数错误不致如此严重。相反,过于相信"犯错是坏事"会使你孕育新创见的机会大为减少。如果你只是对"正确答案"感兴趣,那么你可能会误用取得正确答案的法则、方法和过程,可能会忽视了创造性并错过向规则挑战的机会。

这是一个有用的教训,我们一直在犯错误,做错的时候比做对的时候要多得多。有许多人因为害怕失败,而错过了许多学习的机会。

加强你的"冒险"力量,每个人都有这种能力,但必须常常运用,否则就会退化。IBM的创始人汤玛斯·华生说过:"成功之路是使失败率加倍。"

女:31. 如果过于相信"犯错是坏事"会怎么样?

女:32. 如果害怕失败会怎么样?

女:33. 这段话主要讲了什么?

**女:第34—36题是根据下面一段话:**

女:读书是19世纪的人们的一种主要消遣方式,人们最初的动机并不是为了从书籍中寻找什么精神导师,纯粹是打发时间,消遣。

20世纪以来,我们的读书兴趣已经被匆忙的脚步、生活的负累挤走了,就算有时候想和先哲们对话,也选择了更为直接便当的方式——看电影、电视。文本和影视到底还是有区别的:复杂的心理活动、精妙的文字叙述、社会人生的广阔,这些都是影视所无法企及的。但影视的直观性、冲击性却掌控了受众的每一个细胞。

男:34. 19世纪,人们为什么读书?

男:35. 20世纪,人们用什么直接便当的方式与先哲们对话?

**男：第37—39题是根据下面一段话：**

男：人们在冷天游泳时，大约有三种适应冷水的方法。有些人先蹲在池边，将水撩到身上，使自己能适应之后，再进入池子游；有些人则可能先站在浅水处，再试着一步步向深处走，或逐渐蹲身进入水中；更有一种人，做完热身运动，便由池边一跃而下。

与游泳一样，当人们要进入陌生而困苦的环境时，有些人先小心地探测，以做完全的准备，但许多人就因为知道困难重重，而再三延迟行程，甚至取消原来的计划；又有些人，先一脚踏入那个环境，但仍留许多后路，看着情况不妙，就抽身而返；当然更有些人，心存破釜沉舟之想，打定主意，便全身投入，由于急着应付眼前重重的险阻，反倒能忘记许多痛苦。

女：37.这段话中说天冷游泳时，有几种适应冷水的方法？

女：38.游泳时将水撩到身上，使自己适应后再进池子的人与遇到困难时的哪种人对应？

女：39.哪种人能应对重重险阻，忘记许多痛苦？

**女：第40—42题是根据下面一段话：**

女：一头驮着沉重货物的驴，气喘吁吁地请求只驮了一点儿货物的马："帮我驮一点儿东西吧。对你来说，这不算什么；可对我来说，却可以减轻不少负担。"

马不高兴地回答："你凭什么让我帮你驮东西，我乐得轻松呢。"

不久，驴累死了。主人将驴背上的所有货物全部加在马背上，马懊悔不已。

膨胀的自我使我们忽略了一个基本事实，那就是：我们同在生活这条大船上，别人的好坏与我们休戚相关。别人的不幸不能给我们带来快乐，相反，在帮助别人的时候，其实也是在帮助我们自己。

男：40.马为什么不愿意帮驴驮东西？

男：41.马为什么懊悔不已？

男：42.这个故事告诉我们一个什么道理？

**男：第43—46题是根据下面一段话：**

男：小张和小陈同时受雇于一家超级市场，可小张一再被经理提升，而小陈却还在最底层。小陈埋怨总经理狗眼看人低，总经理说："这样吧，在谈这个问题之前，是不是请你马上到集市上去，看看今天有什么卖的？"

小陈很快从集市上回来了,告诉总经理:只有一个农民拉了一车土豆在卖。总经理问:"一车大概有多少袋?"他又跑回去,回来后说有40袋,总经理又问:"价格是多少?"他再次跑到集市上去问。

总经理随后又叫来小张,叫他也到集市上看看今天有什么卖的。

小张很快从集市回来了,他说:"到现在为止,只有一个农民在卖土豆,有40袋,价格适中,质量很好。"他带回了几个,让总经理看。还说:"这个农民过一会儿还有西红柿上市。"他估计这种价格的西红柿总经理会要,所以不仅带回了几个西红柿做样品,而且把那个农民也带来了,农民现在正在外面等总经理回话呢。

女:43. 小陈为什么埋怨总经理"狗眼看人低"?

女:44. 总经理给小张和小陈提出了一个什么要求?

女:45. 小陈一共去了市场几次?

女:46. 这个故事告诉我们一个什么道理?

**女:第47—50题是根据下面一段话:**

女:有个老木匠准备退休,因为他想回家与妻子共享天伦之乐。

老板舍不得他的好工人走,问他是否能帮忙再建一座房子,老木匠说可以。但是大家后来都看得出来,他的心已经不在工作上了,他用的是软料,出的是粗活。房子建好的时候,老板把大门的钥匙递给他。

"这是你的房子,"他说,"是我送给你的礼物。"

他震惊得目瞪口呆,羞愧得无地自容。如果他早知道是在给自己建房子,他怎么会这样呢?现在他得住在一幢粗制滥造的房子里!

我们又何尝不是这样。我们漫不经心地"建造房子",不是积极行动,而是消极应付,凡事不肯精益求精。等我们发现自己的处境时,早已深困在自己建造的"房子"里了。把你当成那个木匠吧,想想你的房子,每天你敲进去一颗钉,加上去一块板,或者竖起一面墙,用你的智慧好好建造它吧!你的生活是你一生唯一的创造,不能抹平重建,墙上的牌子上写着:"生活是自己创造的。"

男:47. 老木匠为什么要退休?

男:48. 老木匠是怎样建造他退休前的最后一座房子的?

男:49. 老板让老木匠建造的房子是给谁的?

男:50. 这个故事说明了什么?

男:听力考试现在结束。

# 新汉语水平考试 HSK(六级)

## 模拟试卷(二)

# 一、听力

## 第一部分

| | | | | |
|---|---|---|---|---|
| 1. D | 2. C | 3. D | 4. C | 5. D |
| 6. A | 7. A | 8. C | 9. B | 10. C |
| 11. D | 12. B | 13. C | 14. A | 15. B |

## 第二部分

| | | | | |
|---|---|---|---|---|
| 16. C | 17. B | 18. D | 19. B | 20. B |
| 21. B | 22. C | 23. C | 24. D | 25. A |
| 26. B | 27. C | 28. A | 29. D | 30. D |

## 第三部分

| | | | | |
|---|---|---|---|---|
| 31. C | 32. A | 33. B | 34. C | 35. A |
| 36. A | 37. C | 38. B | 39. D | 40. C |
| 41. B | 42. C | 43. B | 44. C | 45. C |
| 46. B | 47. B | 48. C | 49. B | 50. D |

# 二、阅读

## 第一部分

| | | | | |
|---|---|---|---|---|
| 51. B | 52. A | 53. C | 54. C | 55. D |
| 56. A | 57. D | 58. C | 59. A | 60. D |

## 第二部分

| | | | | |
|---|---|---|---|---|
| 61. B | 62. D | 63. C | 64. A | 65. A |
| 66. A | 67. D | 68. A | 69. D | 70. C |

模拟试卷（二）

## 第三部分

| 71. B | 72. A | 73. D | 74. E | 75. C |
| 76. E | 77. B | 78. C | 79. D | 80. A |

## 第四部分

| 81. C | 82. B | 83. C | 84. B | 85. C |
| 86. B | 87. A | 88. B | 89. C | 90. B |
| 91. C | 92. B | 93. B | 94. B | 95. A |
| 96. D | 97. D | 98. B | 99. A | 100. C |

## 三、书写

101.（略）